U0513558

图书在版编目（CIP）数据

桃花扇：插图本 /（清）孔尚任著；俞为民校注、导读.
—上海：上海古籍出版社，2024.6
（中国古代四大名剧）
ISBN 978-7-5732-1200-9

Ⅰ.①桃…　Ⅱ.①孔…　②俞…　Ⅲ.①《桃花扇》
Ⅳ.①I237.2

中国国家版本馆CIP数据核字（2024）第095101号

中国古代四大名剧

桃花扇（插图本）

［清］孔尚任　著

俞为民　校注、导读

上海古籍出版社出版发行

（上海市闵行区号景路 159 弄 1-5 号 A 座 5F　邮政编码 201101）

（1）网址：www.guji.com.cn

（2）E-mail：guji1 @ guji.com.cn

（3）易文网网址：www.ewen.co

上海中华印刷有限公司印刷

开本 850×1168　1/32　印张 9.25　插页 7　字数 165,000

2024 年 6 月第 1 版　2024 年 6 月第 1 次印刷

印数：1—5,100

ISBN 978-7-5732-1200-9

I·3841　定价：48.00 元

如有质量问题，请与承印公司联系

李香君像

[清]崔鹤 局部

地，即《桃花扇》本事发生之地。孔尚任利用这次出差机会，到南京、扬州等地广泛拜访明朝遗老，搜集南明野史。

康熙三十八年（1699）六月，《桃花扇》完稿。这一年秋天的一个晚上，康熙派内侍向孔尚任索要《桃花扇》稿本。孔尚任匆忙觅得一本，连夜送进宫去。康熙三十九年，孔尚任刚升任户部广东司员外郎之职，三月中旬就因"疑案"被罢官。一般都认为这与《桃花扇》有关，因为《桃花扇》所表现的民族感情触怒了康熙。罢官以后，孔尚任又在北京逗留了两年多。后回到曲阜老家，康熙五十七年春天，病卒于石门山家中。

孔尚任一生著作甚丰，戏曲除《桃花扇》传奇外，还与顾彩合作有《小忽雷》传奇，诗文有《湖海集》《石门山集》《长留集》《岸堂稿》《岸堂文集》等，另编有《平阳府志》《莱州府志》等。

二、借离合之情，写兴亡之感

《桃花扇》描写明末复社文人侯方域与秦淮名妓李香君的爱情故事，总结南明王朝覆亡的原因和教训，以此寄托兴亡之感和民族感情。

在试一出《先声》中，孔尚任借老赞礼之口表明此剧是"借离合之情，写兴亡之感"。在《小引》中，则更明确可了自己的创作动机：

> 《桃花扇》一剧，皆南朝新事，父老犹有存者，场上歌舞，局外指点，知三百年之基业，隳于何人，败于何事，消于何年，

歇于何地！不独令观者感慨涕零，亦可惩创人心，为末世之一救矣。

明清易代，不仅给汉族人民造成了深深的亡国之痛，同时也提出了一个令人深思的问题，即明王朝为什么会灭亡。《桃花扇》以传奇的艺术形式，来回答明王朝三百年基业隳于何人、败于何事的问题，总结历史教训，寄寓兴亡之感，这就必然会引起广大读者和观众的共鸣。

南明王朝上层统治集团的腐朽和政治的黑暗，是其覆灭的根本原因。阮大铖、马士英等阉党余孽拥立昏庸荒淫的福王即位后，不顾中原未复，大敌当前，一面卖官鬻爵，买妾选优，追求声色之乐；一面重兴党狱，捕杀东林党、复社等反对派人物，并排斥史可法等元老重臣。清兵南下，他们不但不抵抗，反而做好了直接投降的准备。

统治集团内部的勾心斗角，争权夺利，也是南明王朝覆灭的重要原因。为防清兵南下，朝廷以左良玉镇守长江上游，以黄得功、高杰、刘良佐、刘泽清等四镇守卫江北。但是，四镇为了争夺扬州的地盘，互相火拼，经过史可法调停才暂时得以平息。另一边，驻守武昌的左良玉会同黄澍、袁继咸等，以"清君侧"之名沿江东下，马士英和阮大铖竟调黄、刘三镇去抵挡，以致江防空虚，清兵乘机南下，扬州失守，南京很快陷落。

在《桃花扇》中，全面展示了以上的真实历史。王国维在《红楼梦评论》中将《桃花扇》与《红楼梦》作了比较，如曰：

《桃花扇》之作者，但借侯、李之事，以写故国之戚，而非以描写人生为事，故《桃花扇》，政治的也，国民的也，历史的也。《红楼梦》，哲学的也，宇宙的也，文学的也。

可见，《桃花扇》不是一部爱情剧，而是一部历史剧，具有政治性。

三、《桃花扇》的"真实性"

《桃花扇》是一部历史剧，怎样处理历史与艺术的关系，是关键。

《桃花扇》非常重视历史的真实性，凡与南明兴亡有关的重要情节与人物，都是"实事实人，有凭有据"（《先声》），"朝政得失，文人聚散，皆确考时地，全无假借"（《凡例》）。而且，每一出都标明剧情发生的时间，如第一出《听稗》标明"崇祯癸未二月"，第二十三出《寄扇》标明"甲申十一月"。剧作后，还附有《考据》和《本末》两文，交代《桃花扇》主要人物及情节所据之史料，并引录清无名氏《樵史》所载的二十四段史料。

《桃花扇》不仅在重大事件上"确考时地"，细节描写也有根有据。如《选优》，写福王在清兵即将南下时还想着在宫中选优演戏，沉湎声色。这在徐鼒的《小腆纪年附考》中就有记载："甲申（十二月）三十日，时警报沓至，王于除夕御兴宁宫，怆然不怡。诸臣进见，谓兵败地蹙，上烦圣虑。王曰：'后宫寥落，且新春南部无新声。'"

因此，《桃花扇》具有强烈的历史真实性，阅读、观看时有身临其境之感，尤其是那些经历过明末动乱的明朝遗老，更是触景生情，勾引起对南明往事的回忆。"笙歌靡丽之中，或有掩袂独坐者，则故臣遗老也。灯炮酒阑，唏嘘而散。"（《本末》）

孔尚任注重历史真实，但又不拘泥于历史，根据创作需要，对史料作了艺术提炼和加工。如《却奁》，描写李香君拒绝杨龙友替阮大铖送来的妆奁。据侯方域《李姬传》等的记载，替阮大铖送妆奁的是一个"王将军"。这件事也不是发生在癸未年（1643），而是在己卯年（1639）。经过孔尚任的剪裁，把剧情集中在明末政治动乱最激烈的三年（1643—1645），突出了李香君的刚烈性格，并使杨龙友、侯方域、李贞丽、阮大铖等人都卷入这场纠葛之中，成为推动全剧矛盾冲突的重要情节。又如田仰以三百金聘香君为妾，被香君拒绝，相关记载十分简略。孔尚任则围绕这一事件，创作了《拒媒》《守楼》《寄扇》《骂筵》等四出戏，进一步展现了李香君的反抗性格。

再如侯方域的结局，在历史上他并没有出家，还于清顺治八年（1651）应省试，中副榜，可以说"晚节不忠"。孔尚任将其出仕改为出家，借此表达对当时那些遁入山林、不仕清庭的明末遗民的肯定和钦慕。

四、《桃花扇》的人物塑造

孔尚任在《桃花扇》中塑造的人物形象大都是实有其人，其中有姓名可考的达三十九人。此外，为全面真实地反映南明兴亡的历史，他描写了当时各个阶层、不同身份的人物，上至皇帝，下至平民，有青楼歌妓、民间艺人，有清客、书生，有权奸、忠臣，人物身份之杂，反映生活如此之广，这在以往的历史剧中都是没有的。

虽然人物众多，关系复杂，但孔尚任安排得当，且别具匠心。他根据"借离合之情，写兴亡之感"的主题，将剧中人物分为左、右、奇、偶、总五部。左、右两部表现"离合之情"，与侯方域有关的为左部，与李香君有关的为右部，共十六人；又按他们在"离合之情"中的作用，分为正色、间色、合色、润色等四色。奇、偶两部是表现南明兴亡的，共十二人，按他们的政治态度分为中气、戾气、余气、煞气等四气。总部只有张道士（瑶星）和老赞礼两人，一经一纬，在剧中分别起着总结兴亡和离合之情、点明主题的作用。

李香君是一个秦淮歌妓，身处社会底层，地位卑贱，然而她出污泥而不染，有着非同一般的见识和品格。李香君嫉恶如仇，爱憎分明，她结交进步文人，同情和支持东林党和复社文人反对阉党的斗争。她与侯方域结合，就是出于对东林党人的敬慕。在《却奁》中，当她知道杨龙友送来的妆奁是阮大铖用以拉拢复社文人的，便毅然拔掉簪子，脱去裙衫，扔在地上。《骂筵》，李香君同阮大铖、马士英等阉党余孽作了正面抗争，是她性格表现得最充分、最集中的一场戏。阮大铖为了取悦福王朱由崧，搜罗秦淮名妓进宫排演他的《燕子笺》传奇，李香君也被强逼而来。李香君当面痛斥他们祸国殃民、倒行逆施，从"家怨"骂到"国仇"，慷慨激烈，字字千钧，句句击中要害。一个风尘女子，敢于指斥痛骂"堂堂列公"、窃居高位的权相奸臣，这需要多么大的胆量啊！显然，孔尚任在李香君身上寄托了正义感和民族气节。

侯方域，虽没有像李香君那样坚决的斗争精神，但作者也赋予了他正直的性格。在反对拥立朱由崧的问题上，他态度鲜明。最后写他毅然与李香君分手，归隐山门，走上了消极反抗的道路。孔尚任借这个人物表达了他对那些保持民族气节、隐居不仕的明末遗民的敬慕。

孔尚任还塑造了史可法这个民族英雄的形象。史可法抱有恢复北朝、收复中原的雄心壮志，可惜生不逢时，壮志难酬。清军南下，他在扬州孤军奋战，下令："上阵不利，守城。守城不利，巷战。巷战不利，短接。短接不利，自尽！"（《誓师》）最后投江殉国，展现出令人震撼的英雄气节。

还有杨龙友，重点刻画了他"圆通世故"的性格特点。杨龙友是马士英的妹夫，又是阮大铖的盟弟；既为侯、李牵线，又周旋于复社文人与阉党权奸之间，串联起了南明兴亡的过程。在《骂筵》中，他一面奉迎马士英和阮大铖，一面又要回护李香君，两头忙。

再如柳敬亭，在剧中起着"往来牵密线"（《先声》）的作用。柳敬亭是一位民间说书艺人，处于社会下层，但人品高尚，爱憎分明。他曾是阮府的门客，当他看清了阮大铖的真实面目后，断然离开。他虽地位卑微，但关心国家兴亡。如在《修札》中，当左良玉领兵东下，要来南京就粮，柳敬亭主动带着侯方域的信前往武昌左良玉辕门加以劝阻。孔尚任安排丑脚来扮演柳敬亭，赋予他诙谐幽默的另一面，这样也符合江湖艺人的身份。

五、《桃花扇》的结构艺术

《桃花扇》反映的场面十分宏大，但全剧的结构紧凑，线索清晰。孔尚任从"借离合之情，写兴亡之感"出发，将侯方域和李香君的悲欢离合当作中心线索，由此展开南明王朝兴亡的历史图景。

孔尚任巧妙地把"离合之情"和"兴亡之感"两条线索紧密地糅合在一起，两者联环相牵，相互生发。如开始的《听稗》《传歌》《访翠》《眠香》《却奁》几出，主要描写侯方域、李香君的出场及相遇、结合的过程，同时侧面展现明末社会动荡、派系纷争的混乱局面。《辞院》后，侯、李被迫分离，一条主线分为两条分线，交错进行，展现更为广阔的社会现实。侯方域一线，他被迫来到扬州史可法府中躲避，引出《争位》《和战》《移防》《赚将》四出。侯方域在史可法府中参谋军事，四镇内讧，他从中调停，由此揭露四镇不顾清兵南下争夺地盘的丑陋行径。李香君一线，则通过《拒媒》《守楼》《骂筵》三出她拒嫁田仰，坚贞守志，痛骂权奸，又通过马士英、阮大铖等对李香君的迫害，反映了昏君乱臣的苟且偷安、骄奢淫逸。

孔尚任在侯方域这条分线上，写出了南明王朝的"武讧于外"，在李香君这条分线上，写出了南明王朝的"文嬉于内"。最后又写两人重逢后双双入道，点出国破家亡的史实。

孔尚任为了加强"离合之情"与"兴亡之感"两者间的联系，还设计了"桃花扇"这一道具贯串始终。他在《凡例》中指出：

> 剧名《桃花扇》，则桃花扇譬则珠也，作桃花扇之笔譬则龙也。穿云入雾，或正或侧，而龙睛龙爪，总不离乎珠。

把桃花扇比作引导龙前行的明珠，即引导全剧发展的关键道具，情节由此徐徐展开。

桃花扇在剧中一共出现了八次，从赠扇、溅扇、题画、寄扇到撕扇，是侯、李的定情之物，见证两人爱情的全过程，同时又与政治斗争密切相关，是南明兴亡的见证：

> 桃花扇何奇乎？妓女之扇也，荡子之题也，游客之画也，皆事之鄙焉者也。……其不奇而奇者，扇面之桃花也。桃花者，美人之血痕也。血痕者，守贞待字，碎首淋漓，不肯辱于权奸者也。权奸者，魏阉之余孽也。余孽者，进声色，罗货利，结党复仇，隳三百年之帝基者也。（《小识》）

在剧本结构上，《桃花扇》也作了创新，将第一出的副末开场改作试一出《先声》，在上半本的结尾与下半本的开头各加一出，最后又续一出。这样的格局是以往没有的，作者在《凡例》中说，这样"有始有卒，气足神完，且脱去离合悲欢之熟径"。

此外，《桃花扇》还打破了传奇以生旦大团圆为结局的传统形式。南明覆灭后，侯方域与李香君在栖霞山不期而遇，经张瑶星指点，两人毅然抛开儿女之情，分手入道。这样的悲剧结局，正契合了"兴亡之感"。

六、《桃花扇》的语言艺术

《桃花扇》的语言与其描写的剧情相应，具有两种不同的风格：一是描写"离合之情"，秾丽而富有文采；一种是描写"兴亡之感"，悲愤苍凉。

桃花扇

《访翠》描写秦淮一带的美景、暖翠楼盒子会的盛况，《眠香》描写侯方域与李香君成亲时的欢乐场面，故曲词优美艳丽。如《眠香》李香君唱的【梁州令】曲：

> 楼台花颤，帘栊风抖，倚着雄姿英秀。春情无限，金钗肯与梳头。闲花添艳，野草生香，消得夫人做。今宵灯影纱红透，见惯司空也应羞，破题儿真难就。

而在《骂筵》出，同出于李香君之口，但语言悲愤激烈，如【五供养】曲：

> 堂堂列公，半边南朝，望你峥嵘。出身希贵宠，创业选声容，《后庭花》又添几种。把俺胡撮弄，对寒风雪海冰山，苦陪觞咏。

最后《余韵》一出，通过苏昆生、柳敬亭、老赞礼的说唱，总结了全剧的内容，强调"兴亡之感"的主题，最能体现《桃花扇》苍凉悲壮的语言风格。苏昆生叙述南明覆亡后重到南京所见到的情景，"诌一套《哀江南》，放悲声唱到老"，描绘了经过战火摧残后南京城的破败荒冷。孔尚任的好友顾彩对这套曲子赞赏不已：

> 读至卒章，见"板桥残照""杨柳弯腰"之语，虽使柳七复生，犹将下拜。而谓千古以上，千古以下，有不拍案叫绝、慷慨起舞者哉！（《桃花扇序》）

《桃花扇》中的念白也独具特色。一般传奇因重抒情，略于叙事，故曲多白少。而《桃花扇》重叙事，"说白详备，不容再添一字"，"抑扬铿锵，语句整练"（《凡例》），念之朗朗上口，声韵铿锵，具有音律之美。

另外，《桃花扇》的下场诗也与众不同。明清传奇的下场诗多采用集唐的形式，即从唐诗中截取与剧情相应的诗句。孔尚任则都是"原创"，"俱创为新诗，起则有端，收则有绪。著往饰归之义，仿佛可追也"（《凡例》），这也充分展示了他的才华。

七、《桃花扇》的流传和影响

《桃花扇》反映了重大的社会现实，艺术感染力强，一经问世，就备受关注，戏班纷纷上演，"王公荐绅，莫不借钞，时有纸贵之誉"（《本末》）。连康熙皇帝也听说，并派内侍来索要剧本。

当时在京城，演出《桃花扇》以武英殿大学士李天馥的家班金斗班为最胜。康熙三十八年（1699）元宵节，户部左侍郎迁左都御使李木庵邀请金斗班来家中演出《桃花扇》。次年四月，孔尚任被罢官后，李木庵在家中设宴，又请金斗班演《桃花扇》，"群公咸集"，孔尚任"独居上座"，"诸伶更番进觞"，邀请他品题，"座客啧啧指顾，颇有凌云之气"（《本末》）。此后，京城各家戏班争相搬演，"长安之演《桃花扇》，岁无虚日"，孔尚任在《本末》中就记载了当时寄园演出《桃花扇》的盛况。

《桃花扇》不仅在京城频繁上演，还流传到了外地。《本末》中记载，当时楚地容美（今湖北鹤峰）土司田舜年的家班曾演出《桃花扇》；康熙四十五年（1706），孔尚任去探望其好友恒山太守刘中柱，刘中柱也让家班演出《桃花扇》来招待他，连演两天，"缠绵尽致"。

《桃花扇》在民间则成为职业戏班常演剧目，清金埴《不下带编》载：

> 今勾栏部以《桃花扇》与《长生殿》并行，罕有不习洪、孔两家之传奇，三十余年矣。

近代以来，随着花部兴起，《桃花扇》除了在昆曲舞台上搬演外，还被改编成京剧、越剧、秦腔、湘剧、闽剧、粤剧、晋剧等地方戏。如著名京剧演员汪笑侬受当时民主革命和戏曲改良思潮的影响，改编了京剧《桃花扇》，还自己登台演出。抗日战争爆发后，欧阳予倩为了宣传抗日救国，也改编了京剧《桃花扇》，后在桂林期间，又改编为桂剧《桃花扇》。近代《桃花扇》的改编和演出，多与不同时期的社会现实有着紧密联系，以《桃花扇》所描写的"南明兴亡"历史教训来感化民众、警醒民众。

新中国成立以后，《桃花扇》依然活跃在戏曲舞台上。欧阳予倩任中央戏剧学院院长时，将之改编为话剧。二十世纪八十年代以后，《桃花扇》在戏曲舞台上以昆剧演出为主，除了经典折子戏外，多个院团改编演出了大戏，如北方昆曲剧院的《桃花扇》、上海昆剧团京昆合演的《桃花扇》、江苏昆剧院的昆剧《1699·桃花扇》等。

《桃花扇》现有清康熙四十七年（1708）初刻本、清乾隆间西园刻本、清康熙间海陵沈氏刻本、清嘉庆二十一年（1816）年刻本、清听雨楼刻本、清光绪二十一年（1895）兰雪堂刻本、清光绪间石印本、民国六年（1917）上海扫叶山房石印本、民国刘世珩暖红室刊本等。此以清康熙四十七年刻本为底本校注整理，校正处径改，不出校记。原尚有梁溪梦鹤居士《桃花扇序》、田雯等人《题辞》、《考据》、《本末》、《纲领》等，今因篇幅所限，略去。注释力求简明，以便阅读；并辅以暖红室刊本绣像，以添读曲之乐。

俞为民

2023 年 12 月

目

录

小引

　　传奇虽小道，凡诗赋、词曲、四六、小说家，无体不备。至于摹写须眉，点染景物，乃兼画苑矣。其旨趣实本于《三百篇》，而义则《春秋》。用笔行文，又《左》、《国》、太史公也。于以警世易俗，赞圣道而辅王化，最近且切。今之乐，犹古之乐，岂不信哉！

　　《桃花扇》一剧，皆南朝新事，父老犹有存者。场上歌舞，局外指点，知三百年之基业，隳于何人①，败于何事，消于何年，歇于何地。不独令观者感慨涕零，亦可惩创人心，为末世之一救矣。

　　盖予未仕时，山居多暇，博采遗闻，入之声律，一句一字，抉心呕成。今携游长安，借读者虽多，竟无一句一字着眼看毕之人。每抚胸浩叹，几欲付之一火。转思天下大矣，后世远矣，特识焦桐者，岂无中郎乎②？予姑俟之。

康熙己卯三月云亭山人偶笔

---

　① 隳（huī）：衰败，毁坏。
　② "特识"二句：东汉时，蔡邕见有人焚烧桐木，"闻火烈之声，知其良木，因请而裁为琴，果有美音，而其尾犹焦，故时人名曰'焦尾琴'"。见《后汉书·蔡邕传》。故称琴为焦桐。蔡邕，世称"蔡中郎"。这里借以指《桃花扇》的知音。

小 识

传奇者，传其事之奇焉者也，事不奇则不传。

桃花扇何奇乎？妓女之扇也，荡子之题也，游客之画也，皆事之鄙焉者也；为悦己容，甘剺面以誓志^①，亦事之细焉者也；宜其相谲，借血点而染花，亦事之轻焉者也；私物表情，密痕寄信，又事之猥亵而不足道者也。

桃花扇何奇乎？其不奇而奇者，扇面之桃花也。桃花者，美人之血痕也。血痕者，守贞待字，碎首淋漓，不肯辱于权奸者也。权奸者，魏阉之余孽也。余孽者，进声色，罗货利，结党复仇，隳三百年之帝基者也。帝基不存，权奸安在？惟美人之血痕，扇面之桃花，啧啧在口，历历在目，此则事之不奇而奇，不必传而可传者也。

人面耶？桃花耶？虽历千百春，艳红相映，问种桃之道士，且不知归何处矣。

康熙戊子三月云亭山人漫书

① 剺（lí）：划破，弄伤。

凡 例

一、剧名《桃花扇》，则桃花扇譬则珠也，作桃花扇之笔譬则龙也。穿云入雾，或正或侧，而龙睛龙爪，总不离乎珠。观者当用巨眼。

一、朝政得失，文人聚散，皆确考时地，全无假借。至于儿女钟情，宾客解嘲，虽稍有点染，亦非乌有子虚之比。

一、排场有起伏转折，俱独辟境界，突如而来，倏然而去，令观者不能预拟其局面。凡局面可拟者，即厌套也。

一、每出脉络联贯，不可更移，不可减少。非如旧剧，东拽西牵，便凑一出。

一、各本填词，每一长折例用十曲，短折例用八曲。优人删繁就减，只歌五六曲，往往去留弗当，辜作者之苦心。今于长折止填八曲，短折或六或四，不令再删故也。

一、曲名不取新奇，其套数皆时流谙习者，无烦探讨。入口成歌，而词必新警，不袭人牙后一字。

一、词曲皆非浪填，凡胸中情不可说，眼前景不能见者，则借词曲以咏之。又一事再述，前已有说白者，此则以词曲代之。若应作说白者，但入词曲，听者不解，而前后间断矣。其

1

已有说白者，又奚必重入词曲哉！

一、制曲必有旨趣，一首成一首之文章，一句成一句之文章。列之案头，歌之场上，可感可兴，令人击节叹赏，所谓歌而善也。若勉强敷衍，全无意味，则唱者听者，皆苦事矣。

一、词曲入宫调，叶平仄，全以词意明亮为主。每见南曲艰涩扭捏，令人不解。虽强合丝竹，止可作工尺字谱，何以谓之填词耶。

一、词中使用典故，信手拈来，不露饾饤堆砌之痕，化腐为新，易板为活。点鬼垛尸，必不取也。

一、说白则抑扬铿锵，语句整练。设科打诨，俱有别趣，宁不通俗，不肯伤雅，颇得风人之旨。

一、旧本说白，止作三分，优人登场，自增七分。俗态恶谑，往往点金成铁，为文笔之累。今说白详备，不容再添一字。篇幅稍长者，职是故耳。

一、设科之嬉笑怒骂，如白描人物，须眉毕现，引人入胜者，全借乎此。今俱细为界出，其面目精神，跳跃纸上，勃勃欲生，况加以优孟摹拟乎。

一、脚色所以分别君子小人，亦有时正色不足，借用丑、净者。洁面花面，若人之妍媸然，当赏识于牝牡骊黄之外耳。凡正色借用丑、净者，如柳、苏、丁、蔡出场时，暂洗去粉墨。

一、上下场诗，乃一出之始终条理，倘用旧句俗句草草塞责，全出削色矣。时本多尚集唐，亦属滥套，今俱创为新诗。起则有端，收则有绪。著往饰归之义，仿佛可追也。

一、全本四十出，其上本首试一出，末闰一出，下本首加一出，末续一出。又全本四十出之始终条理也，有始有卒，气足神完。且脱去离合悲欢之熟径，谓之戏文，不亦可乎？

云亭山人偶拈

试一出　先声①

康熙甲子八月

【**蝶恋花**】〔副末毡巾、道袍、白须上②〕古董先生谁似我③？非玉非铜，满面包浆裹④。剩魄残魂无伴伙，时人指笑何须躲。旧恨填胸一笔抹，遇酒逢歌，随处留皆可。子孝臣忠万事妥，休思更吃人参果⑤。

日丽唐虞世，花开甲子年；山中无寇盗，地上总神仙。老夫原是南京太常寺一个赞礼⑥，爵位不尊，姓名可隐。最喜无祸无灾，活了九十七岁，阅历多少兴亡，又到上元甲子⑦。尧舜临轩⑧，禹皋在

① 出：南戏和传奇剧本结构中的一个段落，相当于一场。　先声：即副末开场。
② 副末：南戏和传奇演出开场时介绍剧情的角色，兼扮演其他中年男子角色。
③ 古董先生：指年老守旧、不合时宜的人。
④ 包浆：金玉等古物历经人手摩挲后，表面有了光泽，称包浆。
⑤ 人参果：传说中的仙果，人吃后会长生不老。
⑥ 太常寺：官署名，掌管礼乐郊庙社稷之事。　赞礼：官职名，主持祭祀仪式。
⑦ 上元甲子：古代术数家以六十甲子配九宫，一百八十年为一周，分上、中、下三元，上元甲子，即第一个甲子。
⑧ 临轩：古代皇帝不在正殿而在殿前设朝，称临轩。

位^①，处处四民安乐，年年五谷丰登。今乃康熙二十三年，见了祥瑞一十二种。〔内问介^②〕请问那几种祥瑞？〔屈指介〕河出图^③，洛出书^④，景星明^⑤，庆云现^⑥，甘露降，膏雨零^⑦，凤凰集，麒麟游，蓂荚发^⑧，芝草生^⑨，海无波^⑩，黄河清^⑪。件件俱全，岂不可贺！老夫欣逢盛世，到处遨游。昨在太平园中，看一本新出传奇，名为《桃花扇》，就是明朝末年南京近事。借离合之情，写兴亡之感，实事实人，有凭有据。老夫不但耳闻，皆曾眼见。更可喜把老夫衰态，也拉上了排场，做了一个副末脚色；惹的俺哭一回，笑一回，怒一回，骂一回。那满座宾客，怎晓得我老夫就是戏中之人！〔内〕请问这本好戏，是何人著作？〔答〕列位不知，从来填词名家，不著姓氏。但看他有褒有贬，作《春秋》必赖祖传^⑫；可咏可歌，正

① 禹皋：即夏禹与皋陶。夏禹，姓姒，名文命，夏朝的奠定者。皋陶，舜之臣，掌刑狱之事。
② 介：指示人物动作。
③ 河出图：传说伏羲氏时，有龙马驮图从黄河出，伏羲氏据此创制成八卦。
④ 洛出书：传说夏禹治水时，有神龟自洛水出，背有文字，夏禹据此写成《九畴》。
⑤ 景星：也称瑞星、德星。传说常出于有德政之国。
⑥ 庆云：也称景云，古以为祥瑞之气，传说在太平盛世时才出现。
⑦ 零：降落。
⑧ 蓂荚：古代传说中的瑞草。
⑨ 芝草：即灵芝。
⑩ 海无波：海无波或海不扬波，古代指圣人治世，天下太平。
⑪ 黄河清：古人以为黄河水清为天下太平的祥瑞。
⑫ 作《春秋》必赖祖传：孔尚任为孔子第六十四代孙，他是以孔子的《春秋》笔法来编写《桃花扇》的。《春秋》喻指《桃花扇》。

雅颂岂无庭训①！〔内〕这等说来，一定是云亭山人了。〔答〕
你道是那个来？〔内〕今日冠裳雅会②，就要演这本传奇。你
老既系旧人，又且听过新曲，何不把传奇始末，预先铺叙一
番，大家洗耳？〔答〕有张道士的《满庭芳》词，歌来请
教罢：

【满庭芳】公子侯生，秣陵侨寓③，恰偕南国佳人；谗言暗害，
鸾凤一宵分。又值天翻地覆，据江淮藩镇纷纭。立昏主，征歌
选舞，党祸起奸臣。　　良缘难再续，楼头激烈，狱底沉沦。
却赖苏翁柳老，解救殷勤。半夜君逃相走，望烟波谁吊忠魂？
桃花扇、斋坛揉碎，我与指迷津。

〔内〕妙，妙，只是曲调铿锵，一时不能领会，还求总括数句。

〔答〕待我说来：

奸马阮中外伏长剑④，巧柳苏往来牵密线。

侯公子断除花月缘，　张道士归结兴亡案。

道犹未了，那公子早已登场，列位请看。

① "正雅颂"句：《诗经》分风、雅、颂三个部分，雅、颂为宫廷庆典或宗
　庙祭祀所用的乐歌，此喻指戏曲。庭训，《论语·季氏》记孔子在庭教其
　子孔鲤读《诗经》《礼记》。后因以庭训指父亲对儿子的教训。
② 冠裳：借指士大夫。
③ 秣陵：即今南京。
④ 中外伏长剑：内外相互勾结，暗中施奸计。

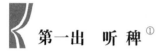

第一出 听稗①

崇祯癸未二月

【恋芳春】〔生儒扮上②〕孙楚楼边③,莫愁湖上,又添几树垂杨。偏是江山胜处,酒卖斜阳,勾引游人醉赏,学金粉南朝模样。暗思想,那些莺颠燕狂,关甚兴亡!

【鹧鸪天】院静厨寒睡起迟④,秣陵人老看花时。城连晓雨枯陵树,江带春潮坏殿基⑤。　　伤往事,写新词,客愁乡梦乱如丝。不知烟水西村舍,燕子今年宿傍谁?小生姓侯,名方域,表字朝宗,中州归德人也⑥。夷门谱牒,梁苑冠裳⑦。先祖太常,家父

① 听稗:犹听说书。
② 生:戏曲脚色名,扮演南戏和传奇中的男主角,相当于杂剧中的正末。
③ 孙楚楼:在南京城西,邻近莫愁湖。孙楚,字子荆,晋太原中都人,惠帝初为冯翊太守。
④ 厨:纱厨,帐子。
⑤ "城连"二句:枯陵,指明孝陵。殿基,指明宫殿。
⑥ 侯方域(1618—1654):字朝宗,号雪苑,清河南商丘人,与方以智、冒襄、陈贞慧合称为"明末四公子"。入清后,应河南乡试,中副榜。
⑦ "夷门谱牒"二句:夷门,借指侯嬴。谱牒,记述宗族世系的书籍。战国隐士侯嬴曾为大梁夷门守门吏,侯方域自称与其同一谱系。梁苑冠裳,经常出入梁苑的士大夫。梁苑,西汉梁孝王所建东苑,广纳司马相如等名士。

司徒，久树东林之帜①；选诗云间，征文白下，新登复社之坛②。早岁清词，吐出班香宋艳；中年浩气，流成苏海韩潮。人邻耀华之宫，偏宜赋酒③；家近洛阳之县，不愿栽花④。自去年壬午，南闱下第⑤，便侨寓这莫愁湖畔。烽烟未靖，家信难通，不觉又是仲春时候。你看碧草粘天，谁是还乡之伴；黄尘匝地，独为避乱之人。〔叹介〕莫愁，莫愁！教俺怎生不愁也！幸喜社友陈定生、吴次尾⑥寓在蔡益所书坊，时常往来，颇不寂寞。今日约到冶城道院⑦，同看梅花，须索早去。

【懒画眉】 乍暖风烟满江乡，花里行厨携着玉缸⑧，笛声吹乱客

---

① "先祖太常"三句：侯方域祖父执蒲，官至太常寺卿；父恂，官至户部尚书，户部尚书与古时的司徒一职相近，故称。东林，即东林党，明万历间顾宪成重修宋代杨时讲学之所东林书院，与高攀龙讲学其中，讽议朝政。宦官魏忠贤专权时，东林诸人与之相抗，时称东林党。侯恂曾入东林党，故曰"久树东林之帜"。

② "选诗云间"三句：云间，江苏松江（今属上海）的古称。晋时诗人陆机、陆云皆为云间人。明末复社领袖张溥，几社领袖夏允彝、陈子龙等也为云间人。白下，南京的别称。复社，明崇祯六年张溥组织复社，继承东林党的传统，以讲学批评时政。侯方域为复社成员。

③ "人邻"二句：耀华宫，西汉梁孝王所建，梁孝王曾在此召集文士作赋。此谓愿效名士作文赋诗。

④ "家近"二句：晋石崇在洛阳筑金谷园，园内多栽名花异木。此谓不愿与豪侈之辈同流合污。

⑤ 南闱：明清科举时，称顺天乡试为北闱，江南乡试为南闱。

⑥ 陈定生（1604—1656）：名贞慧，字定生，明末宜兴人。有文名，为复社成员。 吴次尾（1594—1645）：名应箕，字次尾，明末贵池人。崇祯贡生。为复社成员。

⑦ 冶城道院：即朝天宫，在南京城西。

⑧ "花里"句：豪门子弟出游郊外，常使人挑着酒食到游览地享用。行厨，出行途中的临时烹饪器具。

中肠。莫过乌衣巷^①，是别姓人家新画梁。

　　〔下〕〔末、小生儒扮上^②〕

【前腔】王气金陵渐凋伤^③，鼙鼓旌旗何处忙^④？怕随梅柳渡春江^⑤。〔末〕小生宜兴陈贞慧是也。〔小生〕小生贵池吴应箕是也。〔末问介〕次兄可知流寇消息么^⑥？〔小生〕昨见邸抄，流寇连败官兵，渐逼京师。那宁南侯左良玉^⑦，还军襄阳。中原无人，大事不可问，我辈且看春光。〔合〕无主春飘荡，风雨梨花催晓妆。

　　〔生上相见介〕请了，两位社兄，果然早到。〔小生〕岂敢爽约！

　　〔末〕小弟已着人打扫道院，沽酒相待。〔副净扮家僮忙上^⑧〕节寒嫌酒冷，花好引人多。禀相公：来迟了，请回罢！〔末〕怎么来迟了？〔副净〕魏府徐公子要请客看花^⑨，一座大大道院，早已占满了。〔生〕既是这等，且到秦淮水榭，一访佳丽，倒也有趣！

　　〔小生〕依我说，不必远去，兄可知道泰州柳敬亭^⑩，说书最妙，

① 乌衣巷：在今南京市东南。东晋时，王、谢诸望族居于此。
② 末：戏曲脚色名，在传奇中多扮演中年及以上的男子。
③ 王气：古时谓某地将出现王者，必能望见王者祥瑞之气。
④ 鼙（pí）鼓：军队所用战鼓。
⑤ 梅柳渡春江：喻指当时北方人士为避战乱而渡江南下。
⑥ 流寇：此指李自成领导的农民起义军。
⑦ 左良玉（1599—1645）：字昆山，明末临清人。因军功封宁南伯。福王即位，又进封宁南侯。
⑧ 副净：戏曲脚色名，传奇中扮演次要的净脚。
⑨ 魏府徐公子：指徐青君，明开国功臣、魏国公徐达的后裔。
⑩ 柳敬亭（1587—1670？）：本姓曹，因避捕而改姓柳。明末泰州人，著名说书艺人。与复社人士多相往来，明亡后，潦倒而死。

听 琴

曾见赏于吴桥范大司马、桐城何老相国①。闻他在此作寓，何不同往一听，消遣春愁？〔末〕这也好！〔生怒介〕那柳麻子新做了阉儿阮胡子的门客②，这样人说书，不听也罢了！〔小生〕兄还不知阮胡子漏网余生，不肯退藏，还在这里蓄养声伎，结纳朝绅。小弟做了一篇留都防乱的揭帖③，公讨其罪。那班门客才晓得他是崔魏逆党④，不待曲终，拂衣散尽。这柳麻子也在其内，岂不可敬！〔生惊介〕阿呀！竟不知此辈中也有豪杰，该去物色的！〔同行介〕

【前腔】仙院参差弄笙簧，人住深深丹洞旁，闲将双眼阅沧桑。〔副净〕此间是了，待我叫门。〔叫介〕柳麻子在家么？〔末喝介〕咄！他是江湖名士，称他柳相公才是。〔副净又叫介〕柳相公开门。〔丑小帽、海青、白髯⑤，扮柳敬亭上〕门掩青苔长，话旧樵渔来道房。

〔见介〕原来是陈、吴二位相公，老汉失迎了！〔问生介〕此位何人？〔末〕这是敝友河南侯朝宗，当今名士，久慕清谈，特来领教。〔丑〕不敢不敢！请坐献茶。〔坐介〕〔丑〕相公都是读书君子，甚么《史记》《通鉴》，不曾看熟，倒来听老汉的俗谈。

① 吴桥范大司马：即范景文，明崇祯七年拜兵部尚书。吴桥，今属河北河间。　桐城何老相国：即何如宠，明崇祯二年以礼部尚书兼东阁大学士，入阁辅政。桐城，今安徽桐城。
② 阉儿阮胡子：即阮大铖（1587—1646），字集之，明末怀宁人。万历进士。曾认宦官魏忠贤作干爹，故时人称其为阉儿。
③ 留都防乱的揭帖：《留都防乱揭帖》揭露阮大铖阉党余孽继续作乱的罪恶行为。署名的有吴应箕、陈贞慧等一百四十余人。揭帖，即公告。
④ 崔魏逆党：崔即崔呈秀（？—1627），明蓟州人，投靠魏忠贤，为其养子。魏忠贤（1568—1627），明河间肃宁人。万历时入宫，专权乱政，党羽满朝。
⑤ 丑：戏曲脚色名，多扮演滑稽调笑的角色。

〔指介〕你看：

【前腔】废苑枯松靠着颓墙，春雨如丝宫草香，六朝兴废怕思量。鼓板轻轻放，沾泪说书儿女肠。

〔生〕不必过谦，就求赐教。〔丑〕既蒙光降，老汉也不敢推辞；只怕演义盲词①，难入尊耳。没奈何，且把相公们读的《论语》说一章罢！〔生〕这也奇了，《论语》如何说的？〔丑笑介〕相公说得，老汉就说不得？今日偏要假斯文，说他一回。〔上坐敲鼓板说书介〕问余何事栖碧山，笑而不答心自闲；桃花流水杳然去，别有天地非人间②。〔拍醒木说介〕敢告列位，今日所说不是别的，是申鲁三家欺君之罪③，表孔圣人正乐之功。当时鲁道衰微，人心僭窃④，我夫子自卫反鲁，然后乐正。那些乐官恍然大悟，愧悔交集，一个个东奔西走，把那权臣势家闹烘烘的戏场，顷刻冰冷。你说圣人的手段利害呀不利害？神妙呀不神妙？〔敲鼓板唱介〕

【鼓词一】⑤自古圣人手段能，他会呼风唤雨，撒豆成兵。见一伙乱臣无礼教歌舞，使了个些小方法，弄的他精打精。正排着低品走

---

① 演义：古代的一种小说体裁。 盲词：古代的一种说唱文学，由盲人说唱，故名。
② "问余"四句：语见唐李白《山中问答》诗。
③ 鲁三家：指春秋时鲁国仲孙、叔孙、季孙三家，是当时鲁国势力最大的卿大夫，执掌鲁国国政。
④ 僭窃：超越本分行事。
⑤ 【鼓词一】：此五首鼓词引自贾凫西《木皮散人鼓词》中的《太师挚适齐》篇。

狗奴才队，都做了高节清风大英雄！

　　〔拍醒木说介〕那太师名挚，他第一个先适了齐。他为何适齐，
　　听俺道来！〔敲鼓板唱介〕

【鼓词二】好一个为头为领的太师挚，他说："咳，俺为甚的替撞三家
景阳钟①？往常时瞎了眼睛在泥窝里混，到如今抖起身子去个清。
大撒脚步正往东北走，合伙了个敬仲老先才显俺的名②。管喜的孔子
三月忘肉味，景公擦泪侧着耳听；那贼臣就吃了豹子心肝熊的胆，
也不敢到姜太公家里去拿乐工③。"

　　〔拍醒木说介〕管亚饭的名干④，适了楚；管三饭的名缭，适了
　　蔡；管四饭的名缺，适了秦。这三人为何也去了？听我道来！
　　〔敲鼓板唱介〕

【鼓词三】这一班劝膳的乐官不见了领队长，一个个各寻门路奔前
程。亚饭说："乱臣堂上掇着碗，俺倒去吹吹打打伏侍着他听；你
看咱长官此去齐邦谁敢去找？我也投那熊绎大王⑤，倚仗他的威风。"
三饭说："河南蔡国虽然小，那堂堂的中原紧靠着京城。"四饭说：
"远望西秦有天子气，那强兵营里我去抓响筝。"一齐说："你每日倚

---

　　①　景阳钟：南齐武帝时置钟于景阳楼上，用以报更，故称。此借指鲁三家
　　　　之乐器。
　　②　敬仲老先：即战国时齐国国君田氏之祖先。
　　③　姜太公家里：指齐国。
　　④　亚饭：古代天子及诸侯在用餐时都得奏乐，故乐官有"亚饭""三饭"
　　　　"四饭"之名。亚饭，即二饭。
　　⑤　熊绎：春秋时楚国始祖。

着塞门桩子使唤俺^①，今以后叫你闻着俺的风声脑子疼。"

〔拍醒木说介〕击鼓的名方叔，入于河，播鞀的名武^②，入于汉；少师名阳，击磬的名襄，入于海。这四人另有个去法，听俺道来！〔敲鼓板唱介〕

【鼓词四】 这击磬播鼓的三四位，他说："你丢下这乱纷纷的排场俺也干不成。憨嫌这里乱鬼当家别处寻主，只怕到那里低三下四还干旧营生。俺们一叶扁舟桃源路，这才是江湖满地，几个渔翁。"

〔拍醒木说介〕这四个人，去的好，去的妙，去的有意思。听他说些甚的？〔敲鼓板唱介〕

【鼓词五】 他说："十丈珊瑚映日红，珍珠捧着水晶宫，龙王留俺宫中宴，那金童玉女不比凡同。凤箫象管龙吟细，可教人家吹打着俺们才听。那贼臣就溜着河边来赶俺，这万里烟波路也不明。莫道山高水远无知己，你看海角天涯都有俺旧弟兄。全要打破纸窗看世界，亏了那位神灵提出俺火坑；凭世上沧海变田田变海，俺那老师父只管曚瞆着两眼定六经^③。"

〔说完起介〕献丑，献丑！〔末〕妙极，妙极！如今应制讲义^④，那能如此痛快，真绝技也！〔小生〕敬亭才出阮家，不肯别投主

---

① 你每：你们。每，词缀，同"们"。　倚着塞门桩子：此借指僭窃天子之礼的鲁国三家。
② 播鞀（táo）：摇小鼓。鞀，有柄的小鼓。
③ 老师父：指孔子。　曚瞆：老眼昏花。　六经：指《诗》《书》《礼》《乐》《易》《春秋》等六种儒家经典。
④ 应制：应皇帝之命而写作。　讲义：讲解经义。

人，故此现身说法。〔生〕俺看敬亭人品高绝，胸襟洒脱，是我辈中人，说书乃其余技耳。

【解三酲】〔生、末、小生〕暗红尘霎时雪亮，热春光一阵冰凉，清白人会算糊涂帐。〔同笑介〕这笑骂风流跌宕，一声拍板温而厉，三下渔阳慨以慷①！〔丑〕重来访，但是桃花误处，问俺渔郎。

〔生问介〕昨日同出阮衙，是那几位朋友？〔丑〕都已散去，只有善讴的苏昆生，还寓比邻。〔生〕也要奉访，尚望同来赐教。〔丑〕自然奉拜的。

〔丑〕歌声歇处已斜阳，〔末〕剩有残花隔院香。

〔小生〕无数楼台无数草，〔生〕清谈霸业两茫茫。

---

① "三下"句：汉末祢衡被曹操谪为鼓吏，试鼓时，衡举枹击《渔阳》掺挝，声音悲壮激烈。此借以形容柳敬亭说书的慷慨动人。

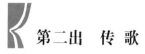 第二出　传　歌

【秋夜月】〔小旦倩妆扮鸨妓李贞丽上 〕深画眉，不把红楼闭；长板桥头垂杨细 ②，丝丝牵惹游人骑。将筝弦紧系，把笙囊巧制。

　　梨花似雪草如烟，春在秦淮两岸边，一带妆楼临水盖，家家分影照婵娟。妾身姓李，表字贞丽，烟花妙部，风月名班 ③；生长旧院之中，迎送长桥之上，铅华未谢 ④，丰韵犹存。养成一个假女 ⑤，温柔纤小，才陪玳瑁之筵 ⑥；宛转娇羞，未入芙蓉之帐 ⑦。这里有位罢职县令，叫做杨龙友 ⑧，乃凤阳督抚马士英的妹夫 ⑨，原做

① 小旦：戏曲脚色名，多扮演次要的旦角。　倩妆：打扮美丽。　鸨妓：即鸨母，妓女的养母。　李贞丽：明末秦淮名妓，为人豪爽，多与士大夫交游，是李香君的养母。

② 长板桥：即长桥，在南京秦淮河上，邻近旧院。旧院是秦淮歌妓聚居处。

③ 烟花、风月：皆指艺妓。

④ 铅华：即铅粉，此借指容貌。

⑤ 假女：养女，义女。

⑥ 玳瑁之筵：豪华的宴席。玳瑁，海中的动物，甲片可装饰坐椅。

⑦ 芙蓉之帐：芙蓉花染制成的帐子，指华丽的帐子。

⑧ 杨龙友（1597—1645）：名文骢，字龙友，明末贵阳人。万历末举人，善书画。清兵南渡，从唐王起兵援衢州，兵败被执，不屈死。

⑨ 马士英（1591？—1646）：字瑶草，万历进士。崇祯末任凤阳总督。明亡，在南京拥立福王，任东阁大学士，进太保，专国政。后为清军俘杀。

13

桃花扇

光禄阮大铖的盟弟，常到院中夸俺孩儿，要替他招客梳栊①。今日春光明媚，敢待好来也。〔叫介〕丫鬟，卷帘扫地，伺候客来。〔内应介〕晓得！〔末扮杨文骢上〕三山景色供图画②，六代风流入品题。下官杨文骢，表字龙友，乙榜县令③，罢职闲居。这秦淮名妓李贞丽，是俺旧好，趁此春光，访他闲话。来此已是，不免竟入。〔入介〕贞娘那里？〔见介〕好呀！你看梅钱已落，柳线才黄，软软浓浓，一院春色，叫俺如何消遣也！〔小旦〕正是。请到小楼焚香煮茗，赏鉴诗篇罢。〔末〕极妙了。〔登楼介〕帘纹笼架鸟，花影护盆鱼。〔看介〕这是令爱妆楼，他往那里去了？〔小旦〕晓妆未竟，尚在卧房。〔末〕请他出来。〔小旦唤介〕孩儿出来，杨老爷在此。〔末看四壁上诗篇介〕都是些名公题赠，却也难得。〔背手吟哦介〕

【前腔】〔旦艳妆上④〕香梦回，才褪红鸳被。重点檀唇胭脂腻，匆匆挽个抛家髻。这春愁怎替，那新词且记。

〔见介〕老爷万福！〔末〕几日不见，益发标致了。这些诗篇赞的不差。〔又看惊介〕呀呀！张天如、夏彝仲这班大名公⑤，都有题赠，下官也少不的和韵一首。〔小旦送笔砚介〕〔末把笔久吟介〕做他不过，索性藏拙，聊写墨兰数笔，点缀素壁罢。〔小旦〕

① 梳栊：旧时指妓女第一次接客。
② 三山：在南京西南，长江的南岸。
③ 乙榜县令：经乡试合格为举人后做县令。
④ 旦：戏曲脚色名，在传奇中扮演女主角。
⑤ 张天如：即张溥（1602—1641），字天如，明太仓人。崇祯四年进士，改庶吉士，为明末复社领袖。　夏彝仲：即夏允彝（？—1646），字彝仲，明松江华亭人。崇祯十年进士。为明末几社领袖。

更妙。〔末看壁介〕这是蓝田叔画的拳石①。呀！就写兰于石旁，借他的衬贴也好。〔画介〕

【梧桐树】绫纹素壁辉，写出骚人致。嫩叶香苞，雨困烟痕醉。一拳宣石墨花碎，几点苍苔乱染砌。〔远看介〕也还将就得去，怎比元人潇洒墨兰意，名姬恰好湘兰佩。

〔小旦〕真真名笔，替俺妆楼生色多矣！〔末〕见笑。〔向旦介〕请教尊号，就此落款。〔旦〕年幼无号。〔小旦〕就求老爷赏他二字罢。〔末思介〕《左传》云："兰有国香，人服媚之。"就叫他香君何如②？〔小旦〕甚妙！香君过来谢了。〔旦拜介〕多谢老爷！〔末笑介〕连楼名都有了。〔落款介〕崇祯癸未仲春，偶写墨兰于媚香楼，博香君一笑。贵筑杨文骢③。〔小旦〕写画俱佳，可称双绝。多谢了！〔俱坐下〕〔末〕我看香君国色第一，只知技艺若何？〔小旦〕一向娇养惯了，不曾学习。前日才请一位清客④，传他词曲。〔末〕是那个？〔小旦〕就叫甚么苏昆生。〔末〕苏昆生，本姓周，是河南人，寄居无锡。一向相熟的，果然是个名手。〔问介〕传的那套词曲？〔小旦〕就是《玉茗堂四梦》⑤。〔末〕学会多少了？〔小旦〕才将《牡丹亭》学了半本。〔唤介〕孩

----

① 蓝田叔：即蓝瑛，字田叔，号蝶叟，明钱塘人，著名画家，善画山水，为浙派之最。
② 香君：李香君，明末南京歌妓，聪慧知书，为张溥、夏允彝所称赏。侯方域有《李姬传》，记其事。
③ 贵筑：即今贵阳。
④ 清客：旧时在豪门贵族门下帮闲凑趣的文人，此指教人唱曲的艺人。
⑤ 《玉茗堂四梦》：明戏曲家汤显祖作有《紫钗记》《牡丹亭》《邯郸记》《南柯记》等四种传奇，因剧中皆有主人公入梦的情节，故名。

传
歌

儿，杨老爷不是外人，取出曲本快快温习。待你师父对过，好上
新腔。〔旦皱眉介〕有客在坐，只是学歌怎的。〔小旦〕好傻话，
我们门户人家^①，舞袖歌裙，吃饭庄屯。你不肯学歌，闲着做甚。
〔旦看曲本介〕

【前腔】〔小旦〕生来粉黛围，跳入莺花队^②，一串歌喉，是俺金
钱地。莫将红豆轻抛弃，学就晓风残月坠^③；缓拍红牙，夺了
宜春翠^④，门前系住王孙辔^⑤。

〔净扁巾、褶子，扮苏昆生上^⑥〕闲来翠馆调鹦鹉，懒去朱门看牡
丹。在下固始苏昆生是也，自出阮衙，便投妓院，做这美人的
教习，不强似做那义子的帮闲么。〔竟入见介〕杨老爷在此，久
违了。〔末〕昆老恭喜，收了一个绝代的门生。〔小旦〕苏师父来
了，孩儿见礼。〔旦拜介〕〔净〕免劳罢。〔问介〕昨日学的曲子，
可曾记熟了？〔旦〕记熟了。〔净〕趁着杨老爷在坐，随我对来，
好求指示。〔末〕正要领教。〔净、旦对坐唱介〕

【皂罗袍】^⑦原来姹紫嫣红开遍，似这般都付与断井颓垣。良辰
美景奈何天，〔净〕错了错了，"美"字一板，"奈"字一板，不可连下去。另

---

① 门户人家：即妓家。
② "生来"二句：粉黛围、莺花队，皆指妓院。
③ "学就"句：即学会唱曲。
④ "夺了"句：色艺超过唐代宜春院中的歌妓。宜春，宜春院，唐长安宫内歌妓居住处。
⑤ 辔（pèi）：驾马的缰绳。
⑥ 净：戏曲脚色名，多扮演形象或性格奇特之男性角色。
⑦ 【皂罗袍】：此曲及下曲【好姐姐】皆为《牡丹亭·惊梦》中的曲文。

来另来！良辰美景奈何天，赏心乐事谁家院。朝飞暮卷，云霞翠轩；雨丝风片，〔净〕又不是了，"丝"字是务头①，要在嗓子内唱。雨丝风片，烟波画船，锦屏人忒看得这韶光贱！

〔净〕妙妙！是的狠了，往下来。

【好姐姐】遍青山啼红了杜鹃，荼蘼外烟丝醉软。牡丹虽好，他春归怎占得先！〔净〕这句略生些，再来一遍。牡丹虽好，他春归怎占得先！闲凝眄，生生燕语明如剪，呖呖莺声溜的圆。

〔净〕好好！又完一折了。〔末对小旦介〕可喜令爱聪明的紧，不愁不是一个名妓哩！〔向净介〕昨日会着侯司徒的公子侯朝宗，客囊颇富，又有才名，正在这里物色名姝。昆老知道么？〔净〕他是散乡世家，果然大才。〔末〕这段姻缘，不可错过的。

【琐窗寒】破瓜碧玉佳期②，唱娇歌，细马骑。缠头掷锦③，携手倾杯；催妆艳句④，迎婚油壁⑤。配他公子千金体，年年不放阮郎归⑥，买宅桃叶春水⑦。

① 务头：指曲中最精彩、最动听之处。
② 破瓜：瓜字可剖成两个"八"字，二八十六，故称女子十六岁时为破瓜。 碧玉：本为南朝宋汝南王的爱妾名，后泛指平民家的少女。
③ 缠头：指客人赠给妓女财物，原先多用锦帛。
④ 催妆艳句：旧时新婚之晚，宾客写诗祝贺，称催妆诗。
⑤ 油壁：油壁车，古时妇女乘坐的一种轻便车，车壁以油彩为饰，故名。
⑥ "年年不放"句：东汉时，刘晨、阮肇入天台山采药，迷了路，在溪边遇到仙女，被请到家中并招为婿。两人后来出山，发现已经历七世，再回去寻找，不见仙女踪迹。事见南朝宋刘义庆《幽明录》。阮郎，指阮肇，后多借指与女子结缘之男子。
⑦ 桃叶春水：指桃叶渡，在秦淮河和青溪合流处。相传晋王献之在此送其爱妾桃叶，后人因称此为桃叶渡。

〔小旦〕这样公子肯来梳栊，好的紧了，只求杨老爷极力帮衬，成此好事。〔末〕自然在心的。

【尾声】〔小旦〕掌中女好珠难比，学得新莺恰恰啼，春锁重门人未知。

如此春光，不可虚度，我们楼下小酌罢。〔末〕有趣。〔同行介〕

〔末〕苏小帘前花满畦①，　〔小旦〕莺酣燕懒隔春堤。

〔旦〕红绡裹下樱桃颗，　　〔净〕好待潘车过巷西②。

① 苏小：即苏小小，南齐钱塘著名歌妓。
② 潘车：指晋潘岳乘车出行，妇女投之以果事。

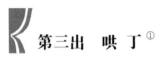

第三出 哄 丁①

癸未三月

〔副净、丑扮二坛户上②〕〔副净〕俎豆传家铺排户③,〔丑〕祖父。〔副净〕各坛祭器有号簿,〔丑〕查数。〔副净〕朔望开门点蜡炬④,〔丑〕扫路。〔副净〕跪迎祭酒早进署⑤,〔丑〕休误。怎么只说这样没体面的话。〔副净〕你会说,让你说来。〔丑〕四季关粮进户部,〔副净〕夸富。〔丑〕红墙绿瓦阖家住,〔副净〕娶妇。〔丑〕干柴只靠一把锯,〔副净〕偷树。〔丑〕一年到头不吃素,〔副净〕腌腊。〔丑〕啐!你接得不好,到底露出脚色来⑥。〔同笑介〕咱们南京国子监铺排户,苦熬六个月,今日又是仲春丁期。太常寺早已送到祭品,待俺摆设起来。〔排桌介〕〔副净〕

---

① 哄:吵闹。 丁:即丁祭,以干支纪日,逢丁就是丁日。每年二月和八月的第一个丁日,都要祭孔,称为丁祭。
② 坛户:管理庙宇、安排祭祀的人家。
③ 俎(zǔ)豆:俎、豆皆为祭祀时所用的器具。 铺排户:即坛户。
④ "朔望"句:旧历每月初一叫"朔",十五日叫"望"。旧俗遇朔望皆要烧香点烛,祭拜鬼神。
⑤ 祭酒:即国子监祭酒,国子监的最高长官。国子监为旧时国家教育管理机构和最高学府。
⑥ 脚色:此指本来面目。

栗、枣、芡、菱、榛。〔丑〕牛、羊、猪、兔、鹿。〔副净〕鱼、芹、菁、笋、韭。〔丑〕盐、酒、香、帛、烛。〔副净〕一件也不少，仔细看着，不要叫赞礼们偷吃，寻我们的晦气呀。〔副末扮老赞礼暗上〕啐！你坛户不偷就够了，倒赖我们。〔副净拱介〕得罪得罪！我说的是那没体面的相公们，老先生是正人君子，岂有偷嘴之理！〔副末〕闲话少说，天已发亮，是时候了，各处快点香烛。〔丑〕是。〔同混下〕

【粉蝶儿】〔外冠带执笏，扮祭酒上〕松柏笼烟，两阶蜡红初剪。排笙歌，堂上宫悬。捧爵帛，供牲醴，香芹早荐。〔末冠带执笏，扮司业上①〕列班联，敬陪南雍释奠②。

〔外〕下官南京国子监祭酒是也。〔末〕下官司业是也。今值文庙丁期③，礼当释奠。〔分立介〕

【四园春】〔小生衣巾，扮吴应箕上〕楗鼓逢逢将曙天，诸生接武杏坛前④。〔杂扮监生四人上〕济济礼乐绕三千，万仞门墙瞻圣贤⑤。〔副净满髯冠带，扮阮大铖上〕净洗含羞面，混入几筵边。

〔小生〕小生吴应箕，约同杨维斗、刘伯宗、沈昆铜、沈眉生众

① 司业：即国子监司业，位次于国子监祭酒。
② 班联：群臣朝见皇帝时按品阶排列队伍。　南雍释奠：明南京国子监为南雍。释奠，古代学校祭奠先师的一种典礼，此指祭孔。
③ 文庙：即孔子庙。
④ 诸生：指参加丁祭的众儒生。　接武：一个紧跟一个。武，脚步。　杏坛：在山东曲阜孔庙前，此借指南京孔庙。
⑤ "济济"二句：济济，人才众多貌。此形容参加祭礼的儒生之多。万仞门墙，形容孔子道德之崇高。

桃花扇

社兄^①，同来与祭。〔杂四人〕次尾社兄到的久了，大家依次排起班来。〔副净掩面介〕下官阮大铖，闲住南京，来观盛典。〔立前列介〕〔副末上，唱礼介〕排班，班齐。鞠躬，俯伏、兴，伏俯、兴，俯伏、兴，伏俯、兴。〔众依礼各四拜介〕

【泣颜回】〔合〕百尺翠云巅，仰见宸题金匾^②，素王端拱^③，颜曾四座冠冕^④。迎神乐奏，拜彤墀齐把袍笏展^⑤。读诗书不愧胶庠^⑥，畏先圣洋洋灵显。

〔拜完立介〕〔唱礼介〕焚帛，礼毕。〔众相见揖介〕

【前腔】〔外、末〕北面并臣肩，共事春丁荣典；趋跄环佩^⑦，鹓班鹭序旋转^⑧。〔小生等〕司笾执豆^⑨，鲁诸生尽是瑚琏选^⑩。〔副净〕喜留都、散职逍遥，叹投闲、名流谪贬。

〔外、末下〕〔副净拱介〕〔小生惊看，问介〕你是阮胡子，如何也来与祭，唐突先师，玷辱斯文。〔喝介〕快快出去！〔副净气介〕我乃堂堂进士，表表名家，有何罪过，不容与祭？〔小生〕

① 社兄：吴应箕等被称为复社五秀才。
② "百尺"二句：形容孔庙之崇高。宸题金匾，由皇帝题写的金匾。
③ 素王：指有帝王之德行而未居其位的人。儒家尊称孔子为素王。
④ 颜曾四座：指附祭于孔庙的颜渊、曾参、子思和孟子等四人。
⑤ 彤墀（chí）：殿前红色的石阶。群臣朝见天子的地方。　袍笏（hù）：朝服、手板。古代大臣朝会时穿朝服，手执笏板。
⑥ 胶庠（xiáng）：西周学校名，后用作学校的通称。
⑦ 趋跄：步履快而有节奏。　环佩：佩戴的玉器，走动时会发出声响。
⑧ 鹓班鹭序：鹓鹭飞行有序，比喻祭孔时人群行列整齐。
⑨ 司笾（biān）执豆：手拿笾、豆等祭器。指掌握礼法。笾为竹制，用以盛果品。豆为木制，用以盛酒肉。
⑩ 瑚琏：本指礼器，此比喻可贵的人才。

你的罪过，朝野俱知，蒙面丧心，还敢入庙。难道前日防乱揭帖，不曾说着你病根么！〔副净〕我正为暴白心迹，故来与祭。

〔小生〕你的心迹，待我替你说来：

【千秋岁】魏家干①，又是客家干，一处处儿字难免。同气崔田②，同气崔田，热兄弟粪争尝，痈同吮。东林里丢飞箭，西厂里牵长线③，怎掩旁人眼。〔合〕笑冰山消化，铁柱翻掀。

〔副净〕诸兄不谅苦衷，横加辱骂，那知俺阮圆海原是赵忠毅先生的门人④，魏党暴横之时，我丁艰未起⑤，何曾伤害一人，这些话都从何处说起？

【前腔】飞霜冤，不比黑盆冤⑥，一件件风影敷衍。初识忠贤，初识忠贤，救周魏⑦，把好身名，甘心贬。前辈康对山，为救李空同，

---

① "魏家干"二句：魏家，指魏忠贤。客家，指明熹宗乳母客氏。两人专权祸国，狼狈为奸，趋炎附势的人，纷纷向这两家称干儿干义子。

② 崔田：即崔呈秀、田尔耕，皆为阉党主要成员。

③ 西厂：明官署名，由宦官主持的特务机构。

④ 赵忠毅：即赵南星（1550—1627），字梦白，号侪鹤，谥忠毅，明高邑人。万历二年进士，熹宗时，为吏部尚书。因得罪魏忠贤，被谪戍代州，卒于戍所。

⑤ 丁艰：遭父母之丧，停职守孝。

⑥ "飞霜冤"二句：飞霜冤，相传战国邹衍被陷害下狱，仰天大哭，感动天地，炎夏飞霜。黑盆冤，指不得昭雪的沉冤，犹如被覆盖在黑盆之下，永不得见天日。

⑦ 周魏：即周朝瑞、魏大中，皆为明天启初谏官，因揭发魏忠贤与客氏的罪恶而被迫害致死。

桃花扇

曾入刘瑾之门①。我前日屈节，也只为着东林诸君子，怎么倒责起我来？《春灯谜》谁不见②，十错认无人辩，个个将咱遣。〔指介〕恨轻薄新进，也放屁狂言！

〔小生〕好骂好骂！〔众〕你这等人，敢在文庙之中公然骂人，真是反了！〔副末亦喊介〕反了，反了！让我老赞礼，打这个奸党。〔打介〕〔小生〕掌他的嘴，挦他的毛③。〔众乱采须，指骂介〕

【越恁好】阉儿珰子④，阉儿珰子，那许你拜文宣。辱人贱行，玷庠序，愧班联。急将吾党鸣鼓传⑤，攻之必远；屏荒服不与同州县⑥，投豺虎只当闲猪犬。

〔副净〕好打好打！〔指副末介〕连你这老赞礼，都打起我来了。

〔副末〕我这老赞礼，才打你个知和而和的。〔副净看须介〕把胡须都采落了，如何见人，可恼之极！〔急跑介〕

【红绣鞋】难当鸡肋拳揎⑦，拳揎。无端臂折腰撅，腰撅。忙躲

---

① "前辈"三句：康对山，即康海（1475—1540），字德涵，号对山，明陕西武功人。李空同，即李梦阳（1473—1530），号空同子，明庆阳人。刘瑾（？—1510），明宦官，陕西兴平人。正德六年任司礼监，受宠信，专朝政。时李梦阳被捕入狱，求康海营救，康海便去拜谒刘瑾。后刘瑾被诛，康海名列瑾党，而李梦阳却不为其辩白。此阮大铖借此事为自己辩白。
② 《春灯谜》：传奇名，阮大铖作。相传此剧是阮大铖在阉党失势后，欲向东林党人辩白而作，意谓自己的罪恶实被误认。
③ 挦（xián）：拔，扯。
④ 珰子：宦官的儿子。珰，宦官的冠饰，借指宦官。
⑤ 鸣鼓传：公开声讨其罪行。
⑥ 屏：放逐。 荒服：边远之地。
⑦ 鸡肋拳揎（xuān）：意谓瘦弱的身体怎禁得起拳击。揎，用手打。

去，莫流连。〔下〕〔小生〕〔众〕分邪正，辨奸贤，党人逆案铁同坚。

【尾声】当年势焰掀天转，今日奔逃亦可怜。儒冠打扁，归家应自焚笔砚。

〔小生〕今日此举，替东林雪愤，为南监生光^①，好不爽快！以后大家努力，莫容此辈再出头来。〔众〕是，是！

〔众〕堂堂义举圣门前，〔小生〕黑白须争一着先^②。

〔众〕只恐输赢无定局，〔小生〕治由人事乱由天。

① 南监：南京国子监。
② "黑白"句：黑白，指围棋的黑子、白子。此借用下围棋比喻政治斗争。

 **第四出　侦　戏**

【双劝酒】〔副净扮阮大铖忧容上〕前局尽翻，旧人皆散。飘零鬓斑，牢骚歌懒。又遭时流欺谩，怎能得高卧加餐？

　　下官阮大铖，别号圆海。词章才子，科第名家；正做着光禄吟诗①，恰合着步兵爱酒②。黄金肝胆，指顾中原，白雪声名③，驱驰上国。可恨身家念重，势利情多；偶投客、魏之门，便入儿孙之列。那时权飞烈焰，用着他当道豺狼；今日势败寒灰，剩了俺枯林鸮鸟④。人人唾骂，处处击攻。细想起来，俺阮大铖也是读破万卷之人，什么忠佞贤奸，不能辨别？彼时既无失心之疯⑤，又非汗

---

① 光禄吟诗：南朝诗人颜延之，官至金紫光禄大夫。阮大铖也做过光禄卿，故引以自比。
② 步兵爱酒：三国魏阮籍曾为步兵校尉，世称阮步兵。阮大铖与阮籍同姓，因引以自比。
③ 白雪声名：《白雪》为古时一种高雅的乐曲。阮大铖擅长词曲，因以《白雪》自誉自己在曲坛上的名声。
④ 鸮（xiāo）鸟：一种恶鸟，喻指凶恶奸佞之人。
⑤ 失心：神经错乱。

邪之病①，怎的主意一错，竟做了一个魏党？〔跌足介〕才题旧事，愧悔交加。罢了，罢了！幸这京城宽广，容的杂人，新在这裤子裆里买了一所大宅②，巧盖园亭，精教歌舞，但有当事朝绅，肯来纳交的，不惜物力，加倍趋迎。倘遇正人君子，怜而收之，也还不失为改过之鬼。〔悄语介〕若是天道好还，死灰有复燃之日。我阮胡子呵！也顾不得名节，索性要倒行逆施了。这都不在话下。昨日文庙丁祭，受了复社少年一场痛辱，虽是他们孟浪，也是我自己多事。但不知有何法儿，可以结识这般轻薄。〔搔首寻思介〕

【步步娇】小子翩翩皆狂简③，结党欺名宦，风波动几番。捋落吟须，捶折书腕。无计雪深怨，叫俺闭户空羞赧④。

〔丑扮家人持帖上〕地僻疏冠盖⑤，门深隔燕莺。禀老爷：有帖借戏。〔副净看帖介〕通家教弟陈贞慧拜。〔惊介〕呵呀！这是宜兴陈定生，声名赫赫，是个了不得的公子，他怎肯向我借戏？〔问介〕那来人如何说来？〔丑〕来人说，还有两位公子，叫什么方密之、冒辟疆⑥，都在鸡鸣埭上吃酒⑦，要看老爷新编的《燕

---

① 汗邪：因发烧不出汗而神志昏迷。
② 裤子裆：地名，在南京城内。
③ 狂简：志向高大而疏于实事。
④ 羞赧（nǎn）：羞愧。
⑤ 冠盖：借指官吏、士大夫。
⑥ 方密之：即方以智（1611—1671），字密之，号鹿起，明末桐城人。崇祯十三年进士，官翰林院检讨。　冒辟疆：即冒襄（1611—1693），字辟疆，自号巢农，明末如皋人。有文名。
⑦ 鸡鸣埭（dài）：即今鸡鸣寺，为南京名胜之一。

桃花扇

子笺》，特来相借。〔副净吩咐介〕速速上楼，发出那一副上好行
头；吩咐班里人梳头洗脸，随箱快走。你也拿帖跟去，俱要仔细
着。〔丑应下〕〔杂抬箱，众戏子绕场下〕〔副净唤丑介〕转来。
〔悄语介〕你到他席上，听他看戏之时，议论什么，速来报我。
〔丑〕是。〔下〕〔副净笑介〕哈哈！竟不知他们目中还有下官，
有趣，有趣！且坐书斋，静听回话。〔虚下〕〔末巾服扮杨文骢
上〕周郎扇底听新曲①，米老船中访故人②。下官杨文骢，与圆海
笔砚至交，彼之曲词，我之书画，两家绝技，一代传人。今日无
事，来听他燕子新词，不免竟入。〔进介〕这是石巢园③，你看山
石花木，位置不俗，一定是华亭张南垣的手笔了④。〔指介〕

【风入松】花林疏落石斑斓，收入倪黄画眼⑤。〔仰看，读介〕"咏怀
堂，孟津王铎书"⑥。〔赞介〕写的有力量。〔下看介〕一片红毹铺地，此乃顾曲之
所。草堂图里乌巾岸⑦，好指点银筝红板。〔指介〕那边是百花深处了，
为甚的萧条闭关，敢是新词改，旧稿删。

〔立听介〕隐隐有吟哦之声，圆老在内读书。〔呼介〕圆兄，略歇

---

① 周郎：即周瑜（175—210），字公瑾，三国庐江舒人，精音律，时有"曲
　有误，周郎顾"之语。后借指精通音律者。
② 米老船：北宋著名书画家米芾常载书画于船中，游于湖上。时人称之为
　"米家书画船"。此借指华美的游船。
③ 石巢园：阮大铖的宅园。
④ 张南垣：明末华亭人，擅长设计亭园。
⑤ 倪黄：即倪瓒和黄公望，皆是元代著名画家。
⑥ 咏怀堂：阮大铖的书斋名。　王铎：明末孟津人，著名书法家，弘光时
　为大学士。
⑦ 草堂：古时指隐者所居处。　乌巾：即乌角巾，隐士所戴的帽子。　岸：
　高挺貌。

一歇，性命要紧呀！〔副净出见，大笑介〕我道是谁，原来是龙友。请坐，请坐！〔坐介〕〔末〕如此春光，为何闭户？〔副净〕只因传奇四种，目下发刻；恐有错字，在此对阅。〔末〕正是，闻得《燕子笺》已授梨园，特来领略。〔副净〕恰好今日全班不在。〔末〕那里去了？〔副净〕有几位公子借去游山。〔末〕且把钞本赐教，权当《汉书》下酒罢 ①。〔副净唤介〕叫家僮安排酒酌，我要和杨老爷在此小饮。〔内〕晓得。〔杂上排酒果介〕〔末、副净同饮，看书介〕

【前腔】〔末〕新词细写乌丝阑 ②，都是金淘沙拣。簪花美女心情慢，又逗出烟慵云懒 ③。看到此处，令人一往情深。这燕子衔春未残 ④，怕的杨花白，人鬓斑。

　　〔副净〕芜词俚曲，见笑大方。〔让介〕请干一杯。〔同饮介〕〔丑急上〕传将随口话，报与有心人。禀老爷：小人到鸡鸣埭上，看着酒斟十巡，戏演三折，忙来回话。〔副净〕那公子们怎么样来？〔丑〕那公子们看老爷新戏，大加称赞。

【急三枪】点头听，击节赏，停杯看。〔副净喜介〕妙妙！他竟知道赏鉴哩！〔问介〕可曾说些什么？〔丑〕他说真才子，笔不凡。〔副净惊介〕阿呀呀！这样倾倒，却也难得。〔问介〕再说什么来？〔丑〕论文采，天仙

---

① 《汉书》下酒：北宋苏舜钦一面读《汉书》，一面饮酒。
② 乌丝阑：印有黑条条格的笺纸。
③ 烟慵云懒：指《燕子笺》所敷演的霍都梁与郦飞云的爱情故事。
④ 燕子衔春：指《燕子笺》中燕子衔诗笺的情节。

吏，谪人间。好教执牛耳，主骚坛^①。

〔副净佯恐介〕太过誉了，叫我难当，越往后看，还不知怎么样哩！〔吩咐介〕再去打听，速来回话。〔丑急下〕〔副净大笑介〕不料这班公子，倒是知己。〔让介〕请干一杯。

【风入松】俺呵！南朝看足古江山，翻阅风流旧案，花楼雨榭灯窗晚，呕吐了心血无限。每日价琴对墙弹，知音赏，这一番。

〔末〕请问借戏的是那班公子？〔副净〕宜兴陈定生、桐城方密之、如皋冒辟疆，都是了不得学问，他竟服了小弟。〔末〕他们是不轻许可人的，这本《燕子笺》词曲原好，有什么说处。〔丑急上〕去如走兔，来似飞鸟。禀老爷：小的又到鸡鸣埭，看着戏演半本，酒席将完，忙来回话。〔副净〕那公子又讲些什么？

〔丑〕他说老爷呵！

【急三枪】是南国秀，东林彦，玉堂班^②。〔副净佯惊介〕句句是赞俺，益发惶恐。〔问介〕还说些什么？〔丑〕他说为何投崔魏，自摧残。〔副净皱眉，拍案恼介〕只有这点点不才，如今也不必说了。〔问介〕还讲些什么？〔丑〕话多着哩，小人也不敢说了。〔副净〕但说无妨。〔丑〕他说老爷呼亲父，称干子，忝羞颜，也不过仗人势，狗一般。

---

① "好教"二句：执牛耳，主持某事而居于领袖地位的人称为执牛耳。骚坛，诗坛。

② "东林"二句：彦，优秀人才。玉堂，即翰林院。阮大铖早年曾接近左光斗，又有才名，故称其为"东林彦，玉堂班"。

〔副净怒介〕阿呀呀！了不得，竟骂起来了。气死我也！

【风入松】平章风月有何关①，助你看花对盏，新声一部空劳赞。不把俺心情剖辩，偏加些恶谑毒讪②，这欺侮受应难。

〔末〕请问这是为何骂起？〔副净〕连小弟也不解，前日好好拜庙，受了五个秀才一顿狠打。今日好好借戏，又受这三个公子一顿狠骂。此后若不设个法子，如何出门？〔愁介〕〔末〕长兄不必吃恼，小弟倒有个法儿，未知肯依否？〔副净喜介〕这等绝妙了，怎肯不依！〔末〕兄可知道，吴次尾是秀才领袖，陈定生是公子班头，两将罢兵，千军解甲矣。〔副净拍案介〕是呀！〔问介〕但不知谁可解劝？〔末〕别个没用，只有河南侯朝宗与两君文酒至交，言无不听。昨闻侯生闲居无聊，欲寻一秦淮佳丽。小弟已替他物色一人，名唤香君，色艺皆精，料中其意。长兄肯为出梳栊之资，结其欢心，然后托他两处分解，包管一举双擒。〔副净拍手，笑介〕妙妙！好个计策！〔想介〕这侯朝宗原是敝年侄③，应该料理的。〔问介〕但不知应用若干。〔末〕妆奁酒席，约费二百余金，也就丰盛了。〔副净〕这不难，就送三百金到尊府，凭君区处便了。〔末〕那消许多。

〔末〕白门弱柳许谁攀④，〔副净〕文酒笙歌俱等闲。

〔末〕惟有美人称妙计，　〔副净〕凭君买黛画春山。

---

①　"平章"句：意谓品评风月与政治问题无关。
②　恶谑（xuè）毒讪（shàn）：用恶毒的语言嘲弄讽讥。
③　年侄：古时同榜考取的士子称同年，年侄即指同年之子。
④　白门：即南京。　弱柳：指李香君。

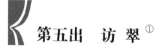 第五出　访　翠[①]

癸未三月

【缑山月】〔生丽服上〕金粉未消亡，闻得六朝香，满天涯烟草断人肠。怕催花信紧[②]，风风雨雨，误了春光。

小生侯方域，书剑飘零，归家无日。对三月艳阳之节，住六朝佳丽之场，虽是客况不堪，却也春情难按。昨日会着杨龙友，盛夸李香君妙龄绝色，平康第一[③]。现在苏昆生教他吹歌，也来劝俺梳栊。争奈萧索奚囊[④]，难成好事。今日清明佳节，独坐无聊，不免借步踏青，竟到旧院一访，有何不可！〔行介〕

【锦缠道】望平康，凤城东、千门绿杨。一路紫丝缰，引游郎，谁家乳燕双双。〔丑扮柳敬亭上〕黄莺惊晓梦，白发动春愁。〔唤介〕侯相公何处闲游？〔生回头见介〕原来是敬亭，来的好也，俺去城东踏青，正苦无伴哩。〔丑〕老汉无事，便好奉陪。〔同行介〕〔丑指介〕那是秦淮水榭。〔生〕隔

---

① 翠：指妙龄女子，此指李香君。
② 催花信紧：催花开放的风频吹。信，即花信风，应花期而来的风。
③ 平康：唐代长安妓女聚居处，后泛指妓院。
④ 萧索：贫乏。　奚囊：奴仆所背的行囊，此借指钱囊。奚，奴仆。

春波，碧烟染窗；倚晴天，红杏窥墙。〔丑指介〕这是长桥，我们慢慢的走。〔生〕一带板桥长，闲指点茶寮酒舫。〔丑〕不觉来到旧院了。〔生〕听声声卖花忙，穿过了条条深巷。〔丑指介〕这一条巷里，都是有名姊妹家。〔生〕果然不同，你看黑漆双门之上，插一枝带露柳娇黄。

　　〔丑指介〕这个高门儿，便是李贞丽家。〔生〕我问你，李香君住在那个门里？〔丑〕香君就是贞丽的女儿。〔生〕妙妙！俺正要访他，恰好到此。〔丑〕待我敲门。〔敲介〕〔内问介〕那个？〔丑〕常来走动的老柳，陪着贵客来拜。〔内〕贞娘、香姐，都不在家。〔丑〕那里去了？〔内〕在卞姨娘家做盒子会哩①。〔丑〕正是，我竟忘了，今日是盛会。〔生〕为何今日做会？〔丑拍腿介〕老腿走乏了，且在这石磴上略歇一歇，从容告你。〔同坐介〕〔丑〕相公不知，这院中名妓，结为手帕姊妹，就像香火兄弟一般②，每遇时节，便做盛会。

【朱奴剔银灯】结罗帕，烟花雁行③；逢令节，齐门新妆。〔生〕是了，今日清明佳节，故此皆去赴会，但不知怎么叫做盒子会。〔丑〕赴会之日，各携一副盒儿，都是鲜物异品，有海错④、江瑶、玉液浆。〔生〕会期做些甚么？〔丑〕大家比较技艺，拨琴阮⑤，笙箫嘹亮。〔生〕这样有趣，也许子弟入会么？〔丑摇手介〕不许不许！最怕的是子弟混闹，深深锁住楼门，只

---

①　盒子会：明代南京妓院中色艺俱佳的妓女，或二十、三十结成手帕姐妹，每于正月十五日上元节聚饮，各用盒子装酒食相赛，时称盒子会。
②　香火兄弟：即结拜兄弟。
③　烟花：指妓女。　雁行：依次而行。此指妓女依次结拜成姊妹。
④　海错：指各种海味。
⑤　琴阮：即阮咸，乐器名。相传是晋阮咸所创制，故名。

桃花扇

许楼下赏鉴。〔生〕赏鉴中意的如何会面?〔丑〕若中了意,便把物事抛上楼头,他楼上也便抛下果子来。**相当,竟飞来捧箸,密约在芙蓉锦帐。**

〔生〕既然如此,小生也好走了。〔丑〕走走何妨。〔生〕只不知卞家住在那厢?〔丑〕住在暖翠楼,离此不远,即便同行。〔行介〕〔生〕扫墓家家柳。〔丑〕吹饧处处箫①。〔生〕莺花三里巷。〔丑〕烟水两条桥。〔指介〕此间便是,相公请进。〔同入介〕〔末扮杨文聪、净扮苏昆生迎上〕〔末〕闲陪簇簇莺花队,〔净〕同望迢迢粉黛围。〔见介〕〔末〕侯世兄怎肯到此,难得,难得!

〔生〕闻杨兄今日去看阮胡子,不想这里遇着。〔净〕特为侯相公喜事而来。〔丑〕请坐。〔俱坐〕〔生望介〕好个暖翠楼!

【雁过声】端详,窗明院敞,早来到温柔睡乡。〔问介〕李香君为何不见?〔末〕现在楼头。〔净指介〕你看,楼头奏技了。〔内吹笙、笛介〕〔生听介〕鸾笙凤管云中响,〔内弹琵琶、筝介〕〔生听介〕弦悠扬,〔内打云锣介〕〔生听介〕玉玎珰,一声声乱我柔肠。〔内吹箫介〕〔生听介〕翱翔双凤凰。〔大叫介〕这几声箫,吹的我消魂,小生忍不住要打采了②。〔取扇坠抛上楼介〕海南异品风飘荡③,要打着美人心上痒!

〔内将白汗巾包樱桃抛下介〕〔丑〕有趣,有趣!掷下果子来了。〔净解汗巾,倾樱桃盘内介〕好奇怪,如今竟有樱桃了。〔生〕不知是那个掷来的,若是香君,岂不可喜!〔末取汗巾看

---

① 吹饧(xíng):卖糖人吹箫招揽生意。饧,饴糖。
② 打采:抛掷礼物,表示中意、相爱。
③ 海南异品:指扇坠。

介〕看这一条冰绡汗巾，有九分是他了。〔小旦扮李贞丽捧茶壶，领香君捧花瓶上〕〔小旦〕香草偏随蝴蝶扇，美人又下凤凰台。〔净惊指介〕都看天人下界了。〔丑合掌介〕阿弥陀佛。〔众起介〕〔末拉生介〕世兄认认，这是贞丽，这是香君。〔生见小旦介〕小生河南侯朝宗，一向渴慕，今才遂愿。〔见旦介〕果然妙龄绝色，龙老赏鉴，真是法眼。〔坐介〕〔小旦〕虎丘新茶，泡来奉敬。〔斟茶〕〔众饮介〕〔旦〕绿杨红杏，点缀新节。〔众赞介〕有趣，有趣！煮茗看花，可称雅集矣。〔末〕如此雅集，不可无酒。〔小旦〕酒已备下，玉京主会①，不得下楼奉陪，贱妾代东罢。〔唤介〕保儿烫酒来！〔杂提酒上〕〔小旦〕何不行个令儿，大家欢饮？〔丑〕敬候主人发挥。〔小旦〕怎敢僭越。〔净〕这是院中旧例。〔小旦取骰盆介〕得罪了。〔唤儿〕香君把盏，待我掷色奉敬。〔众〕遵令。〔小旦宣令介〕酒要依次流饮，每一杯干，各献所长，便是酒底。幺为樱桃，二为茶，三为柳，四为杏花，五为香扇坠，六为冰绡汗巾。〔唤介〕香君敬候侯相公酒。〔旦斟，生饮介〕〔小旦掷色介〕是香扇坠。〔让介〕侯相公速干此杯，请说酒底。〔生告干介〕小生做首诗罢。〔吟介〕南国佳人佩，休教袖里藏；随郎团扇影，摇动一身香。〔末〕好诗！好诗！〔丑〕好个香扇坠，只怕摇摆坏了。〔小旦〕该奉杨老爷酒了。〔旦斟，末饮介〕〔小旦掷介〕是冰绡汗巾。〔末〕我也做诗了。〔小旦〕不许雷

① 玉京：即卜玉京，当时南京的名妓。

桃花扇

同。〔末〕也罢，下官做个破承题罢^①。〔念介〕睹拭汗之物，而春色撩人矣。夫汗之沾巾，必由于春之生面也。伊何人之面，而以冰绡拭之，红素相著之际，不亦深可爱也耶？〔生〕绝妙佳章。〔丑〕这样好文采，还该中两榜才是^②。〔旦斟，丑酒介〕柳师父请酒。〔小旦掷色介〕是茶。〔丑饮酒介〕我道恁薄。〔小旦笑介〕非也，你的酒底是茶。〔丑〕待我说个张三郎吃茶罢。〔小旦〕说书太长，说个笑话更好。〔丑〕就说笑话。〔说介〕苏东坡同黄山谷访佛印禅师^③，东坡送了一把定瓷壶，山谷送了一斤阳羡茶。三人松下品茶，佛印说："黄秀才茶癖天下闻名，但不知苏胡子的茶量何如；今日何不斗一斗，分个谁大谁小。"东坡说："如何斗来？"佛印说："你问一机锋^④，叫黄秀才答。他若答不来，吃你一棒，我便记一笔：胡子打了秀才了。你若答不来，也吃黄秀才一棒，我便记一笔：秀才打了胡子了。末后总算，打一下吃一碗。"东坡说："就依你说。"东坡先问："没鼻针如何穿线？"山谷答："把针尖磨去。"佛印说："答的好。"山谷问："没把葫芦怎生拿？"东坡答："抛在水中。"佛印说："答的也不错。"东坡又问："虱在裤中，有见无见？"山谷未及答，东坡持棒就打。山谷正拿壶子斟茶，失手落地，打个粉碎。东坡大叫道："和尚记着，胡子打了秀才了。"佛印笑道："你听听哪一声，胡子没打着

① 破承题：即破题与承题，是八股文开头的两个部分。
② 两榜：指乙榜（乡试）和甲榜（会试）。
③ "苏东坡"句：苏东坡，即苏轼；黄山谷，即黄庭坚，皆宋代著名诗人。佛印禅师，宋代名僧，名了元，能诗，与苏轼、黄庭坚相善。
④ 机锋：佛教禅宗称迅捷锐利、不落迹象、含意深刻的语句为机锋。

秀才，秀才倒打了壶子了。"〔众笑介〕〔丑〕众位休笑，秀才利害多着哩！〔弹壶介〕这样硬壶子都打坏，何况软壶子①！〔生〕敬老妙人，随口诙谐，都是机锋。〔小旦〕香君，敬你师父。〔旦斟，净饮介〕〔小旦掷介〕是杏花。〔净唱介〕晚妆楼上杏花残，犹自怯衣单。〔旦向小旦介〕孩儿敬妈妈酒了。〔小旦饮干，掷介〕是樱桃。〔净〕让我代唱罢。〔唱介〕樱桃红绽，玉粳白露，半晌恰方言。〔丑〕昆生该罚了，唱的唇上樱桃，不是盘中樱桃。〔净〕领罚。〔自斟，饮介〕〔小旦〕香君该自斟自饮了。〔生〕待小生奉敬。〔生斟，旦饮介〕〔小旦掷介〕不消猜，是柳了，香君唱来。〔旦羞介〕〔小旦〕孩儿腼腆，请个代笔相公罢。〔掷介〕三点，是柳师父。〔净〕好好！今日是他当值之日。〔丑〕我老汉姓柳，飘零半世，最怕的是"柳"字。今日清明佳节，偏把个柳圈儿套住我老狗头②。〔众大笑介〕〔净〕算了你的笑话罢。〔生〕酒已有了，大家别过。〔丑〕才子佳人，难得聚会。〔拉生、旦介〕你们一对儿，吃个交心酒何如。〔旦羞，遮袖下〕〔净〕香君面嫩，当面不好讲得；前日所订梳栊之事，相公意下允否？〔生笑介〕秀才中状元，有甚么不肯处。〔小旦〕既蒙不弃，择定吉期，贱妾就要奉攀了。〔末〕这三月十五日，花月良辰，便好成亲。〔生〕只是一件，客囊羞涩，恐难备礼。〔末〕这不须愁，妆奁酒席，待小弟备来。〔生〕怎好相累？〔末〕当得效力。〔生〕

---

① 软壶子："阮胡子"的谐音，即指阮大铖。
② 柳圈儿：江南旧俗，清明时用柳条编成圈儿，戴在小孩子的头上，叫作"狗头圈"。

多谢了！

【小桃红】误走到巫峰上，添了些行云想 ①，匆匆忘却仙模样。春宵花月休成谎，良缘到手难推让，准备着身赴高唐。

〔作辞介〕〔小旦〕也不再留。择定十五日，请下清客，邀下姊妹，奏乐迎亲罢。〔小旦下〕〔丑向净介〕阿呀！忘了，忘了，咱两个不得奉陪了。〔末〕为何？〔净〕黄将军船泊水西门 ②，也是十五日祭旗，约下我们吃酒的。〔生〕这等怎处？〔末〕还有丁继之、沈公宪、张燕筑，都是大清客，借重他们陪陪罢。

〔净〕暖翠楼前粉黛香，〔末〕六朝风致说平康。

〔丑〕踏青归去春犹浅，〔生〕明日重来花满床。

① "误走"二句：用巫山神女会襄王典，指男女欢会。传说楚王游高唐，梦中有巫山神女"愿荐枕席"，"王因幸之"。神女自言"妾在巫山之阳，高丘之阻。旦为朝云，暮为行雨，朝朝暮暮，阳台之下"。楚王醒来发现神女已化为云雨。后因以行云、云雨、高唐、阳台等借指男女欢会。
② 黄将军：即黄得功，明代武将。　水西门：南京城门名。

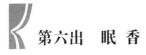 第六出　眠　香

 癸未三月

【临江仙】〔小旦艳妆上〕短短春衫双卷袖，调筝花里迷楼^①。今朝全把锈帘钩，不教金线柳，遮断木兰舟。

　　妾身李贞丽，只因孩儿香君，年及破瓜，梳栊无人，日夜放心不下。幸亏杨龙友，替俺招了一位世家公子，就是前日饮酒的侯朝宗，家道才名，皆称第一。今乃上头吉日^②，大排筵席，广列笙歌，清客俱到，姊妹全来，好不费事。〔唤介〕保儿那里？〔杂扮保儿搊扇慢上〕席前搀趣话，花里听情声。妈妈唤保儿那处送衾枕么^③？〔小旦怒介〕啐！今日香姐上头，贵人将到，你还做梦哩。快快卷帘扫地，安排桌椅。〔杂〕是了。〔小旦指点排席介〕

【一枝花】〔末新服上〕园桃红似绣，艳覆文君酒^④；屏开金孔雀，

---

①　迷楼：隋炀帝时所建，此借指媚香楼。
②　上头：即梳栊。
③　送衾枕：若妓女被客人叫去留宿，则妓院要使人送衾枕。
④　文君酒：卓文君私奔司马相如后，曾与相如在临邛卖酒，文君当垆。

桃花扇

围春昼。涤了金瓯，点着喷香兽^①。这当垆红袖，谁最温柔，拉与相如消受。

〔下官杨文骢，受圆海嘱托，来送梳栊之物。〔唤介〕贞娘那里？〔小旦见介〕多谢作伐^②，喜筵俱已齐备。〔问介〕怎么官人还不见到？〔末〕想必就来。〔笑介〕下官备有箱笼数件，为香君助妆，教人搬来。〔杂抬箱笼、首饰、衣物上〕〔末吩咐介〕抬入洞房，铺陈齐整着！〔杂应下〕〔小旦喜谢介〕如何这般破费，多谢老爷！〔末袖出银介〕还有备席银三十两，交与厨房；一应酒肴，俱要丰盛。〔小旦〕益发当不起了。〔唤介〕香君快来！〔旦盛妆上〕〔小旦〕杨老爷赏了许多东西，上前拜谢。〔旦拜谢介〕〔末〕些须薄意，何敢当谢！请回，请回。〔旦即入介〕〔杂急上报介〕新官人到门了。〔生盛服，从人上〕虽非科第天边客^③，也是嫦娥月里人。〔末、小旦迎见介〕〔末〕恭喜世兄，得了平康佳丽。小弟无以为敬，草办妆奁，粗陈筵席，聊助一宵之乐。〔生揖介〕过承周旋，何以克当！〔小旦〕请坐，献茶。〔俱坐〕〔杂捧茶上，饮介〕〔末〕一应喜筵，安排齐备了么？〔小旦〕托赖老爷，件件完全。〔末向生拱介〕今日吉席，小弟不敢搀越，竟此告别，明日早来道喜罢。〔生〕同坐何妨。〔末〕不便，不便。〔别下〕〔杂〕请新官人更衣。〔生更衣介〕〔小旦〕妾身不得奉陪，替官

① 金瓯：金制的盆、盂等。 喷香兽：外形做成兽状的香炉，香烟从兽嘴中喷出。
② 作伐：为人作媒。
③ 天边客：殿试及格者称为天边客。

40

人打扮新妇，撺掇喜酒罢。〔别下〕〔副净、外、净扮三清客上〕
一生花月张三影^①，五字宫商李二红^②。〔副净〕在下丁继之。〔外〕
在下沈公宪。〔净〕在下张燕筑。〔副净〕今日吃侯公子喜酒，只
得早到。〔净〕不知请那几位贤歌来陪俺哩^③！〔外〕说是旧院
几个老在行。〔净〕这等都是我梳栊的了。〔副净〕你有多大家
私，梳栊许多。〔净〕各人有帮手，你看今日侯公子，何曾费了
分文。〔外〕不要多话，侯公子堂上更衣，大家前去作揖。〔众与
生揖介〕〔众〕恭喜，恭喜！〔生〕今日借光。〔小旦、老旦、丑
扮三妓女上〕情如芳草连天醉，身似杨花尽日忙。〔见介〕〔净〕
唤的那一部歌妓，都报名来。〔丑〕你是教坊司么，叫俺报名。
〔生笑介〕正要请教大号。〔老旦〕贱妾卞玉京。〔生〕果然玉京
仙子。〔小旦〕贱妾寇白门。〔生〕果然白门柳色。〔丑〕奴家郑
妥娘。〔生沈吟介〕果然妥当不过。〔净〕不妥，不妥！〔外〕怎
么不妥？〔净〕好偷汉子。〔丑〕呸！我不偷汉，你如何吃得恁
胖。〔众诨笑介^④〕〔老旦〕官人在此，快请香君出来罢。〔小旦、
丑扶香君上〕〔外〕我们做乐迎接。〔副净、净、外吹打十番介〕
〔生、旦见介〕〔丑〕俺院中规矩，不兴拜堂，就吃喜酒罢。〔生、
旦上坐〕〔副净、外、净坐左边介〕〔小旦、老旦、丑坐右边介〕

---

① 张三影：即张先（990—1078），字子野，宋湖洲乌程人，官至尚书都官
　　郎中。工诗词，词作中多用"影"字，故时称"张三影"。
② 五字宫商：指宫、商、角、徵、羽五音。　　李二红：似指元代戏曲家红
　　字李二。
③ 贤歌：对歌妓的尊称。
④ 诨（hùn）：逗趣，开玩笑。

眠
香

〔杂执壶上〕〔左边奉酒，右边吹弹介〕

【梁州序】〔生〕齐梁词赋，陈隋花柳，日日芳情逶逗。青衫偎倚，今番小杜扬州①。寻思描黛，指点吹箫，从此春入手。秀才渴病急须救，偏是斜阳迟下楼，刚饮得一杯酒。

〔右边奉酒，左边吹弹介〕

【前腔】〔旦〕楼台花颤，帘栊风抖，倚着雄姿英秀。春情无限②，金钗肯与梳头。闲花添艳，野草生香，消得夫人做③。今宵灯影纱红透，见惯司空也应羞④，破题儿真难就。

〔副净〕你看红日衔山，乌鸦选树，快送新人回房罢。〔外〕且不要忙，侯官人当今才子，梳栊了绝代佳人，合欢有酒，岂可定情无诗乎？〔净〕说的有理，待我磨墨拂笺，伺候挥毫。〔生〕不消诗笺，小生带有官扇一柄，就题赠香君，永为订盟之物罢。〔丑〕妙，妙！我来捧砚。〔小旦〕看你这嘴脸，只好脱靴罢了。〔老旦〕这个砚儿，倒该借重香君。〔众〕是呀！〔旦捧砚，生书扇介〕〔众念介〕夹道朱楼一径斜，王孙初御富平车。青溪尽是辛夷树，不及东风桃李花⑤。〔众〕好诗，好诗！香君收了。〔旦收

---

① 小杜扬州：小杜，指唐代诗人杜牧。杜牧在扬州时，常出入妓院歌楼。此借指侯方域。

② "春情"句：意谓侯方域对李香君有着深情，必不会把她当作侍妾看待。金钗，借指侍妾。

③ "消得"句：谓够得上做一个夫人。

④ 见惯司空：即司空见惯。

⑤ "夹道"四句：原见侯方域《回忆堂诗集》卷二，题作《赠人》。富平车，豪门贵族的座车。青溪，发源于南京钟山西南，入秦淮。辛夷树，春初开花，又称迎春、望春。

扇袖中介〕〔丑〕俺们不及桃李花罢了，怎的便是辛夷树？〔净〕
辛夷树者，枯木逢春也。〔丑〕如今枯木逢春，也曾鲜花着雨来。
〔杂持诗笺上〕杨老爷送诗来了。〔生接读介〕生小倾城是李香，
怀中婀娜袖中藏。缘何十二巫峰女，梦里偏来见楚王①。〔生笑介〕
此老多情，送来一首催妆诗，妙绝，妙绝！〔净〕"怀中婀娜袖
中藏"，说的香君一搦身材，竟是个香扇坠儿。〔丑〕他那香扇
坠，能值几文，怎比得我这琥珀猫儿坠！〔众笑介〕〔副净〕大
家吹弹起来，劝新人多饮几杯。〔丑〕正是带些酒兴，好入洞房。
〔左右吹弹，生、旦交让酒介〕

【节节高】〔生、旦〕金樽佐酒筹，劝不休，沉沉玉倒黄昏后②。私
携手，眉黛愁，香肌瘦。春宵一刻天长久，人前怎解芙蓉扣。
盼到灯昏玳筵收，宫壶滴尽莲花漏③。

〔副净〕你听谯楼二鼓，天气太晚，撤了席罢。〔净〕这样好席，
不曾吃净就撤去了，岂不可惜！〔丑〕我没吃够哩，众位略等一
等儿。〔老旦〕休得胡缠，大家奏乐，送新人入房罢。〔众起吹打
十番，送生、旦介〕

【前腔】〔合〕笙箫下画楼，度清讴，迷离灯火如春昼。天台岫，
逢阮刘，真佳偶。重重锦帐香熏透，旁人妒得眉头皱。酒态扶
人太风流，贪花福分生来有。

① "生小"四句：原见清余怀《板桥杂记》，为余怀赠李香君的诗。
② 玉倒：玉山倾倒，形容酒醉卧倒。
③ "宫壶"句：表示夜已深。宫壶，古代宫中用漏壶计时。莲花漏，漏壶的
一种。

〔杂执灯，生、旦携手下〕〔净〕我们都配成对儿，也去睡罢。

〔丑〕老张休得妄想，我老妥是要现钱的。〔净数与十文钱，拉介〕〔丑接钱再数，换低钱^①，诨下〕

【尾声】〔合〕秦淮烟月无新旧，脂香粉腻满东流，夜夜春情散不收。

〔副净〕江南花发水悠悠， 〔小旦〕人到秦淮解尽愁。

〔外〕不管烽烟家万里， 〔老旦〕五更怀里唝歌喉。

---

① 低钱：指成色差的钱。

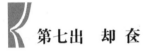 第七出　却　奁

 癸未三月

〔杂扮保儿掇马桶上〕龟尿龟尿，撒出小龟；鳖血鳖血，变成小鳖。龟尿鳖血，看不分别；鳖血龟尿，说不清白。看不分别，混了亲爹；说不清白，混了亲伯。〔笑介〕胡闹，胡闹！昨日香姐上头，乱了半夜；今日早起，又要刷马桶，倒溺壶，忙个不了。那些孤老、表子①，还不知搂到几时哩！〔刷马桶介〕

【夜行船】〔末〕人宿平康深柳巷，惊好梦门外花郎。绣户未开，帘钩才响，春阻十层纱帐。

下官杨文骢，早来与侯兄道喜。你看院门深闭，侍婢无声，想是高眠未起。〔唤介〕保儿，你到新人窗外，说我早来道喜。〔杂〕昨夜睡迟了，今日未必起来哩。老爷请回，明日再来罢。〔末笑介〕胡说！快快去问。〔小旦内问介〕保儿！来的是那一个？〔杂〕是杨老爷道喜来了。〔小旦忙上〕倚枕春宵短，敲门好事多。〔见介〕多谢老爷，成了孩子一世姻缘。〔末〕好说。〔问介〕

① 孤老：即嫖客。　表子：即妓女。

46

新人起来不曾？〔小旦〕昨晚睡迟，都还未起哩。〔让坐介〕老爷请坐，待我去催他。〔末〕不必，不必。〔小旦下〕

【步步娇】〔末〕儿女浓情如花酿，美满无他想，黑甜共一乡①。可也亏了俺帮衬，珠翠辉煌，罗绮飘荡，件件助新妆，悬出风流榜。

〔小旦上〕好笑，好笑！两个在那里交扣丁香，并照菱花②，梳洗才完，穿戴未毕。请老爷同到洞房，唤他出来，好饮扶头卯酒③，〔末〕惊却好梦，得罪不浅。〔同下〕〔生、旦艳妆上〕

【沉醉东风】〔生、旦〕这云情接着雨况，刚搔了心窝奇痒，谁搅起睡鸳鸯。被翻红浪，喜匆匆满怀欢畅。枕上余香，帕上余香，消魂滋味，才从梦里尝。

〔末、小旦上〕〔末〕果然起来了，恭喜，恭喜！〔一揖，坐介〕〔末〕昨晚催妆拙句，可还说的入情么。〔生揖介〕多谢！〔笑介〕妙是妙极了，只有一件。〔末〕那一件？〔生〕香君虽小，还该藏之金屋。〔看袖介〕小生衫袖，如何着得下？〔俱笑介〕〔末〕夜来定情，必有佳作。〔生〕草草塞责，不敢请教。〔末〕诗在那里？〔旦〕诗在扇头。〔旦向袖中取出扇介〕〔末接看介〕是一柄白纱宫扇。〔嗅介〕香的有趣。〔吟诗介〕妙，妙！只有香君不愧此诗。〔付旦介〕还收好了。〔旦收扇介〕

---

① "黑甜"句：黑甜乡，犹梦乡，形容睡得很熟。
② "交扣"二句：形容两人的恩爱。丁香，此指衣裳的纽扣；菱花，铜镜。
③ 扶头：易醉之酒。　卯酒：清晨卯时前后所饮的酒。

【园林好】〔末〕正芬芳桃香李香，都题在宫纱扇上；怕遇着狂风吹荡，须紧紧袖中藏，须紧紧袖中藏。

〔末看旦介〕你看香君上头之后，更觉艳丽了。〔向生介〕世兄有福，消此尤物①。〔生〕香君天姿国色，今日插了几朵珠翠，穿了一套绮罗，十分花貌，又添二分，果然可爱。〔小旦〕这都亏了杨老爷帮衬哩。

【江儿水】送到缠头锦，百宝箱，珠围翠绕流苏帐，银烛笼纱通宵亮，金杯劝酒合席唱。今日又早早来看，恰似亲生自养，陪了妆奁，又早敲门来望。

〔旦〕俺看杨老爷，虽是马督抚至亲②，却也拮据作客，为何轻掷金钱，来填烟花之窟？在奴家受之有愧，在老爷施之无名；今日问个明白，以便图报。〔生〕香君问得有理，小弟与杨兄萍水相交，昨日承情太厚，也觉不安。〔末〕既蒙问及，小弟只得实告了。这些妆奁酒席，约费二百余金，皆出怀宁之手③。〔生〕那个怀宁？〔末〕曾做过光禄的阮圆海。〔生〕是那皖人阮大铖么？〔末〕正是。〔生〕他为何这样周旋？〔末〕不过欲纳交足下之意。

【五供养】〔末〕羡你风流雅望，东洛才名，西汉文章④。逢迎随处

---

① 尤物：特殊人物，常指绝色女子。
② 马督抚：即马士英，时任凤阳督抚。
③ 怀宁：指阮大铖，阮为怀宁人。
④ "东洛"二句：东洛才名，指晋左思作《三都赋》，洛阳为之纸贵。西汉文章，指西汉一些著名文学家如司马迁等所作的文章。此喻侯方域才名之高、文章之好。

有,争看坐车郎①。秦淮妙处,暂寻个佳人相傍,也要些鸳鸯被、芙蓉妆;你道是谁的,是那南邻大阮②,嫁衣全忙。

〔生〕阮圆老原是敝年伯,小弟鄙其为人,绝之已久。他今日无故用情,令人不解。〔末〕圆老有一段苦衷,欲见白于足下。〔生〕请教。〔末〕圆老当日曾游赵梦白之门,原是吾辈。后来结交魏党,只为救护东林,不料魏党一败,东林反与之水火。近日复社诸生,倡论攻击,大肆毁辱,岂非操同室之戈乎?圆老故交虽多,因其形迹可疑,亦无人代为分辩。每日向天大哭,说道:"同类相残,伤心惨目,非河南侯君,不能救我。"所以今日谆谆纳交。〔生〕原来如此,俺看圆海情辞迫切,亦觉可怜。就便真是魏党,悔过来归,亦不可绝之太甚,况罪有可原乎。定生、次尾,皆我至交,明日相见,即为分解。〔末〕果然如此,吾党之幸也。〔旦怒介〕官人是何说话,阮大铖趋附权奸,廉耻丧尽;妇人女子,无不唾骂。他人攻之,官人救之,官人自处于何等也?

【川拨棹】不思想,把话儿轻易讲。要与他消释灾殃,要与他消释灾殃,也提防旁人短长。官人之意,不过因他助俺妆奁,便要徇私废公;那知道这几件钗钏衣裙,原放不到我香君眼里。〔拔簪脱衣介〕脱裙衫,穷不妨;布荆人③,名自香。

---

① 坐车郎:即潘岳。
② 南邻大阮:晋代阮籍和阮咸,世称大阮、小阮。又二人居道南,称南阮。此借指阮大铖。
③ 布荆人:指贫妇、贫家女子。

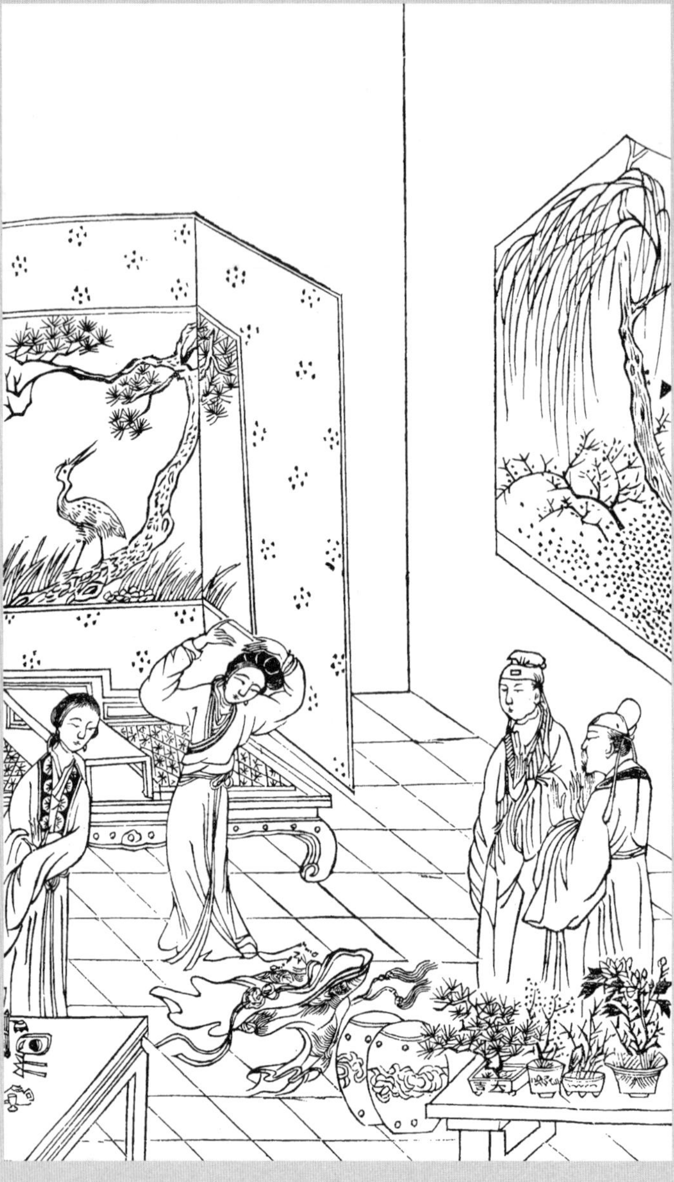

却衣

〔末〕阿呀！香君气性，忒也刚烈。〔小旦〕把好好东西，都丢一地，可惜，可惜！〔拾介〕〔生〕好，好，好！这等见识，我倒不如，真乃侯生畏友也①。〔向末介〕老兄休怪，弟非不领教，但恐为女子所笑耳。

【前腔】〔生〕平康巷，他能将名节讲；偏是咱学校朝堂，偏是咱学校朝堂，混贤奸不问青黄。那些社友平日重俺侯生者，也只为这点义气；我若依附奸邪，那时群起来攻，自救不暇，焉能救人乎？节和名，非泛常；重和轻，须审详。

〔末〕圆老一段好意，也还不可激烈。〔生〕我虽至愚，亦不肯从井救人②。〔末〕既然如此，小弟告辞了。〔生〕这些箱笼，原是阮家之物，香君不用，留之无益，还求取去罢。〔末〕正是：多情反被无情恼，乘兴而来兴尽还。〔下〕〔旦恼介〕〔生看旦介〕俺看香君天姿国色，摘了几朵珠翠，脱去一套绮罗，十分容貌，又添十分，更觉可爱。〔小旦〕虽如此说，舍了许多东西，到底可惜。

【尾声】金珠到手轻轻放，惯成了娇痴模样，辜负俺辛勤做老娘。

〔生〕些须东西，何足挂念，小生照样赔来。〔小旦〕这等才好。

〔小旦〕花钱粉钞费商量③，〔旦〕裙布钗荆也不妨。

〔生〕只有湘君能解佩④，〔旦〕风标不学世时妆。

① 畏友：品格正直、敢于当面批评别人的错误，使人敬畏的朋友。
② 从井救人：意谓救了别人，却害了自己。
③ 花钱粉钞：指用以化妆打扮的钱钞。
④ 湘君能解佩：湘君，湘水之神。解佩，解下佩玉。此喻指香君推却阮大铖的妆奁。

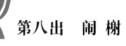

第八出　闹　榭

癸未五月

【金鸡叫】〔末、小生扮陈贞慧、吴应箕上〕〔末〕贡院秦淮近，赛青衿，剩金零粉①。〔小生〕节闹端阳只一瞬，满眼繁华，王谢少人问②。

〔末唤小生介〕次尾兄，我和你旅邸抑郁，特到秦淮赏节，怎的不见同社一人？〔小生〕想都在灯船之上。〔指介〕这是丁继之水榭，正好登眺。〔场上搭河房一座，悬灯垂帘〕〔同登介〕〔末唤介〕丁继老在家么？〔杂扮小僮上〕榴花红似火，艾叶碧如烟。〔见介〕原来是陈、吴二位相公，我家主人赴灯船会去了。家中备下酒席，但有客来，随便留坐的。〔末〕这样有趣。〔小生〕可称主人好事矣。〔末〕我们在此雅集，恐有俗子阑入③，不免设法拒绝他。〔唤介〕童子取个灯笼来。〔杂应下〕〔取灯笼上〕〔末写介〕"复社会文，闲人免进。"〔杂挂灯笼介〕〔小生〕若同社朋友到此，便该请他入会了。〔末〕正是。〔杂指介〕你听鼓吹

---

① "贡院"三句：贡院，科举考试场所，南京贡院在秦淮河边上，与旧院隔河相对。青衿，指青年学子。金粉，指妓女。
② 王谢：王、谢两姓在六朝时为望族，后泛指豪门贵族。
③ 阑入：未经许可擅自闯入。

之声，灯船早已来了。〔末、小生凭栏望介〕〔生、旦雅妆同丑扮柳敬亭、净扮苏昆生，吹弹鼓板坐船上〕

【八声甘州】〔末〕丝竹隐隐，载将来一队乌帽红裙。天然风韵，映着柳陌斜曛①。名姝也须名士衬,画舫偏宜画阁邻。〔小生〕消魂，趁晚凉仙侣同群。

　　〔末指介〕那灯船上，好似侯朝宗。〔小生〕侯朝宗是我们同社，该请入会的。〔末指介〕那个女客便是李香君，也好请他么？〔小生〕李香君不受阮胡子妆奁，竟是复社的朋友，请来何妨！〔末〕这等说来，〔指介〕那两个吹歌的柳敬亭、苏昆生，不肯做阮胡子门客，都是复社朋友了。请上楼来，更是有趣。〔小生〕待我唤他。〔唤介〕侯社兄，侯社兄！〔生望见介〕那水榭之上，高声唤我的，是陈定生、吴次尾。〔拱介〕请了。〔末招手介〕这是丁继之水榭，备有酒席，侯兄同香君、敬亭、昆生都上楼来，大家赏节罢。〔生〕最妙了。〔向丑、净、旦介〕我们同上楼去。〔吹弹上介〕

【排歌】〔生、旦〕龙舟并，画桨分，葵花蒲叶泛金樽。朱楼密，紫障匀，吹箫打鼓入层云。

　　〔见介〕〔末〕四位到来，果然成了个"复社文会"了。〔生〕如何是"复社文会"？〔小生指灯介〕请看。〔生看灯笼介〕不知今日会文，小弟来的恰好。〔丑〕"闲人免进"，我们未免唐突了。〔小生〕你们不肯做阮家门客的，那个不是复社朋友？〔生〕难

---

① 柳陌：植柳树的道路。　斜曛（xūn）：夕阳，落日余晖。

道香君也是复社朋友么？〔小生〕香君却耷一事，只怕复社朋友
还让一筹哩！〔末〕已后竟该称他老社嫂了。〔旦笑介〕岂敢！
〔末唤介〕童子把酒来斟，我们赏节。〔末、小生、生坐一边，
丑、净、旦坐一边。饮酒介〕

【八声甘州】〔末、小生〕相亲，风流俊品，满座上都是语笑春
温。〔丑、净〕梁愁隋恨，凭他燕恼莺嗔①。〔生、旦〕榴花照楼如火
喷，暑汗难沾白玉人。〔杂报介〕灯船来了，灯船来了。〔指介〕你看人
山人海，围着一条烛龙，快快看来！〔众起凭栏看介〕〔扮出灯船，悬五色角灯，
大鼓大吹绕场数回下〕〔丑〕你看这般富丽，都是公侯勋卫之家②。〔又扮灯船悬五
色纱灯，打粗十番，绕场数回下〕〔净〕这是些富商大贾，衙门书办，却也闹热。
〔又扮灯船悬五色纸灯，打细十番，绕场数回下〕〔末〕你看船上吃酒的，都是
些翰林部院老先生们。〔小生〕我辈的施为，到底有些"郊寒岛瘦"③。〔众笑介〕
〔合〕纷纭，望金波天汉迷津④。

　　〔生〕夜阑更深，灯船过尽了，我们做篇诗赋，也不负会文之约。
　　〔末〕是，是，但不知做何题目？〔小生〕做一篇哀湘赋，倒有
意思的。〔生〕依小弟愚见，不如即景联句，更觉畅怀。〔末〕
妙，妙！〔问介〕我三人谁起谁结？〔生〕自然让定生兄起结
了。〔丑问介〕三位相公联句消夜，我们三个陪着打盹么？〔末〕

---

① "梁愁"二句：意谓亡国之危放在一边，赏玩眼前之美景。梁愁隋恨，借
　　指亡国之危。
② 勋卫：指皇帝的侍从官员。
③ 郊寒岛瘦：郊，指孟郊；岛，指贾岛，皆为唐代著名诗人。两人之诗有
　　峭拔瘦硬的风格。此为寒酸之意。
④ 天汉迷津：形容秦淮河上灯船聚集的热闹情景。

也有个借重之处。〔净〕有何使唤？〔末〕俺们每成四韵，饮酒一杯，你们便吹弹一回。〔生〕有趣，有趣！真是文酒笙歌之会。〔末拱介〕小弟竟僭了。〔吟介〕赏节秦淮榭，论心剧孟家①。〔小生〕黄开金裹叶，红绽火烧花。〔生〕蒲剑何须试，葵心未肯差。〔末〕辟兵逢彩缕，却鬼得丹砂②。〔末、小生、生饮酒，丑击云锣，净弹月琴，旦吹箫一回介〕〔小生〕蜃市楼缥缈③，虹桥洞曲斜。〔生〕灯疑羲氏驭④，舟是豢龙拿⑤。〔末〕星宿才离海⑥，玻璃更炼娲⑦。〔小生〕光流银汉水，影动赤城霞。〔照前介〕〔生〕《玉树》难谐拍，《渔阳》不辨挝⑧。〔末〕龟年喧笛管⑨，中散闹筝琶⑩。〔小生〕系缆千条锦，连窗万眼纱⑪。〔生〕楸枰停斗子⑫，

① "赏节"二句：意谓在秦淮水榭中观赏灯节，如在剧孟家里畅谈。剧孟，汉洛阳人，喜救人之难，为人所称道。
② "辟兵"二句：旧俗于端午节，用五彩线系于手臂上，谓可以预防兵灾。辟，同避。用朱砂画符或画钟馗像，贴于门上，谓可以驱鬼。
③ 蜃市：即海市蜃楼。此借以形容秦淮河端午节晚上的奇丽景色。
④ "灯疑"句：谓秦淮河上的灯船，就像羲和在天上驾车巡行一样。羲氏，即羲和，神话传说中太阳的御者。
⑤ "舟是"句：形容秦淮河上的龙舟来回穿梭，犹如豢龙氏在牵引。豢龙氏，古代传说中善养龙的人，舜赐姓豢龙。
⑥ "星宿"句：形容河上布满灯火，犹如天上的群星。
⑦ "玻璃"句：形容河上灯光灿烂，就像是女娲氏所炼的五色石。娲，即女娲氏，神话传说女娲氏曾炼五色石来补天。
⑧ "玉树"二句：形容河上鼓乐喧天，嘈杂热闹。玉树，即《玉树后庭花》，乐府吴声歌曲。渔阳，即《渔阳掺挝》，鼓曲名。
⑨ 龟年：即李龟年，唐玄宗时著名乐师。
⑩ 中散：即嵇康（223—262），字叔夜，三国魏谯郡人。仕魏为中散大夫，后人因称其为"嵇中散"。工诗文，通音律，尤善弹琴。
⑪ "系缆"二句：形容河上灯船的华丽。万眼纱，即万眼灯。宋代江浙一带节日所用的纱灯。
⑫ 楸枰：指棋盘。

桃花扇

瓷注屡呼茶。〔照前介〕〔末〕焰比焚椒列，声同对垒哗。〔小生〕电雷争此夜，珠翠剩谁家。〔生〕萤照无人苑，鸟啼有树衔。〔末〕凭栏人散后，作赋吊长沙①。〔照前介〕〔众起介〕〔末〕有趣，有趣！竟联成一十六韵，明日可以发刻了。〔小生〕我们倡和得许多感慨，他们吹弹出无限凄凉，楼下船中，料无解人也。〔净向丑介〕闲话且休讲，自古道良宵苦短，胜事难逢。我两个一边唱曲，陈、吴二位相公一边劝酒，让他名士、美人，另做一个风流佳会何如。〔丑〕使得，这是我们帮闲本等也。〔末〕我与次兄原有主道，正该少申敬意。〔小生〕就请依次坐来。〔生、旦正坐，末、小生坐左，丑、净坐右介〕〔生向旦介〕承众位雅意，让我两个并坐牙床，又吃一回合卺双杯②，倒也有趣。〔旦微笑介〕〔末、小生劝酒，净、丑唱介〕

【排歌】歌才发，灯未昏，佳人重抖玉精神。诗题壁，酒沾唇，才郎偏会语温存。

〔杂报介〕灯船又来了。〔末〕夜已三更，怎的还有灯船？〔俱起凭栏看介〕〔副净扮阮大铖，坐灯船。杂扮优人，细吹细唱缓缓上〕〔净〕这船上像些老白相③，大家洗耳，细细领略。〔副净立船头自语介〕我阮大铖买舟载歌，原要早出游赏；只恐遇着轻薄厮闹，故此半夜才来，好恼人也！〔指介〕那丁家河

---

① "萤照"四句：形容夜阑人散后的凄凉情景。作赋长沙，汉代贾谊贬谪长沙，作赋吊屈原，并以自比，感伤甚切。
② 合卺（jǐn）：旧时结婚的一种仪式，俗称交杯酒。
③ 老白相：指惯于游乐的人。

56

房，尚有灯火。〔唤介〕小厮，看有何人在上？〔杂上岸看，回报介〕灯笼上写着"复社会文，闲人免进"。〔副净惊介〕了不得，了不得！〔摇袖介〕快歇笙歌，快灭灯火。〔灭灯、止吹，悄悄撑船下〕〔末〕好好一只灯船，为何歇了笙歌，灭了灯火，悄然而去？〔小生〕这也奇怪，快着人看来。〔丑〕不必去看，我老眼虽昏，早已看真了。那个胡子，便是阮圆海。〔净〕我道吹歌那样不同。〔末怒介〕好大胆老奴才，这贡院之前，也许他来游耍么！〔小生〕待我走去，采掉他胡子。〔欲下介〕〔生拦介〕罢，罢！他既回避，我们也不必为已甚之行。〔末〕侯兄，不知我不已甚，他便已甚了。〔丑〕船已去远，丢开手罢。〔小生〕便益了这胡子，〔旦〕夜色已深，大家散罢。〔丑〕香姐想妈妈了，我们送他回去。〔末、小生〕我二人不回寓，就下榻此间了。〔生〕两兄既不回寓，我们过船的，就此作别罢。请了。〔末、小生〕请了。〔先下〕〔生、旦、丑、净下船、杂摇船行介〕

【余文】下楼台，游人尽；小舟留得一家春，只怕花底难敲深夜门。

　　〔生〕月落烟浓路不真，〔旦〕小楼红处是东邻。

　　〔丑〕秦淮一里盈盈水，〔净〕夜半春帆送美人。

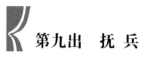

第九出　抚　兵

癸未七月

【点绛唇】〔副净、末扮二将官，杂扮四小卒上〕旗卷军牙①，射潮弩发鲸鲵怕②。操弓试马，鼓角斜阳下。

俺们镇守武昌兵马大元帅宁南侯麾下将士是也。今日点卯日期③，元帅升帐，只得在此伺候。〔吹打开门介〕

【粉蝶儿】〔小生戎装，扮左良玉上〕七尺昂藏④，虎头燕颔如画⑤，莽男儿走遍天涯。活骑人，飞食肉，风云叱咤。报国恩，一腔热血挥洒。

建牙吹角不闻喧，三十登坛众所尊；家散万金酬士死，身留一剑

---

① 旗卷军牙：军前大旗翻卷飘动。
② "射潮"句：形容军队阵容威武。射潮，相传五代吴越王钱镠筑捍海塘，因怒潮汹涌，命水犀军用强弩射潮，潮退而塘成。
③ 点卯：指点验士卒。卯，五时至七时。
④ 昂藏：雄伟高昂。
⑤ 虎头燕颔：威武雄壮的样子，旧时以为贵相。

答君恩①。咱家左良玉，表字昆山，家住辽阳，世为都司②，只因
得罪罢职，补粮昌平。幸遇军门侯恂，拔于走卒，命为战将，不
到一年，又拜总兵之官。北讨南征，功加侯伯；强兵劲马，列
镇荆襄。〔作势介〕看俺左良玉，自幼习学武艺，能挽五石之弓，
善为左右之射；那李自成、张献忠几个毛贼，何难剿灭！只可恨
督师无人，机宜错过，熊文灿、杨嗣昌既以偏私而败绩，丁启
睿、吕大器又因怠玩而无功③。只有俺恩帅侯公④，智勇兼全，尽
能经理中原；不意奸人忌功，才用即休，叫俺一腔热血，报主无
期，好不恨也！〔顿足介〕罢，罢，罢！这湖南、湖北，也还可
战可守，且观成败，再定行藏。〔坐介〕〔内作众兵喊叫，小生惊
问介〕辕门之外，何人喧哗？〔副净、末禀介〕禀上元帅：辕门
肃静，谁敢喧哗。〔小生怒介〕现在喧哗，怎报没有！〔副净、
末〕那是饥兵讨饷，并非喧哗。〔小生〕咦！前自湖南借粮三十
船，不到一月，难道支完了？〔副净、末〕禀元帅：本镇人马已
足三十万了，些须粮草，那够支销。〔小生拍案介〕呵呀！这等
却也难处哩！〔立起，唱介〕

【北石榴花】你看中原豺虎乱如麻，都窥伺龙楼凤阙帝王家；有何
人勤王报主，肯把义旗拿？那督师无老将，选士皆娇娃；却教俺

---

① "建牙"四句：语本唐刘长卿《献淮宁军节度使李相公》诗。建牙，古代
　出兵，在军前树立大旗称建牙，后用以称武将出镇。登坛，即登坛拜将。
　左良玉三十二岁时官拜总兵，故曰"三十登坛"。
② 都司：武官官职名。
③ 熊文灿等：均为明末武将，先后做过左良玉的上司。
④ 侯公：指侯方域的父亲侯恂。左良玉曾得到他的赏识和提拔。

自撑达^①，却教俺自撑达。正腾腾杀气，这军粮又早缺乏。一阵阵拍手喧哗，一阵阵拍手喧哗，百忙中教我如何答话，好一似薨薨白昼闹蜂衙^②。

〔坐介〕〔内又喊介〕〔小生〕你听外边将士，益发鼓噪，好像要反的光景，左右听俺吩咐。〔立起，唱介〕

【上小楼】您不要错怨咱家，您不要错怨咱家。谁不是天朝犬马，他三百年养士不差，三百年养士不差。都要把良心拍打，为甚么击鼓敲门闹转加，敢则要劫库抢官衙。俺这里望眼巴巴，俺这里望眼巴巴，候江州军粮飞下。

〔坐介〕〔抽令箭掷地介〕〔副净、末拾箭，向内吩咐介〕元帅有令，三军听者：目下军饷缺乏，乃人马归附之多，非粮草屯积之少。朝廷深恩，不可不报；将军严令，不可不遵。况江西助饷，指日到辕，各宜静听，勿得喧哗。〔副净、末回话介〕奉元帅军令，俱已晓谕三军了。〔内又喊叫介〕〔小生〕怎么鼓噪之声，渐入辕门，你再去吩咐。〔立起，唱介〕

【黄龙犯】您且忍枵腹这一宵^③，盼江西那几艖^④。俺待要飞檄金陵^⑤，俺待要飞檄金陵，告兵曹转达车驾^⑥，许咱们迁镇移家，许

---

① 撑达：支撑，支持。
② "好一似"句：形容士卒的鼓噪喧闹声。
③ 枵（xiāo）腹：即空腹。
④ 艖（chā）：小船。
⑤ 飞檄：飞送檄文。檄，官府文书。
⑥ 兵曹：即兵部。 车驾：皇帝的代称。

咱们迁镇移家。就粮东去^①，安营歇马，驾楼船到燕子矶边耍^②。

〔副净、末持令箭向内吩咐介〕元帅有令，三军听者：粮船一到，即便支发。仍恐转运维艰，枵腹难待；不日撤兵汉口，就食南京；永无缺乏之虞，同享饱腾之乐。各宜静听，勿再喧哗！〔内欢呼介〕好，好，好！大家收拾行装，豫备东去呀。〔副净、末回生介〕禀上元帅：三军闻令，俱各欢呼散去了。〔小生〕事已如此，无可奈何，只得择期移镇，暂慰军心。〔想介〕且住，未奉明旨，辄自前行，虽圣恩宽大，未必加诛；只恐形迹之间，难免天下之议。事非小可^③，再作商量。

【尾声】慰三军没别法，许就粮喧声才罢，谁知俺一片葵倾向日花^④！

〔下〕〔内作吹打掩门，四卒下〕〔副净向末〕老哥，咱弟兄们商量，天下强兵勇将，让俺武昌。明日顺流东下，料知没人抵当。大家拥着元帅爷，一直抢了南京，就扯起黄旗，往北京进取，有何不可！〔末摇手介〕我们左爷爷忠义之人，这样风话，且不要题。依着我说，还是移家就粮，且吃饱饭为妙。〔副净〕你还不知，一移南京，人心惊慌，就不取北京，这个恶名也免不得了。

〔末〕纷纷将士愿移家，　〔副净〕细柳营中起暮笳。

〔末〕千古英雄须打算，　〔副净〕楼船东下一生差。

① 就粮：移兵到粮多的地方，就地取得给养。
② 燕子矶：在南京北观音山，因山上有石俯临长江，形似燕子，故名。
③ 小可：简单，轻易。
④ 葵倾向日花：喻指臣子对君主的忠心。

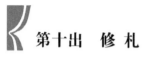

第十出　修札

癸未八月

〔丑扮柳敬亭上〕老子江湖漫自夸，收今贩古是生涯①。年来怕作
朱门客，闲坐街坊吃冷茶。〔笑介〕在下柳敬亭，自幼无藉②，流
落江湖，虽则为谈词之辈，却不是饮食之人③。〔拱介〕列位看我
像个甚的，好像一位阎罗王，掌着这本大帐簿，点了没数的鬼魂
名姓④；又像一尊弥勒佛，腆着这副大肚皮，装了无限的世态炎
凉。鼓板轻敲，便有风雷雨露；舌唇才动，也成月旦春秋⑤。这
些含冤的孝子忠臣，少不得还他个扬眉吐气；那班得意的奸雄邪
党，免不了加他些人祸天诛；此乃补救之微权，亦是褒讥之妙
用。〔笑介〕俺柳麻子信口胡谈，却也燥脾⑥。昨日河南侯公子，

①　"收今"句：说唱古今故事是自己的职业。
②　无藉：没有依靠。
③　饮食之人：只会吃饭的无用之人。
④　鬼魂名姓：指话本中记载着数不清的古今人名。
⑤　月旦：汉许劭与其从兄许清好评论乡党人物，每月更换一次题目。后因
　　称品评人物为月旦评或月旦。　春秋：因孔子修《春秋》寓有褒贬之意，
　　故谓褒贬为春秋。
⑥　燥脾：快心，快活。

送到茶资，约定今日午后来听平话①，且把鼓板取出，打个招客的利市②。〔取出鼓板敲唱介〕无事消闲扯淡，就中滋味酸甜；古来十万八千年，一霎飞鸿去远。几阵狂风暴雨，各家虎帐龙船，争名夺利片时喧，让他陈抟睡扁③。〔生上〕芳草烟中寻粉黛，斜阳影里说英雄。今日来听老柳平话，里面鼓板铿锵，早已有人领教。〔相见大笑介〕看官俱未到，独自在此，说与谁听。〔丑〕这说书是老汉的本业，譬如相公闲坐书斋，弹琴吟诗，都要人听么？〔生笑介〕讲的有理。〔丑〕请问今日要听那一朝故事？〔生〕不拘何朝，你只拣著热闹爽快的说一回罢。〔丑〕相公不知，那热闹局就是冷淡的根芽，爽快事，就是牵缠的枝叶；倒不如把些剩水残山，孤臣孽子④，讲他几句，大家滴些眼泪罢。〔生叹介〕咳！不料敬老你也看到这个田地，真可虑也！〔末扮杨文骢急上〕休教铁锁沉江底，怕有降旗出石头⑤。下官杨文骢，有紧急大事，要寻侯兄计议；一路问来，知在此处，不免竟入。〔见介〕〔生〕来的正好，大家听敬老平话。〔末急介〕目下何等时候，还听平话。〔生〕龙老为何这样惊慌？〔末〕兄还不知么，左良玉领兵东下，要抢南京，且有窥伺北京之意。本兵熊明遇束

---

① 平话：即说书。
② 利市：吉利，好运气。
③ 陈抟睡扁：陈抟，五代末隐士，相传他常长卧一百多天不醒。
④ 孤臣：失去权势的远臣。　孽子：即庶子，非嫡妻所生之子。
⑤ "休教"二句：晋将王濬烧断吴王孙皓拦江的铁锁，孙皓只得出城投降。石头，即石头城，故址在今南京清凉山。

手无策^①，故此托弟前来，恳求妙计。〔生〕小弟有何计策。〔末〕
久闻尊翁老先生乃宁南之恩帅，若肯发一手谕，必能退却。不知
足下主意若何？〔生〕这样好事，怎肯不做；但家父罢政林居^②，
纵肯发书，未必有济。且往返三千里，何以解目前之危？〔末〕
吾兄素称豪侠，当此国家大事，岂忍坐视！何不代写一书，且救
目前；另日禀明尊翁，料不见责也。〔生〕应急权变，倒也可行；
待我回寓起稿，大家商量。〔末〕事不宜迟，即刻发书，还恐无
及，那里等的商量。〔生〕既是如此，就此修书便了。〔写书介〕

【一封书】老夫愚不揣^③，劝将军自忖裁，旌旗且慢来，兵出无
名道路猜。高帝留都陵树在，谁敢轻将马足躧^④；乏粮柴，善
安排，一片忠心穷莫改。

〔写完，末看介〕妙妙！写的激切婉转，有情有理，叫他不好不
依，又不敢不依，足见世兄经济^⑤。〔生〕虽如此说，还该送与熊
大司马，细加改正，方为万妥。〔末〕不必烦扰，待小弟说与他
便了。〔愁介〕只是一件，书虽有了，须差一个当家人早寄为妙。
〔生〕小弟轻装薄游，只带两个童子，那能下的书来。〔末〕这样
密书，岂是生人可以去得！〔生〕这却没法了。〔丑〕不必着忙，

---

① 本兵熊明遇：熊明遇，字良孺，明江西进贤人。时任兵部尚书之职，故
  称本兵。为东林党的重要成员。
② 林居：隐居林下。
③ "老夫"句：这是侯方域代其父写给左良玉的信，故自称老夫，愚不揣，
  意谓愚笨而不自量。
④ 躧（xǐ）：踩，践踏。
⑤ 经济：即经世济民。指治国安民的才能。

让我老柳走一遭何如?〔末〕敬老肯去,妙的狠了;只是一路盘诘,也不是当耍的。〔丑〕不瞒老爷说,我柳麻子本姓曹,虽则身长九尺,却不肯食粟而已。那些随机应变的口头,左冲右挡的膂力,都还有些儿。〔生〕闻得左良玉军门严肃,山人游客①,一概不容擅入。你这般老态,如何去的?〔丑〕相公又来激俺了,这是俺说书的熟套子。我老汉要去就行,不去就止,那在乎一激之力。〔起问介〕

【北斗鹌鹑】你那里笔下诌文,我这里胸中画策。舌战群雄②,让俺不才;柳毅传书,何妨下海。丢却俺的痴騃③,用着俺的诙谐,悄去明来,万人喝采。

〔末〕果然好个本领,只是书中意思,还要你明白解说,才能有济。

【紫花儿序】〔丑〕书中意不须细解,何用明白,费俺唇腮。一双空手,也去当差,也会挝乖④。凭着俺舌尖儿把他的人马骂开,仍倒回八百里外。〔生〕你怎的骂他?〔丑〕则问他防贼自作贼,该也不该。

〔生〕好,好,好!比俺的书字还说得明白。〔末〕你快进去收拾行李,俺替你送盘缠来,今夜务必出城才好。〔丑〕晓得,晓得!〔拱手介〕不得奉陪了。〔竟下〕〔末〕竟不知柳敬亭是个有

① 山人:旧时称江湖艺人及以算命、卜卦、赞礼等为职业的人为山人。
② 舌战群雄:这里柳敬亭借诸葛亮舌战群雄之事来夸张自己的辩才。
③ 痴騃(ái):痴傻。
④ 挝(zhuā)乖:犹打乖。抓窍门,耍花招,摆弄小聪明。

桃花扇

用之才。〔生〕我常夸他是我辈中人，说书乃其余技耳。

【尾声】一封书信权宜代，仗柳生舌尖口快，阻回那莽元帅万马晨霜，保住这好江城三山暮霭。

〔末〕一纸贤于汗马才[①]，〔生〕荆州无复战船开。

〔末〕从来名士夸江左[②]，〔生〕挥麈今登拜将台[③]。

① "一纸"句：意谓一封信胜过千军万马所建立的战功。
② "从来"句：江左，指长江以东金陵一带。五胡之乱时，北方许多名士避
　　乱到金陵一带，故有此说。
③ "挥麈"句：意谓过去知清谈，而今要登坛拜将了。

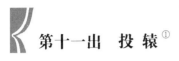

第十一出 投 辕①

癸未九月

〔净、副净扮二卒上〕〔净〕杀贼拾贼囊，救民占民房，当官领官仓，一兵吃三粮。〔副净〕如今不是这样唱了。〔净〕你唱来！〔副净〕贼凶少弃囊，民逃剩空房，官穷不开仓，千兵无一粮。〔净〕这等说，我们这穷兵当真要饿死了。〔副净〕也差不多哩！〔净〕前日鼓噪之时，元帅着忙，许俺们就粮南京，这几日不见动静，想又变卦了。〔副净〕他变了卦，俺们依旧鼓噪，有何难哉！〔净〕闲话少说，且到辕门点卯，再作商量。正是：不怕饿杀，谁肯犯法！〔俱下〕

【北新水令】〔丑扮柳敬亭，背包裹上〕走出了空林落叶响萧萧，一丛丛芦花红蓼。倒戴着接䍦帽②，横跨着湛卢刀③，白髯儿飘飘，谁认的诙谐玩世东方老④。

---

① 投辕：指柳敬亭赴军营见左良玉。辕，辕门，将帅的营门。
② 接䍦帽：古代一种白色头巾，又叫白接䍦。
③ 湛卢刀：相传为春秋时铸剑师欧冶子所铸的宝剑。
④ 东方老：即东方朔（前154—前93），字曼倩，汉平原厌次人。汉武帝弄臣，以诙谐滑稽著名。

俺柳敬亭冲风冒雨，沿江行来，并不见乱兵抢粮，想是讹传了。且喜已到武昌城外，不免在这草地下打开包裹，换了靴帽，好去投书。〔坐地换靴帽介〕

【南步步娇】〔副净、净上〕晓雨城边饥乌叫，来往荒烟道，军营半里遥。〔指介〕风卷旌旗，鼓角缥缈，前面是辕门了，大家趱行几步①。饿腹好难熬，还点三八卯②。

〔丑起拱介〕两位将爷，借问一声，那是将军辕门？〔净向副净私语介〕这个老儿是江北语音，不是逃兵，就是流贼。〔副净〕何不收拾起来，诈他几文，且买饭吃。〔净〕妙！〔副净问介〕你寻将军衙门么？〔丑〕正是。〔净〕待我送你去。〔丢绳套住丑介〕〔丑〕呵呀！怎么拿起我来了？〔副净〕俺们是武昌营专管巡逻的弓兵，不拿你，拿谁呀？〔丑推二净倒地，指笑介〕两个没眼色的花子，怪不得饿的东倒西歪的。〔净〕你怎晓得我们捱饿？〔丑〕不为你们捱饿，我为何到此？〔副净〕这等说来，你敢是解粮来的么？〔丑〕不是解粮的，是做甚的！〔净〕啐！我们瞎眼了，快搬行李，送老哥辕门去。〔副净、净同丑行介〕

【北折桂令】〔丑〕你看城枕着江水滔滔，鹦鹉洲阔，黄鹤楼高③。鸡犬寂寥，人烟惨淡，市井萧条。都只把豺狼喂饱，好江城画

---

① 趱行：快行。
② 点三八卯：指逢三、八日的例期点名。
③ "鹦鹉"二句：鹦鹉洲，在今武昌西南长江中；黄鹤楼，在武昌西南江边。两者皆为武昌名胜。

破图抛。满耳呼号，鼚鼓声雄，铁马嘶骄。

〔副净指介〕这是帅府辕门了。〔唤介〕老哥在此等候，待我传鼓。〔击鼓介〕〔末扮中军官上[①]〕封拜惟知元帅大，征诛不让帝王尊。〔问介〕门外击鼓，有何军情，速速报来！〔净〕适在汛地捉了一个面生可疑之人，口称解粮到此，未知真假，拿赴辕门，听候发落。〔末问丑介〕你称解粮到此，有何公文？〔丑〕没有公文，止有书涵。〔末〕这就可疑了。

【南江儿水】你的北来意费推敲，一封书信无名号，荒唐言语多虚冒，凭空何处军粮到。无端左支右调，看他神情，大抵非逃即盗。

〔丑〕此话差矣，若是逃、盗，为何自寻辕门？〔末〕说的也是。既有书函，待我替你传进。〔丑〕这是一封密书，要当面交与元帅的。〔末〕这话益发可疑了。你且外边伺候，待我禀过元帅，传你进见。〔净、副净、丑俱下〕〔内吹打开门，杂扮军卒六人各执械对立介〕〔小生扮左良玉戎服上〕荆襄雄镇大江滨，四海安危七尺身。日日军储劳计画[②]，那能谈笑净烟尘[③]。〔升坐，吩咐介〕昨因饥兵鼓噪，本帅诈他就粮南京；后来细想：兵去就粮，何如粮来就兵。闻得九江助饷，不日就到，今日暂免点卯，各回汛地，静候关粮。〔末〕得令。〔虚下，即上〕奉元帅军令，挂牌

---

① 中军官：指在主将营中管理营务的首领官。
② 军储：即军需，指军队的粮食、服装、器械等。
③ 谈笑净烟尘：意谓在谈笑中平定战乱。

免卯，三军各回汛地了。〔小生〕有甚军情，早早报来。〔末〕别
无军情，只有差役一名，口称解粮到此，要见元帅。〔小生喜介〕
果然粮船到了，可喜，可喜！〔问介〕所赍文书，系何衙门？
〔末〕并无文书，止有私书，要当堂投递。〔小生〕这话就奇了，
或是流贼细作①，亦未可定。〔吩咐介〕左右军牢，小心防备，着
他膝行而进。〔众〕是！〔末唤丑进介〕〔左右交执器械，丑钻入
见介〕〔揖介〕元帅在上，晚生拜揖了。〔小生〕咦！你是何等样
人，敢到此处放肆！〔丑〕晚生一介平民，怎敢放肆？

【北雁儿落带得胜令】 俺是个不出山老渔樵，那晓得王侯大宾客
小。看这长枪大剑列门旗，只当深林密树穿荒草。尽着狐狸纵
横虎咆哮，这威风何须要。偏吓俺孤身客无门跑，便作个长揖
儿不是骄。〔拱介〕求饶，军中礼原不晓。〔笑介〕气么消，有书
函将军仔细瞧。

〔小生问介〕有谁的书函？〔丑〕归德侯老先生寄来奉候的。
〔小生〕侯司徒是俺的恩帅，你如何认得？〔丑〕晚生现在侯府。
〔小生拱介〕这等失敬了。〔问介〕书在那里？〔丑送上书介〕
〔小生〕吩咐掩门。〔内吹打掩门，众下〕〔小生〕尊客请坐。〔丑
傍坐介〕〔小生看书介〕

【南侥侥令】 看他谆谆情意好，不啻教儿曹②。这书中文理，一时也看
不透彻，无非劝俺镇守边方，不可移兵内地。〔叹介〕恩帅，恩帅！那知俺左良

① 细作：侦探，间谍。
② 不啻：不止。　儿曹：儿辈，小辈。

玉，一片忠心天可告，怎肯背深恩，辱荐保①！

〔问丑介〕足下尊姓大号？〔丑〕不敢，晚生姓柳，草号敬亭。〔杂捧茶上〕〔小生〕敬亭请茶。〔丑接茶介〕〔小生〕你可知这座武昌城，自经张献忠一番焚掠，十室九空。俺虽镇守在此，缺草乏粮，日日鼓噪，连俺也做不得主了。〔丑气介〕元帅说那里话，自古道"兵随将转"，再没个将逐兵移的。

【北收江南】你坐在细柳营，手握着虎龙韬②，管千军山可动，令不摇。饥兵鼓噪犯天朝，将军无计，从他去自逍遥。这恶名怎逃，这恶名怎逃！说不起三军权柄帅难操。

〔掷茶钟于地下介〕〔小生怒介〕呵呀！这等无礼，竟把茶杯掷地。〔丑笑介〕晚生怎敢无礼，一时说的高兴，顺手掷去了。〔小生〕顺手掷去，难道你的心做不得主么。〔丑〕心若做得主呵，也不叫手下乱动了。〔小生笑介〕敬亭讲的有理。只因兵丁饿的急了，许他就粮内里。亦是无可奈何之一着。〔丑〕晚生远来，也饿急了，元帅竟不问一声儿。〔小生〕我倒忘了，叫左右快摆饭来。〔丑摩腹介〕好饿，好饿！〔小生催介〕可恶奴才，还不快摆！〔丑起介〕等不得了，竟往内里吃去罢。〔向内行介〕〔小生怒介〕如何进我内里？〔丑回顾介〕饿的急了。〔小生〕饿的急了，就许你进内么？〔丑笑介〕饿的急了，也不许进内里，元帅竟也晓得哩。〔小生大笑介〕句句讥诮俺的错处，好个舌辩

① 荐保：推荐保举。
② 虎龙韬：古代兵书《六韬》中有"虎韬""龙韬"两部分。此借指兵权。

之士！俺这帐下倒少不得你这个人哩！

【南园林好】俺虽是江湖泛交，认得出滑稽曼老①；这胸次包罗不少，能直谏，会旁嘲。

〔丑〕那里，那里！只不过游戏江湖，图餬啜耳。〔小生问介〕俺看敬亭，既与缙绅往来，必有绝技，正要请教。〔丑〕晚生自幼失学，有何技艺。偶读几句野史，信口演说，曾蒙吴桥范大司马、桐城何老相国，谬加赏赞，因而得交缙绅，实堪惭愧。

【北沽美酒带太平令】俺读些稗官词②，寄牢骚，稗官词，寄牢骚，对江山吃一斗苦松醪③。小鼓儿颤杖轻敲，寸板儿软手频摇；一字字臣忠子孝，一声声龙吟虎啸；快舌尖钢刀出鞘，响喉咙轰雷烈炮。呀！似这般冷嘲、热挑，用不着笔抄、墨描。劝英豪，一盘错帐速勾了。

〔小生〕说的爽快，竟不知敬亭有此绝技，就留下榻衙斋，早晚领教罢。

【清江引】从此谈今论古日倾倒，风雨开怀抱。你那苏张舌辩高④，我的巧射惊羿奡⑤，只愁那匝地烟尘何日扫！

① 滑稽曼老：即东方朔，因其字曼倩，故有此称。
② 稗官词：即稗史。
③ 松醪（láo）：用松肪或松花酿的酒。
④ 苏张：即苏秦与张仪，战国时纵横家。
⑤ 羿奡（ào）：即羿与奡。羿，夏时部落首领，相传他善射。奡，夏时寒浞之子，相传能陆地行舟。

73

桃花扇

〔丑〕闲话多时，到底不知元帅向内移兵，有何主见？〔小生〕耿耿臣心，惟天可表，不须口劝，何用书责！

〔小生〕臣心如水照清霄，〔丑〕咫尺天颜路不遥。

〔小生〕要与西南撑半壁，〔丑〕不须东看海门潮^①。

① 东看海门潮：指引兵东下。

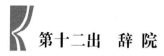

第十二出　辞　院

癸未十月

【西地锦】〔末扮杨文骢冠带上〕锦绣东南列郡，英雄割据纷纷；而今还起周郎恨，江水向东奔。

下官杨文骢，昨奉熊司马之命，托侯兄发书宁南，阻其北上，已遣柳敬亭连夜寄去。还怕投书未稳，一面奏闻朝廷，加他官爵，荫他子侄①；又一面知会各处督抚，及在城大小文武，齐集清议堂②，公同计议，助他粮饷，这也是不得已调停之法。下官与阮圆海虽罢闲流寓，都有传单，只得早到。〔副净扮阮大铖冠带上〕黑白看成棋里事，须眉扮作戏中人。〔见介〕龙友请了，今日会议军情，既传我们到此，也不可默默无言。〔末〕事体重大，我们废员闲官，立不得主意，身到就是了。〔副净〕说那里话！

【啄木儿】朝廷事，须认真，太祖神京今未稳③。莫漫愁铁锁船

---

① 荫：封建时代因祖先的官职或功劳而得官称为荫。
② 清议堂：朝廷大臣商议军政事务之所。
③ 太祖：即明太祖朱元璋。　神京：即京城。此指南京。

开，只怕有萧墙人引①。角声鼓音城楼震，帆扬帜飞江风顺，明取金陵，有人私启门。

〔末〕这话未确，且莫轻言。〔副净〕小弟实有所闻，岂可不说！

〔丑扮长班上②〕处处军情紧，朝朝会议多。禀老爷：淮安漕抚史可法老爷③，凤阳督抚马士英老爷俱到了。〔末、副净出候介〕〔外白须扮史可法，净秃须扮马士英，各冠带上〕〔外〕天下军储一线漕，无能空佩吕虔刀④。〔净〕长陵抔土关龙脉，愁绝烽烟搔二毛⑤。〔末、副净见各揖介〕〔外向介〕本兵熊老先生为何不到？

〔丑禀介〕今日有旨，往江上点兵去了。〔净〕这等又会议不成，如何是好？

【前腔】〔外〕黄尘起，王气昏⑥，羽扇难挥建业军⑦。幕府山蜡檄

① "只怕"句：意谓只怕内部有人勾引左兵东下。萧墙，借指内部的祸害。
② 长班：明清时官员的仆从。
③ 史可法（1601—1645）：字宪之，号道邻，明河南祥符人。官至南京兵部尚书。清兵南下，他坚守扬州，城陷被执，不屈而死。
④ 吕虔刀：吕虔，三国魏人。有一佩刀，相者谓此刀位登三公者可佩。
⑤ "长陵"二句：长陵，汉高祖的陵墓，此借指在凤阳的明皇祖陵。抔（póu）土，一捧土。关龙脉，关系着皇朝的兴衰。马士英任凤阳总督，若凤阳失守，皇陵受损，他将受到严厉制裁。二毛，指花白的头发。
⑥ "黄尘起"二句：意谓战乱纷起，明王朝统治已危在旦夕。
⑦ "羽扇"句：意谓很难像顾荣当年羽扇挥军那样阻挡左良玉军队攻到南京来。羽扇挥军，晋时陈敏作乱，顾荣以羽扇指挥三军，击溃乱军。建业，即南京。

76

星驰①,五马渡楼船飞滚②。江东应须夷吾镇③,清谈怎消南朝恨,少不得**努力同捐衰病身**。

〔末〕老先生不必深忧,左良玉系侯司徒旧卒,昨已发书劝止,料无不从者。〔外〕学生亦闻此举虽出熊司马之意,实皆年兄之功也。〔副净〕这倒不知,只闻左兵之来,实有暗里勾之者。〔外〕是那个?〔副净〕就是敝同年侯恂之子侯方域。〔外〕他也是敝世兄,在复社中铮铮有声,岂肯为此?〔副净〕老公祖不知④,他与左良玉相交甚密,常有私书往来;若不早除此人,将来必为内应。〔净〕说的有理,何惜一人,致陷满城之命乎?〔外〕这也是莫须有之事⑤,况阮老先生罢闲之人,国家大事也不可乱讲。〔别介〕请了,正是:邪人无正论,公议总私情。〔下〕〔副净指恨介,向净介〕怎么史道邻就拂衣而去,小弟之言凿凿有据;闻得前日还托柳麻子去下私书的。〔末〕这太屈他了,敬亭之去,小弟所使,写书之时,小弟在傍;倒亏他写的恳切,怎反疑起他来?〔副净〕龙友不知,那书中都有字眼暗号,人那里晓得?〔净点头介〕是呀,这样人该杀的,小弟回去,即着人访拿。〔向末介〕老妹丈,就此同行罢。〔末〕请舅翁先行一步,小

---

① 幕府山:在南京西北,长江南岸。　蜡檄:封在蜡丸内的檄文,以防泄密。　星驰:形容传递之快速。

② 五马渡:地名。在南京旧上元县西北二十三里。

③ "江东"句:意谓当时的江东应该由王导那样的名相来镇守。夷吾,即管仲,春秋时齐国名相。此借指王导,字茂弘,晋临沂人,元帝时为丞相。

④ 老公祖:明清时士绅敬称地方官为公祖,对地位较高者则称老公祖。

⑤ 莫须有之事:秦桧将岳飞诬陷下狱,韩世忠质问秦桧有何事实,秦桧答曰:"其事体莫须有。"后因以莫须有之事指冤狱。

弟随后就来。〔副净向净介〕小弟与令妹丈不啻同胞，常道及老公祖垂念，难得今日会着。小弟有许多心事。要为竟夕之谈。不知可否？〔净〕久荷高雅，正要请教。〔同下〕〔末〕这是那里说起！侯兄之素行虽未深知，只论写书一事呵！

【三段子】这冤怎伸，硬叠成曾参杀人①，这恨怎吞，强书为陈恒弑君②。不免报他一信，叫他趁早躲避。〔行介〕眠香占花风流阵，今宵正倚熏笼困，那知打散鸳鸯金弹狠。

来此是李家别院，不免叫门。〔敲门介〕〔内吹唱介〕〔净扮苏昆生上〕是那个？〔末〕快快开门！〔净开门见介〕原来是杨老爷，天色已晚，还来闲游。〔末认介〕你是苏昆老。〔问介〕侯兄在那里？〔净〕今日香君学完一套新曲，都在楼上听他演腔。〔末〕快请下楼！〔净入唤介〕〔小旦、生、旦出介〕〔生〕浓情人带酒，寒夜帐笼花。杨兄高兴，也来消夜。〔末〕兄还不知，有天大祸事来寻你了。〔生〕有何祸事，如此相吓？〔末〕今日清议堂议事，阮圆海对着大众，说你与宁南有旧，常通私书，将为内应。那些当事诸公，俱有拿你之意。〔生惊介〕我与阮圆海素无深仇，为何下这毒手？〔末〕想因却奁一事，太激烈了，故此老羞变怒耳。〔小旦〕事不宜迟，趁早高飞远遁，不要连累别

---

① 曾参杀人：曾参是孔子的弟子，费地一个与他同姓名的人杀了人，有人却误以为是曾参杀人，告之曾母，曾母不信，后接连有人告之此事，曾母惊疑而走。后以此指代诬指之事。

② 陈恒弑君：陈恒为春秋齐国大臣，他杀齐简公之事，史书记载多有出入，这里借此说明传言不可信。

人。〔生〕说的有理。〔愁介〕只是燕尔新婚，如何舍得？〔旦正色介〕官人素以豪杰自命，为何学儿女子态？〔生〕是，是，但不知那里去好？

【滴溜子】双亲在，双亲在，信音未准；烽烟起，烽烟起，梓桑半损①。欲归，归途难问。天涯到处迷，将身怎隐！歧路穷途，天暗地昏。

　　〔末〕不必着慌，小弟倒有个算计。〔生〕请教！〔末〕会议之时，漕抚史可法、凤抚马舍舅俱在坐。舍舅语言甚不相为②，全亏史公一力分豁③，且说与尊府原有世谊的。〔生想介〕是，是，史道邻是家父门生。〔末〕这等何不随他到淮，再候家信。〔生〕妙，妙！多谢指引了。〔旦〕待奴家收拾行装。〔旦束装介〕

【前腔】欢娱事，欢娱事，两心自忖；生离苦，生离苦，且将恨忍，结成眉峰一寸。香沾翠被池，重重束紧。药裹巾箱，都带泪痕。

　　〔丑上，挑行李介〕〔生别旦介〕暂此分别，后会不远。〔旦弹泪介〕满地烟尘，重来亦未可必也。

【哭相思】离合悲欢分一瞬，后会期无凭准。〔小旦〕怕有巡兵踪迹，快行一步罢。〔生〕吹散俺西风太紧，停一刻无人肯。

　　〔生〕但不知史漕抚寓在那厢。〔净〕闻他来京公干，常寓市隐

---

①　梓桑：即桑梓，喻指家乡。
②　不相为：不相助。
③　分豁：分解，开脱。

园，待我送官人去。〔生〕这等多谢。〔生、净、丑急下〕〔小旦〕这桩祸事，都从杨老爷起的，也还求杨老爷归结。明日果来拿人，作何计较？〔末〕贞娘放心，侯郎既去，都与你无干了。

〔末〕人生聚散事难论，〔旦〕酒尽歌终被尚温。
〔小旦〕独照花枝眠不稳，〔末〕来朝风雨掩重门。

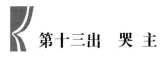

第十三出　哭　主

甲申三月

〔副净扮旗牌官上〕汉阳烟树隔江滨，影里青山画里人。可惜城
西佳绝处，朝朝遮断马头尘。在下宁南帅府一个旗牌官的便是。
俺元帅收复武昌，功封侯爵。昨日又奉新恩，加了太傅之衔；小
爷左梦庚①，亦挂总兵之印，特差巡按御史黄澍老爷到府宣旨②。
今日九江督抚袁继咸老爷，又解粮三十船，亲来给发。元帅大
喜，命俺设宴黄鹤楼，请两位老爷饮酒看江。〔望介〕遥见晴川
树底，芳草洲边，万姓欢歌，三军嬉笑，好一段太平景象也！
远远喝道之声③，元帅将到，不免设起席来。〔台上挂黄鹤楼匾〕
〔副净设席安座介〕〔杂扮军校旗仗鼓吹引导〕〔小生扮左良玉戎
装上〕

【声声慢】逐人春色，入眼晴光，连江芳草青青。百尺楼高，

----

① 左梦庚：左良玉之子，左良玉死后，继任统帅，后投降清朝。
② 巡按御史：官职名。明制，每省派御史巡察，监察地方官吏，检举不法，
　　称巡按御史。
③ 喝道：旧时官员出行时，前列仪仗及卫士高声呵喝，禁止行人以清道，
　　称喝道。

81

吹笛落梅风景①。领着花间小乘②，载行厨，带缓衣轻；便笑
咱将军好武，也爱儒生。

　　咱家左良玉，今日设宴黄鹤楼，请袁、黄两公饮酒看江，只得
　　早候。〔吩咐介〕大小军卒楼下伺候。〔众应下〕〔作登楼介〕三
　　春云物归胸次，万里风烟到眼中。〔望介〕你看浩浩洞庭，苍苍
　　云梦③，控西南之险，当江汉之冲；俺左良玉镇此名邦，好不壮
　　哉！〔坐呼介〕旗牌官何在？〔副净跪介〕有。〔小生〕酒席齐备
　　不曾？〔副净〕齐备多时了。〔小生〕怎么两位老爷还不见到？
　　〔副净〕连请数次，袁老爷正在江岸盘粮，黄老爷又往龙华寺拜
　　客④，大约傍晚才来。〔小生〕在此久候，岂不困倦！叫左右：速
　　接柳相公上楼，闲谈拨闷。〔杂跪禀介〕柳相公现在楼下。〔小
　　生〕快请。〔杂请介〕〔丑扮柳敬亭上〕气吞云梦泽，声撼岳阳
　　楼⑤。〔见介〕〔小生〕敬亭为何早来了？〔丑〕晚生知道元帅闷
　　坐，特来奉陪的。〔小生〕这也奇了，你如何晓得？〔丑〕常言
　　"秀才会课，点灯告坐"⑥。天生文官，再不能爽快的。〔小生笑介〕
　　说的有理。〔指介〕你看天才午转，几时等到点灯也。〔丑〕若不

① "吹笛"句：语本唐李白《与史郎中钦听黄鹤楼上吹笛》诗。落梅风景，
　　指五月之景。
② 小乘：小车。
③ 云梦：古泽名。在今湖北安陆境内。
④ 龙华寺：在武昌宾阳门内。
⑤ "气吞"二句：语本唐孟浩然《临洞庭湖》诗"气蒸云梦泽，波撼岳阳
　　楼"，形容云梦泽的水汽蒸腾，洞庭湖的水波浩荡。
⑥ "秀才"二句：意谓秀才定期集会，研习功课，常常到点灯时才到齐。

嫌聒噪呵，把昨晚说的"秦叔宝见姑娘"①，再接上一回罢。〔小生〕极妙了。〔问介〕带有鼓板么？〔丑〕自古"官不离印，货不离身"，老汉管著做甚的。〔取出鼓板介〕〔小生〕叫左右：泡开芥片②，安下胡床③。咱要纱帽隐囊④，清谈消遣哩。〔杂设床、泡茶，小生更衣坐，杂捶背搔痒介〕〔丑旁坐敲鼓板说书介〕大江滚滚浪东流，淘尽兴亡古渡头；屈指英雄无半个，从来遗恨是荆州。按下新诗，还提旧话。且说人生最难得的是乱离之后，骨肉重逢。总是地北天南，时移物换，经几番凶荒战斗，怎免得梗泛萍漂。可喜秦叔宝解到罗公帅府，枷锁连身，正在候审；遇着嫡亲姑娘，卷帘下阶，抱头大哭。当时换了新衣，设席款待，一个候死的囚徒，登时上了青天。这叫做"运去黄金减价，时来顽铁生光"。〔拍醒木介〕〔小生掩泪介〕咱家也都经过了。〔丑〕再说那罗公问及叔宝的武艺，满心欢喜，特地要夸其本领，即日放炮传操。下了教场，雄兵十万，雁翅排开。罗公独坐当中，一呼百诺，掌着生杀之权。秦叔宝站在旁边，点头赞叹，口里不言，心中暗道：大丈夫定当如此！〔拍醒木介〕〔小生作骄态，笑介〕俺左良玉也不枉为人一世矣。〔丑〕那罗公眼看叔宝，高声问道："秦琼，看你身材高大，可曾学些武艺么？"叔宝慌忙跪下，应答如流："小人会使双铜。"罗公即命家人，将自己用的两条银铜，

① 秦叔宝见姑娘：根据民间传说敷衍而成的说唱故事。
② 芥（jiè）片：芥茶。
③ 胡床：可折叠的椅子，也叫交椅。相传由胡地传入，故名。
④ 隐囊：即靠褥。

桃花扇

抬将下来。那两条银铜，共重六十八斤，比叔宝所用铁铜，轻了一半。叔宝是用过重铜的人，接在手中，如同无物。跳下阶来，使尽身法，左轮右舞，恰似玉蟒缠身，银龙护体。玉蟒缠身，万道毫光台下落；银龙护体，一轮月影面前悬。罗公在中军帐里，大声喝采道："好呀！"那十万雄兵，一齐答应。〔作喊介〕如同山崩雷响，十里皆闻。〔拍醒木介〕〔小生照镜镞鬓介〕俺左良玉立功边塞，万夫不当，也是天下一个好健儿。如今白发渐生，杀贼未尽，好不恨也！〔副净上〕禀元帅爷：两位老爷俱到楼了。〔丑暗下〕〔小生换冠带、杂撤床排席介〕〔外扮袁继咸，末扮黄澍，冠带喝道上〕〔外〕长湖落日气苍茫，黄鹤楼高望故乡。〔末〕吹笛仙人称地主①，临风把酒喜洋洋。〔小生迎揖介〕二位老先生俯临敝镇，曷胜光荣；聊设杯酒，同看春江。〔外、末〕久钦威望，喜近节麾，高楼盛设，大快生平。〔安席坐，斟酒欲饮介〕〔净扮塘报人急上〕忙将覆地翻天事，报与勤王救主人。禀元帅爷：不好了，不好了！〔众惊起介〕有甚么紧急军情，这等喊叫？〔净急白介〕禀元帅爷：大伙流贼北犯，层层围住神京；三天不见救援兵，暗把城门开禁。放火焚烧宫阙，持刀杀害生灵。〔拍地介〕可怜圣主好崇祯，〔哭说介〕缢死煤山树顶。〔众惊问介〕有这等事，是那一日来？〔净喘介〕就是这、这、这三

① 吹笛仙人：相传有辛氏在黄鹤楼卖酒，一道人常去饮酒，而辛氏从不向他要酒钱。后道人用桔皮在墙上画一鹤，对辛氏说："有客人来时，你拍手呼之，鹤便会飞舞起来，为客人劝酒。"辛氏因此而致富。一天，道人又来，取出铁笛吹了数弄，便乘鹤而去。

84

月十九日。〔众望北叩头，大哭介〕〔小生起，搓手跳哭介〕我的圣上呀！我的崇祯主子呀！我的大行皇帝呀[①]！孤臣左良玉，远在边方，不能一旅勤王，罪该万死了！

【胜如花】高皇帝在九京，不管亡家破鼎[②]，那知他圣子神孙，反不如飘蓬断梗。十七年忧国如病，呼不应天灵祖灵，调不来亲兵救兵；白练无情，送君王一命。伤心煞煤山私幸[③]，独殉了社稷苍生，独殉了社稷苍生！

〔众又大哭介〕〔外摇手喊介〕且莫举哀，还有大事相商。〔小生〕有何大事？〔外〕既失北京，江山无主，将军若不早建义旗，顷刻乱生，如何安抚？〔末〕正是。〔指介〕这江汉荆襄，亦是西南半壁，万一失守，恢复无及矣。〔小生〕小弟滥握兵权，实难辞责，也须两公努力，共保边疆。〔外、末〕敢不从事。〔小生〕既然如此，大家换了白衣，对着大行皇帝在天之灵，恸哭拜盟一番。〔唤介〕左右可曾备下缞衣[④]么？〔副净〕一时不能备及，暂借附近民家素衣三领，白布三条。〔小生〕也罢，且穿戴起来。〔吩咐介〕大小三军，亦各随拜。〔小生、外、末穿衣裹布介〕〔领众齐拜，举哀介〕我那先帝呀！

① 大行皇帝：古代称皇帝死为大行，死而未葬者为大行皇帝。大行，一去不返之意，臣下因讳言皇帝死，故以大行作比喻。
② 破鼎：喻指亡国。鼎，国家之重器。
③ 私幸：皇帝私下出行。此指 1644 年 4 月李自成攻破京城，崇祯自缢于煤山。
④ 缞（cuī）衣：丧服，服三年之丧者用之。

桃花扇

【前腔】〔合〕宫车出 ①，庙社倾 ②，破碎中原费整。养文臣帷幄无谋，纛武夫疆场不猛；到今日山残水剩，对大江月明浪明，满楼头呼声哭声。〔又哭介〕这恨怎平，有皇天作证：从今后戮力奔命，报国仇早复神京，报国仇早复神京。

〔小生〕我等拜盟之后，义同兄弟；临侯督师，仲霖监军，我左昆山操兵练马，死守边方。倘有太子诸王，中兴定鼎 ③，那时勤王北上，恢复中原，也不负今日一番义举。〔外、末〕领教了。

〔副净禀介〕禀元帅：满城喧哗，似有变动之意，快请下楼，安抚民心。〔俱下楼介〕〔小生〕二位要向那里去？〔外〕小弟还回九江。〔末〕小弟要到襄阳。〔小生〕这等且各分手，请了。

〔别介〕〔小生呼介〕转来，若有国家要事，还望到此公议。〔外、末〕但寄片纸，无不奔赴。请了。〔外、末下〕〔小生〕呵呀呀！不料今日天翻地覆，吓死俺也！

　　飞花送酒不曾擎，片语传来满座惊。

　　黄鹤楼中人哭罢，江昏月暗夜三更。

---

① 宫车出：犹谓宫车晚出，隐喻皇帝死亡。
② 庙社倾：国家倾覆。
③ 中兴：使国家由衰落而复兴。　定鼎：古代称定都或建立王朝为定鼎。此谓重新确立明王朝的统治。

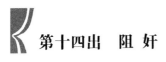

第十四出　阻奸

甲申四月

【绕池游】〔生上〕飘飘家舍，怎把平安写？哭苍天满喉新血。国仇未雪，乡心难说，把闲情丢开后些。

　　小生侯方域，自去冬仓皇避祸，夜投史公，随到淮安漕署①，不觉半载。昨因南大司马熊公内召②，史公即补其缺，小生又随渡江。亏他重俺才学，待同骨肉。正思移家金陵，不料南北隔绝。目今议立纷纷，尚无定局，好生愁闷。且候史公回衙，一问消息。

〔暂下〕

【三台令】〔外扮史可法忧容，丑扮长班随上〕山河今日崩竭，白面谈兵掉舌③；弈局事堪嗟④，望长安谁家传舍⑤？

　　下官史可法，表字道邻，本贯河南，寄籍燕京。自崇祯辛未，叨

---

① 淮安漕署：明代于江苏设漕抚，总督漕运。漕署，即漕抚的官署。
② 熊公：即熊明遇。　内召：被朝廷召到京城任官。
③ "白面"句：意谓那些白面书生空谈战事。
④ 弈局：指时局。
⑤ "望长安"句：意谓京城北京不知成了谁家的传舍。传舍，古时供来往行人住宿的处所。

桃花扇

中进士①，便值中原多故，内为曹郎②，外作监司，敭历十年③，不曾一日安枕。今由淮安漕抚升补南京兵部尚书。那知到任一月，遭此大变；万死无裨，一筹莫展。幸亏长江天险，护此留都。但一月无君，人心皇皇，每日议立议迎，全无成说。今早操兵江上，探得北信，不免请出侯兄，大家快谈。〔丑〕侯爷，有请。〔生上见介〕请问老先生，北信若何？〔外〕今日得一喜信，说北京虽失，圣上无恙，早已航海而南；太子亦间道东奔，未知果否？〔生〕果然如此，苍生之福也。〔小生扮差役上〕朝廷无诏旨，将相有传闻。〔到门介〕门上有人么？〔丑问介〕那里来的？〔小生〕是凤抚衙门来的，有马老候札④，即讨回书。〔丑〕待我传上去。〔入见介〕禀老爷：凤抚马老爷差人投书。〔外拆看，皱眉介〕这个马瑶草，又讲甚么迎立之事了。

【高阳台】清议堂中，三番公会，攒眉仰屋蹴靴⑤；相对长吁，低头不语如呆。堪嗟！军国大事非轻举，俺纵有庙谟难说⑥。这来书谋迎议立，邀功情切。

〔向生介〕看他书中意思，属意福王。又说圣上确确缢死煤山，太子奔逃无踪。若果如此，俺纵不依，他也竟自举行了。况且昭

---

① 叨：谦词。
② 曹郎：即部曹，部属各司的官吏。
③ 敭（yáng）历：仕宦的经历。
④ 候札：立等回信的书札。
⑤ 攒（cuán）眉：皱眉。　仰屋：躺着仰望屋梁。形容一筹莫展。
⑥ 庙谟：庙谋。谋划战事。

穆伦次^①，立福王亦无大差。罢，罢，罢！答他回书，明日会稿，一同列名便了。〔生〕老先生所言差矣。福王分藩散乡^②，晚生知之最详，断断立不得。〔外〕如何立不得？〔生〕他有三大罪，人人俱知。〔外〕那三大罪？〔生〕待晚生数来：

【前腔】福邸藩王，神宗骄子，母妃郑氏淫邪。当日谋害太子，欲行自立，若无调护良臣，几将神器夺窃^③。〔外〕此一罪却也不小。〔问介〕还有那一罪？〔生〕骄奢，盈装满载分封去，把内府金钱偷竭^④。昨日寇逼河南，竟不舍一文助饷，以致国破身亡，满宫财宝，徒饱贼囊。〔外〕这也算的一大罪。〔问介〕那第三大罪呢？〔生〕这一大罪，就是现今世子德昌王^⑤，父死贼手，暴尸未葬，竟忍心远避。还乘离乱之时，纳民妻女。这君德全亏尽丧，怎图皇业？

　　〔外〕说的一些不差，果然是三大罪。〔生〕不特此也，还有五不可立。〔外〕怎么又有五不可立？

【前腔】〔生〕第一件，车驾存亡，传闻不一，天无二日同协^⑥。第二件，圣上果殉社稷，尚有太子监国，为何明弃储君，翻寻枝叶旁牒^⑦。第三件，这中兴之主，原不必拘定伦次的。分别，中兴定霸如光武，要

---

① 昭穆伦次：宗族辈分的次序。
② 分藩：分封。帝王将子弟分封各地，作为王朝的屏藩。
③ "福邸藩王"七句：福恭王常洵为明神宗朱翊钧之子，其母郑贵妃得神宗宠幸，欲为使常洵继承帝位，谋害太子常洛。神器，指帝位。
④ "盈装"二句：神宗宠爱常洵，当常洵受封去河南时，赐与他许多财宝，使国库空虚。内府，皇室的仓库。
⑤ 德昌王：即福王朱由崧，福恭王常洵之子。
⑥ "天无"句：比喻国家不能有两个皇帝。
⑦ 枝叶旁牒：同宗旁支，非嫡系子孙。牒，即谱牒。

访取出群英杰①。第四件，怕强藩乘机保立。第五件，又恐小人呵，将拥戴功挟②。

〔外〕是，是，世兄高见，虑的深远。前日见副使雷缜祚、礼部周镳③，都有此论，但不及这番透彻耳。就烦世兄把这三大罪、五不可立之论，写书回他便了。〔生〕遵命。〔点烛写书介〕〔副净扮阮大铖，杂扮家僮提灯上〕须将奇货归吾手④，莫把新功让别人。下官阮大铖，潜往江浦，寻着福王，连夜回来，与马士英倡议迎立。只怕兵部史可法临时掣肘。今日修书相商，还恐不妥，故此昏夜叩门，与他细讲。〔见小生介〕你早来下书，如何还不回去？〔小生〕等候回书，不见发出。〔喜介〕阮老爷来的正好，替小人催一催。〔杂〕门上大叔那里？〔丑〕是那个？〔副净见，作足恭介⑤〕烦位下通报一声，说裤子裆里阮，求见老爷。〔丑诨介〕裤子裆里软，这可未必。常言"十个胡子九个骚"，待我摸一摸，果然软不软。〔副净〕休得取笑，快些方便罢。〔丑〕天色已晚，老爷安歇了，怎敢乱传？〔副净〕有要话商议，定求一见的。〔丑〕待我传上去。〔进禀介〕禀老爷：有裤子裆里阮，到门求见。〔外〕是那个姓阮的？〔生〕在裤子裆里住，自然是阮胡

① "中兴"二句：意谓要使明王朝中兴，重新确立统治，必须访取像汉光武帝那样的杰出人物。光武，即刘秀，字文叔，汉高祖九世孙。王莽篡汉后，光武起兵，推翻王莽政权，自立为帝。
② 将拥戴功挟：意谓凭借拥戴天子之功来要挟朝廷。
③ 副使雷缜祚、礼部周镳：雷缜祚，字介之，明太湖人。周镳，字仲御，号鹿溪，明金坛人。两人皆为东林党成员，后被马士英、阮大铖害死。
④ 奇货：珍奇的货物，此指福王。
⑤ 足恭：过度谦卑。

子了。〔外〕如此昏夜，他来何干？〔生〕不消说，又是讲迎立之事了。〔外〕去年在清议堂诬害世兄的便是他。这人原是魏党，真正小人，不必理他，叫长班回他罢了。〔丑出，怒介〕我说夜晚了，不便相会，果然惹个没趣。请回罢！〔副净拍丑肩介〕位下是极在行的①，怎不晓得？夜晚来会，才说的是极有趣的话哩！那青天白日，都是些扫帐儿②。〔丑〕你老说的有理，事成之后，随封都要双分的③。〔副净〕不消说，还要加厚座。〔丑〕既是这等，待我再传。〔进禀介〕禀老爷：姓阮的定求一见，要说极有趣的话。〔外〕咄，放屁！国破家亡之时，还有甚么趣话说！快快赶出，闭上宅门。〔丑〕凤抚回书尚未打发哩。〔生〕书已写就，求老先生过目。〔外读介〕

【前腔】二祖列宗，经营垂创④，吾皇辛苦力竭。一旦倾移，谁能重续灭绝。详列：福藩罪案三桩大、五不可，势局当歇。再寻求贤宗雅望⑤，去留先决。

　　〔外〕写的明白，料他也不敢妄动了。〔吩咐介〕就交与凤抚家人，早闭宅门，不许再来罗唣。〔起介〕正是：江上孤臣生白发，〔生〕灯前旅客罢冰弦。〔外、生下〕〔丑出呼介〕马老爷差人呢？〔小生〕有。〔丑〕领了回书，快快出去，我要闭门哩。

---

① 位下：对门下人的尊称。
② 扫帐儿：此指无关紧要，不作数的话。
③ 随封：旧时送人财物时，先赏给其仆从钱，称随封。
④ "二祖"二句：二祖，指明太祖与明成祖。列宗，指明仁宗以后的明朝帝王。垂创，将祖先所创立的事业流传下去。
⑤ 贤宗雅望：宗室内德高望重的人。

〔小生接书介〕还有阮老爷要见，怎么就闭门？〔副净向丑介〕正是，我方才央过求见老爷的，难道忘了。〔丑伴问介〕你是谁呀？〔副净〕我便是裤子裆里阮哪。〔丑〕啐！半夜三更，只管软里硬里，奈何的人不得睡。〔推介〕好好的去罢。〔竟闭门入介〕〔小生〕得了回书，我先去了。〔下〕〔副净恼介〕好可恶也！竟自闭门不纳了。〔呆介〕罢了！俺老阮十年之前，这样气儿也不知受过多少，且自耐他。〔搓手介〕只是当前机会，不可错过。这史可法现掌着本兵之印，如此执拗起来，目下迎立之事，便行不去了，这怎么处？〔想介〕呸！我到呆气了，如今皇帝玉玺且无下落，你那一颗部印有何用处。〔指介〕老史，老史，一盘好肉包掇上门来，你不会吃，反去让了别人，日后不要见怪。正是：

穷途才解阮生嗟 ①，　　无主江山信手拿。

奇货居来随处赠，　　不知福分在谁家。

---

① "穷途"句：晋阮籍常驾车乱跑，每遇路不通时，就痛哭而返。此用来嘲讽阮大铖的碰壁。

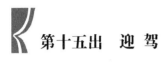

第十五出　迎　驾

甲申四月

【番卜算】〔净扮马士英冠带上〕一旦神京失守，看中原逐鹿交走①。捷足争先，拜相与封侯，凭着这拥立功大权归手。

下官马士英，别字瑶草，贵州贵阳卫人也，起家万历己未进士，现任凤阳督抚。幸遇国家多故，正我辈得意之秋。前日发书约会史可法，同迎福王。他回书中有"三大罪、五不可立"之言。阮大铖走去面商，他又闭门不纳。看来是不肯行的了。但他现握着兵权，一倡此论，那九卿班里②，如高弘图、姜曰广、吕大器、张国维等，谁敢竟行！这迎立之事，便有几分不妥。没奈何，又托阮大铖约会四镇武臣③，及勋戚内侍，未知如何，好生焦躁！〔副净扮阮大铖急上〕胸有已成之竹，山无难劈之柴。此是马公书房，不免竟入。〔净见问介〕圆老回来了，大事如何？〔副净〕四镇武臣见了书函，欣然许诺，约定四月念八，全备仪

① 中原逐鹿：谓争夺中国的统治权。中原，古借称中国。鹿，喻指帝位。
② 九卿：古代中央部门的九个高级官职。
③ 四镇武臣：指刘泽清、黄得功、刘良佐、高杰等四人。

93

仗，齐赴江浦矣。〔净〕妙，妙！那高、黄、二刘，如何说来？
〔坐介〕

【催拍】〔副净〕他说受君恩爵封列侯，镇江淮千里借筹①；神京未收，神京未收，似我辈滥功糜饷②，建牙堪羞③。江浦迎銮④，愿领貔貅⑤，扶新主持节复仇⑥。临大事，敢夷犹⑦？

〔净〕此外还有何人肯去？〔副净〕还有魏国公徐鸿基，司礼监韩赞周，吏科给事李沾，监察御史朱国昌。〔净〕勋、卫、科、道⑧，都有个把，也就好了。他们都怎么说来？

【前腔】〔副净〕他说马中丞当先出头，众公卿谁肯逗留？职名早投⑨，职名早投，大家去上书陈表，拥入皇州。新主中兴，拜舞龙楼，将今日劳苦功酬，迁旧秩，壮新猷⑩。

〔净〕果然如此，妙的狠了！只是一件，我是一个外吏，那几个武臣勋卫，也算不得部院卿像，目下写表如何列名？〔副净〕这有甚么考证，取本缙绅便览来，从头抄写便了。〔净〕虽如此说，

---

① 借筹：替人筹划。
② 滥功糜饷：虚冒战功，浪费粮饷。
③ 建牙：出师前立军旗，指武将出镇。
④ 迎銮：迎接天子的车驾。
⑤ 貔貅（pí xiū）：古籍中的两种猛兽，比喻勇猛的将士。
⑥ 持节：古代奉命出使，须持节以为凭证。节，符节。
⑦ 夷犹：徘徊不前。
⑧ 科：指吏、户、礼、兵、刑、工六科给事中。　道：指各道监察御史。
⑨ 职名：官员的履历。
⑩ "迁旧秩"二句：意谓升迁他们的官阶，以表扬他们的功绩。秩，指官职的品级。猷（yóu），功绩。

万一驾到，没有百官迎接，我们三五个官，如何引进朝去？〔副净〕我看满朝诸公，那个是有定见的。乘舆一到，只怕递职名的还挨挤不上哩！〔净〕是，是！表已写就，只空衔名^①，取本缙绅来，快快列开。〔外扮书办取缙绅上〕西河沿洪家高头便览在此^②。〔下〕〔副净〕待我抄起来。〔偏头远视介〕表上字体，俱要细楷的，目昏难写，这怎么处？〔想介〕有了。〔腰内取出眼镜戴，抄介〕"吏部尚书臣高弘图"。〔作手颤介〕这手又颤起来了，目下等着起身。一时写不出，急杀人也！〔净〕还叫书办写去罢。〔副净〕这姓名里面都有去取，他如何写得？〔净〕你指示明白，自然不错了。〔叫介〕书办快来。〔外上〕〔副净照缙绅指点向外介〕〔外下〕〔净〕自古道：中原逐鹿，捷足先得，我们不可落人之后。快整衣冠，收拾箱包，今日务要出城。〔丑扮长班收拾介〕〔副净问介〕请问老公祖，小弟怎生打扮？〔净〕迎驾大典，比不得寻常私谒，俱要冠带才是。〔副净〕小弟原是废员，如何冠带？〔净〕正是。〔想介〕没奈何，你且权充个赍表官罢，只是屈尊些儿。〔副净〕说那里话，大丈夫要立功业，何所不可，到这时候还讲刚方么。〔净笑介〕妙，妙，才是个软圆老^③。〔副净换差吏服色介〕

【前腔】拚余生寒灰已休，喜今朝涸海更流；金鳌上钩，金鳌

---

① 衔名：官衔和姓名。
② "西河沿"句：西河沿洪家，当时北京的一家书铺。高头便览，每页上头有详细说明的《缙绅便览》。
③ 软圆老：诨语。"阮圆老"的谐音。

桃花扇

上钩，好似太公一钓，享国千秋^①。牛马风尘^②，暂屈何忧，刀笔吏丞相根由^③；人笑骂，我不羞。

〔外上〕表已列名，老爷过目。〔副净看介〕果然一些不差，就包裹好了，装入箱中。〔外包裹装箱内介〕〔副净〕下官只得背起来了。〔外、丑与副净绑箱背上介〕〔净看，笑介〕圆老这件功劳却也不小哩！〔副净正色介〕不要取笑，日后画在凌烟阁上^④，倒有些神气的。〔丑牵马介〕天色将晚，请老爷上马。〔净吩咐介〕这迎驾大事，带不的多人，只你两个跟去罢。〔副净〕便益你们，后日都要议叙的^⑤。〔俱上马，急走绕场介〕

【前腔】〔合〕趁斜阳南山雨收，控青骢烟驿水邮^⑥，金鞭急抽，金鞭急抽，早见浦江云气^⑦，楚尾吴头^⑧。应运英雄，虎赴龙投，恨不的双翅飕飕，银烛下，拜冕旒^⑨。

〔净〕叫左右：早去寻下店房。〔副净〕阿呀！我们做的何事，今日还想安歇，快跑，快跑！〔加鞭跑介〕

① "好似"二句：姜太公钓于渭水，周文王遇之，拜为师，后封于齐，传国千年。阮大铖以此自比，也想得到福王的宠幸。
② 牛马风尘：比喻人之不得志。
③ 刀笔吏：办理文书的吏员。萧何本为刀笔吏，协助刘邦统一天下，后为汉朝开国丞相。　根由：出身。
④ 凌烟阁：表彰功臣的高阁，绘有功臣图像。
⑤ 议叙：对有功官员，议定奖赏的等级，称为议叙。
⑥ 青骢（cōng）：毛色青白相间的骏马。　烟驿水邮：形容江南道上烟雨迷蒙之景。驿，驿站。邮，邮亭。
⑦ 浦江：指长江浦口。
⑧ 楚尾吴头：此泛指长江中下游地区。
⑨ 冕旒（liú）：皇冠，此借指福王。

〔净〕江云山气晚悠悠，　　〔副净〕马走平川似水流。

〔净〕莫学防风随后到^①，　〔副净〕涂山明日会诸侯^②。

---

① 防风随后到：防风，古部落酋长名。相传禹在涂山会集诸侯，防风氏后
　 至，禹杀之。见《国语·鲁语下》。
② 涂山：在今浙江绍兴市西北。

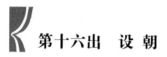

第十六出　设　朝

甲申五月

【念奴娇】〔小生扮弘光衮冕[①]，小旦、老旦扮二监引上〕高皇旧宇[②]，看宫门殿阁，重重初敞。满目飞腾新紫气[③]，倚着钟山千丈[④]。祖德重光，民心合仰，迎俺青天上。云消帘卷，东南烟景雄壮。

一朵黄云捧御床，醒来魂梦自徬徨。中兴不用亲征战，才洗尘颜着衮裳[⑤]。寡人乃神宗皇帝之孙，福邸亲王之子，自幼封为德昌郡王。去年贼陷河南，父王殉国，寡人逃避江浦，九死余生；不料北京失守，先帝升遐[⑥]，南京臣民推俺为监国之主。今乃甲申年五月初一日，早谒孝陵回宫[⑦]，暂御偏殿，看百官有何章奏。〔外扮史可法，净扮马士英，末扮黄得功，丑扮刘泽清，文武袍

---

① 弘光：福王即位后，改元弘光。此指福王。　衮冕：皇帝的冠服。
② 高皇：即明太祖。　旧宇：指明太祖时所建的宫殿。
③ 紫气：古人以为祥瑞之气，是帝王出现的先兆。
④ 钟山：即紫金山，位于南京城东。
⑤ 衮裳：皇帝的礼服。
⑥ 先帝：指崇祯皇帝。　升遐：犹升天，古称皇帝死亡。
⑦ 孝陵：明太祖的陵墓，在南京城东北。

笏上〕再见冠裳盛，重瞻殿阁高。金瓯仍未缺，玉烛又新调①。
我等文武百官，昨日迎銮江浦，今早陪位孝陵。虽投职名，未称
朝贺②，礼当恭上表文，请登大宝③。〔众前跪上表介〕南京吏部尚
书臣高弘图等，恭请陛下早正大位，改元听政④，以慰臣民之望。
恭惟陛下呵！

【本序】潜龙福邸⑤，望扬扬，貌似神宗，嫡派天潢⑥。久著仁贤
声誉重，中外推戴陶唐⑦。瞻仰，牒出金枝⑧，系连花萼，宜承
大统诸宗长⑨。臣伏愿登庸御宇⑩，早继高皇。

〔四拜介〕〔小生〕寡人外藩衰宗，才德凉薄，俯顺臣民之请，来
守高帝之宫。君父含冤，大仇未报，有何面颜，忝然正位⑪。今暂
以藩王监国，仍称崇祯十七年，一切政务，照常办理。诸卿勿得
谆请，以重寡人之罪。

① "金瓯"二句：意谓国家仍如金瓯一样，完美无损。皇帝德美如玉，可调
　　和四时，致四时和气之祥。
② 未称：未行。
③ 大宝：喻指帝位。
④ 改元：新君即位的第二年改称元年。　听政：执政。
⑤ 潜龙福邸：意谓朱由崧虽有君主之德，但一直在福王邸第中，隐而未显。
⑥ 天潢：皇族。
⑦ 陶唐：即唐尧，姓伊耆，名放勋，号陶唐氏。传说中的仁君。
⑧ 金枝：对皇家子孙的贵称。
⑨ "宜承"句：意谓朱由崧在皇族诸宗派中地位居长，应该继承帝位。大
　　统，指帝位。
⑩ 登庸：古代称皇帝登位。
⑪ 忝然：自谦之词，惭愧意。

【前腔】休强，中原板荡①，叹王孙乞食江头，栖止榛莽②。回首尘沙何处去，洛下名园花放。盼望，兵燹难消③，松楸多恙④，鼎湖弓剑无人葬⑤；吾怎忍垂旒正冕，受贺当阳！

〔众跪呼介〕万岁，万万岁！真仁君圣主之言，臣等敢不遵旨。但大仇不当迟报，中原不可久失，将相不宜缓设，谨具题本，伏候裁决！〔上本介〕

【前腔】开朗，中兴气象，见罘罳瑞霭祥云⑥，王业重创。不共天仇，从此后尝胆眠薪休忘⑦。参想，收复中原，调燮黄阁⑧，急须封拜卜忠亮⑨。还缺少百官庶士，乞选才良。

〔小生〕览卿题本，汲汲以报仇复国为请，俱见忠悃⑩。至于设立将相，寡人已有成议，众卿听着：

【前腔】职掌，先设将相，论麒麟画阁功劳⑪，迎立为上。捧表

---

① 板荡：《诗经·大雅》有《板》《荡》两篇，写周厉王无道，引起国内变乱。后因以板荡借指政局变乱和社会动荡。
② "叹王孙"二句：借唐杜甫《哀王孙》诗意，形容明皇室子弟四处奔窜，无处栖身的情形。榛（zhēn）莽，杂草丛生。比喻艰难混乱的局面。
③ 兵燹（xiǎn）：战乱造成的灾害。燹，战火焚烧。
④ 松楸（qiū）：松树与楸树，因多栽于墓地，故常借指陵墓。
⑤ "鼎湖"句：意谓崇祯皇帝自杀后，无人将他安葬。
⑥ 罘罳（fú sī）：宫殿中的门屏，其名有复思之意，臣子入见皇帝奏事，至此反复思考，对所奏之事再加斟酌，然后上奏。
⑦ 尝胆眠薪：即卧薪尝胆。春秋时越王勾践为吴王夫差所败，卧薪尝胆，发愤图强，后灭掉吴国。
⑧ 调燮（xiè）黄阁：指行使承相之职，治理政务。
⑨ 卜：选择。 忠亮：忠诚正直之人。
⑩ 忠悃（kǔn）：忠诚。
⑪ 麒麟画阁：汉宣帝将霍光等十一位功臣的画像挂在麒麟阁上，以示尊崇。此借指当时于国有功的大臣。

江头，星夜去拥着乘舆仪仗。寻访，加体黄袍①，嵩呼拜舞②，百忙难把玺符让。今日里论功叙赏，文武谁当？

　　众卿且退，午门候旨。〔小生、内官随下〕〔外、净、末、丑退班立介〕〔外〕若论迎立之功，今日大拜，自然让马老先生了。〔净〕下官风尘外吏，焉能越次而升？若论国家用武之际，史老先生现居本兵，理当大拜。〔向末、丑介〕四镇实有护驾之劳，加封公侯，只在目下。〔末、丑〕皆赖恩帅提拔。〔老旦扮内监捧旨上〕圣旨下：凤阳督抚马士英，倡议迎立，功居第一，即升补内阁大学士，兼兵部尚书，入阁办事。吏部尚书高弘图、礼部尚书姜曰广、兵部尚书史可法，亦皆升补大学士，各兼本衔。高弘图、姜曰广入阁办事，史可法着督师江北。其余部院大小官员，现任者，各加三级；缺员者，将迎驾人员，论功选补。又四镇武臣，靖南伯黄得功，兴平伯高杰，东平伯刘泽清，广昌伯刘良佐，俱进封侯爵，各归汛地。谢恩！〔众谢恩介〕万岁，万万岁！〔起介〕〔外向末、丑介〕老夫职居本兵，每以不能克复中原为耻，圣上命俺督师江北，正好戮力报效。今与列侯约定，于五月初十日，齐集扬州，共商复仇之事。各须努力，勿得迟延。〔末、丑〕是。〔外〕老夫走马到任去也。正是：重兴东汉逢明主，收复中原任老臣。〔别众下〕〔末、丑欲下介〕〔净唤介〕将军转来。〔拉手话介〕圣上录咱迎立之功，拜相封

---

①　加体黄袍：即拥立皇帝。
②　嵩呼拜舞：群臣朝见皇帝时的仪式，三呼万岁，叩头拜舞。

侯。我等皆系勋旧大臣，比不得别个。此后内外消息，须要两相照应，千秋富贵，可以常保矣。〔末、丑〕蒙恩携带，得有今日，敢不遵谕。〔末、丑急下〕〔净笑介〕不料今日做了堂堂首相，好快活也！〔副净扮阮大铖探头瞧介〕〔净欲下介〕且住，立国之初，诸事未定，不要叫高、姜二相夺了俺的大权。且慢回家，竟自入阁办事便了。〔欲入介〕〔副净悄上作揖介〕恭喜老公祖，果然大拜了。〔净惊问介〕你从那里来？〔副净〕晚生在朝房藏着，打听新闻来。〔净〕此系禁地，今日立法之始，你青衣小帽，在此不便，请出去罢。〔副净〕晚生有要紧话说。〔附耳介〕老师相叙迎立之功，获此大位。晚生赍表前往，亦有微劳，如何不见提起？〔净〕方才宣旨，各部院缺员，许将迎驾之人叙功选补矣。〔副净喜介〕好，好！还求老师相荐拔。〔净〕你的事何待谆嘱。〔欲入介〕〔副净〕事不宜迟，晚生权当班役，跟进内阁，看看机会何如。〔净〕学生初入内阁，未谙机务；你来帮一帮，也不妨事，只要小心着。〔副净〕晓得。〔替净拿笏板随行介〕

【赛观音】〔净〕旧黄扉①，新丞相，喜一旦趾高气扬，廿四考中书模样②。〔副净〕莫忘辛勤老陪堂③。

---

① 黄扉：又叫黄阁。丞相处理政事之所。
② "廿四"句：廿四考中书，指唐郭子仪。考，朝廷对官员功绩的考核。此马士英以郭子仪来自比。
③ 陪堂：即帮闲，狎客。

〔净〕殿阁东偏晓雾黄，　〔副净〕新参知政气昂昂^①。

〔净〕过江同是从龙彦^②，　〔副净〕也步金阶抱笏囊。

---

① 新参：指马士英新从凤阳督抚拜为丞相。　知政：执政。

② "过江"句：司马睿在江南建立东晋政权后，江北名士纷纷过江相从。
彦，才能杰出者。马士英借此以谓自己与阮大铖都是拥立弘光的功臣
名士。

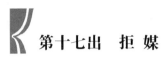

第十七出　拒　媒

甲申五月

【燕归梁】〔末扮杨文骢冠带上〕南朝领略风流尽，新立个妙龄君；清江隔断浊烟尘，兰署里买香熏①。

　　下官杨文骢，因叙迎驾之功，补了礼部主事②。盟兄阮大铖，仍以光禄起用。又有同乡越其杰、田仰等，亦皆补官，同日命下，可称一时之盛。目下漕抚缺人，该推升田仰。适才送到聘金三百，托俺寻一美妓，要带往任所。我想青楼色艺之精，无过香君，不免替他去问。〔唤介〕长班走来。〔杂扮长班上〕胸中一部缙绅，脚下千条胡同。〔见介〕老爷有何使唤？〔末〕你快请清客丁继之、女客卞玉京，到我书房说话。〔杂〕禀老爷：小人是长班，只认的各位官府，那些串客、表子，没处寻觅。〔末〕听我吩咐：

【渔灯儿】闹端阳，正纷纭，水阁含春。便有那乌衣子弟伴红裙③，难道是织女牵牛天汉津？〔杂〕就在那秦淮河房么，小人晓得了。

---

① 兰署：即兰台，汉代宫中藏书之所。此借指礼部衙门。
② 礼部主事：明代六部所属各司皆置主事官，职位次于员外郎。
③ 乌衣子弟：晋时南京乌衣巷为王、谢两姓贵族聚居处，因称贵族子弟为乌衣子弟。

〔末指介〕你望着枣花帘影杏纱纹，那壁厢款问殷勤。

　　〔副净扮丁继之，外扮沈公宪，净扮张燕筑上〕院里常留老白
相，朝中新聘大陪堂。〔副净〕来此是杨老爷私宅，待我叫门。
〔叫介〕位下那里？〔杂出见介〕众位何来？〔副净〕老汉是丁
继之，同这沈、张两散友，求见杨老爷，烦位下通报一声。〔杂
喜介〕正要去请，来的凑巧，待我通报。〔欲入介〕〔老旦扮卞
玉京，小旦扮寇白门，丑扮郑妥娘上〕紫燕来何早，黄莺到已
迟。〔小旦叫介〕三位略等一等，同进去罢。〔副净〕原来是你
姊妹们。〔净〕你们来此何干？〔丑〕大家是一样病根，你们怕
做师父，我们怕做徒弟的。〔俱入介〕〔末喜介〕如何来的恰好。
〔众〕无事不敢轻造，今日特来恳恩，尚容拜见。〔俱叩介〕〔末
拉起介〕请坐，有何见教？〔副净问介〕新补光禄阮老爷是杨老
爷至交么？〔末〕正是。〔副净〕闻得新主登极，阮老爷献了四
种传奇，圣心大悦，把《燕子笺》钞发总纲①，要选我们入内教
演，有这么话？〔末〕果然有此盛举。〔净〕不瞒老爷说，我们
两片唇，养着八张嘴。这一入内庭，岂不灭门绝户了一家儿②？
〔丑〕我们也是八张嘴，靠着两片皮哩。〔末笑介〕不必着忙，当
差承应，自有一班教坊男女。你们都算名士数里的，谁好拿你！
〔众〕只求老爷护庇则个。〔末〕明日开列姓名，送与阮圆海，叫
他一概免拿便了。〔众〕多谢老爷！

---

①　总纲：剧作的提纲。
②　"岂不"句：意谓岂不断绝了一家人的生活。

桃花扇

【前腔】看一片秣陵春，烟水消魂，借着些笙歌裙屐醉斜曛①。若把俺尽数选入呵，从此后江潮暮雨掩柴门，再休想白舫青帘载酒樽。老爷果肯见怜，这功德不小，保秦淮水软山温。

〔末〕下官也有一事借重。〔副净〕老爷有何见教？〔末〕舍亲田仰，不日就升漕抚，适才送到聘金三百，托俺寻一小宠②。〔丑〕让我去罢。〔净〕你去不得，你去了，这院中便散了板儿了。〔丑〕怎的便散了板儿？〔净〕没人和我打钉了。〔丑〕啐！〔副净〕老爷意中可有一个人儿么？〔末〕人是有一个在这里，只要你去作伐。〔老旦〕是那个？〔末〕便是李家的香君。〔副净摇头介〕这使不得。〔末〕如何使不得？〔副净〕他是侯公子梳栊过的。

【锦渔灯】现有个秦楼上吹箫旧人③，何处去觅封侯柳老三春④？留着他燕子楼中昼闭门⑤，怎教学改嫁的卓文君？

〔末〕侯公子一时高兴，如今避祸远去，那里还想着香君哩！但去无妨。〔老旦〕香君自侯郎去后，立志守节，不肯下楼，岂有嫁人之理，去也无益。

---

① 笙歌裙屐：指乐工与歌妓。
② 小宠：即小妾。
③ 秦楼上吹箫旧人：本指萧史，此借指侯方域。
④ "何处"句：意谓现已三春柳老时节，侯方域不知到何处去求取功名，至今尚未回来。
⑤ 燕子楼中昼闭门：燕子楼，在今江苏铜山西北。唐妓关盼盼为尚书张建封之爱妾，张死后，关不嫁，居燕子楼守节。此喻指李香君坚守旧盟，不肯改嫁田仰。

【锦上花】似一只雁失群，单宿水，独叫云，每夜里月明楼上度黄昏。洗粉黛，抛扇裙，罢笛管，歇喉唇，竟是长斋绣佛女尼身，怕落了风尘。

〔末〕虽如此说，但有强如侯郎的，他自然肯嫁。〔副净〕香君之母，原是老爷厚人，倒是老爷面讲更好。〔末〕你是知道的，侯郎梳栊香君，原是下官作伐。今日觌面，如何讲说，还烦二位走走，自有重谢。〔净、外〕这等我们也去走走。〔小旦、丑〕呸！皮肉行里经纪，只许你们做么，俺也同去。〔末〕不必争闹，待他二位说不来时，你们再去。〔众〕是，是！辞过老爷罢。〔末〕也不远送了。狎客满堂消我闷，嫁衣终日为人忙。〔下〕〔副净、老旦〕杨老爷免了咱们差事，莫大的恩典哩。〔外、净〕正是。

〔副净〕你四位先回，俺要到香君那边，替杨老爷说事去了。〔丑〕赚了钱不可偏背，大家八刀才好①。〔众诨下〕〔副净、老旦同行介〕〔副净〕记得侯公子梳栊香君，也是我们帮衬来。

【锦中拍】想当初华筵盛陈，配才子佳人，排列着花林粉阵，逐趁着筝声笛韵。如今又去帮衬别家，好不赧颜！似邮亭马厮②，迎官送宾。〔老旦〕我们不去何如？〔副净〕俺若不去呵，又怕他新铮铮春官匣印③，硬选入秋宫院门。〔老旦〕这等如之奈何？〔副净〕俺自有个两全之

---

① 八刀：即"分"字。
② 邮亭马厮：驿馆中的马卒，送往迎来。这是劝香君改嫁的清客们的自喻。
③ 春官：唐曾改礼部为春官，故此借指礼部。杨文骢新任礼部主事，故曰。　匣印：官印，喻指权势。

法，到那边款语商量，柔情索问，做一个闲蜂蝶花里混①。

〔老旦〕妙，妙！〔副净〕来此已是，不免竟进。〔唤介〕贞娘出来。〔旦上〕空楼寂寂含愁坐，长日恹恹带病眠。〔问介〕楼下那个？〔老旦〕丁相公来了。〔旦望介〕原来是卞姨娘同丁大爷光降，请上楼来。〔副净、老旦见介〕令堂怎的不见？〔旦〕往盒子会里去了。〔让介〕请坐，献茶。〔同坐介〕〔老旦〕香君闲坐楼窗，和那个顽耍！〔旦〕姨娘不知，

【锦后拍】俺独自守空楼望残春，白头吟罢泪沾巾。〔老旦〕何不招一新婿？〔旦〕奴家已嫁侯郎，岂肯改志！〔副净〕我们晓你苦心。今日礼部杨老爷说，有一位大老田仰，肯输三百金，娶你作妾，托俺来问一声。〔旦〕这题目错认，这题目错认，可知定情诗红丝拴紧，抵过他万两雪花银。〔老旦〕这事凭你裁酌，你既不肯，另问别家。〔旦〕卖笑哂②，有勾栏艳品③。奴是薄福人，不愿入朱门。

〔老旦〕既如此说，回他便了。〔副净〕令堂回家，不要见钱眼开。〔旦〕妈妈疼奴，亦不肯相强的。〔副净〕如此甚好，可敬，可敬！〔起介〕别过了。〔外、净、小旦、丑急上〕两处红丝千里系，一条黑路六人忙。〔净〕快去，快去！他二人说成，便偏背我们了。〔丑〕我就不依他，饶他吃到口里，还倒出脏来。〔进介〕〔净〕香君恭喜了！〔旦〕喜从何来？〔小旦〕双双媒人来

---

① 闲蜂蝶：旧指替妓女与嫖客牵线的人。
② 卖笑哂（shěn）：指妓女出卖色相。
③ 勾栏：宋元时戏曲及其他民间技艺的表演场所，因当时的演员有的以妓女兼任，故也称妓院为勾栏。

你家，还不喜哩！〔旦〕敢也说田仰的事么？〔净〕便是。〔旦〕方才奴已拒绝了。〔外〕杨老爷的好意，如何拒得！

【北骂玉郎带上小楼】他为你生小绿珠花月身，寻一个金谷绮罗里石季伦①。〔旦〕奴家不图富贵，这话休和我讲。〔副净、老旦〕我二人在此劝了半日，他决不肯嫁人的。〔小旦〕他不嫁人，明日拿去学戏；要见个男子的面，也不能够哩！歌残舞罢锁长门，卧氍毹夜夜伤神②。〔旦〕奴便终身守寡，有何难哉，只不嫁人。〔丑〕难道三百两花银，买不去你这黄毛丫头么？〔旦〕你要银子，你便嫁他，不要管人家闲事。〔丑怒介〕好丫头，抢白起姨娘来了，我就死在你家。〔撒泼介〕小私窠贱根③，小私窠贱根，掉巧舌讪谤尊亲。〔净发威介〕好大胆奴才！杨老爷新做了礼部，连你们官儿都管的着，明日拿去捼掉你指头。管烟花要津④，管烟花要津；触恼他风狂雨迅，准备着桃伤柳损。〔旦〕尽你吓唬，奴的主意已定了。〔老旦〕看他小小年纪，倒有志气。〔副净〕吓他不动，走罢，走罢。〔丑〕我这里撒泼，没个人来拉拉，气死我也！他不嫁人，我扭也扭他下楼。硬推来门外双轮，硬推来门外双轮；兜折宝钏⑤，扯断湘裙。〔副净〕自古有钱难买不卖货，撒个赖当不的，大家散罢。〔外、小旦〕我两个原要不来，吃亏老燕、老妾强拉到此，惹了这场没趣。走，走，走！快出门，掩羞面，气忍声吞。

① "他为你"二句：晋石崇字季伦，为爱妾绿珠置金谷别墅于河阳。此以绿珠之美艳喻香君，以石崇之豪富借指田仰。
② 氍毹（qú shū）：古代演剧常铺红地毯。借指舞台、歌舞场所。
③ 私窠（kē）：私娼。
④ 管烟花要津：管领歌妓的重要职位。要津，喻指显要的地位。
⑤ 兜折：拗折。

桃花扇

〔净、丑〕我们也走罢，干发虚^①，没钞分，遗臊撒粪。

〔外、净、小旦、丑俱诨下〕〔副净、老旦〕香君放心，我们回绝
杨老爷，再不来缠你便了。〔旦拜介〕这等多谢二位。〔作别介〕

〔副净〕蜂媒蝶使闹纷纷，　〔旦〕阑入红窗搅梦魂。

〔老旦〕一点芳心采不去，　〔旦〕朝朝楼上望夫君。

① 干发虚：白费力。

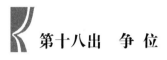

第十八出　争　位

甲申五月

〔生上〕无定输赢似弈棋，书空殷浩欲何为^①？长江不限天南北，击楫中流看誓师^②。小生侯方域，前日替史公修书，一时激烈，有"三大罪、五不可立"之议。不料福王今已登极，马士英竟入阁办事，把那些迎驾之臣，皆录功补用。史公虽亦入阁，又令督师江北，这分明有外之之意了。史公却全不介意，反以操兵剿贼为喜，如此忠肝义胆，人所难能也。现在开府扬州^③，命俺参其军事。约定今日齐集四镇，共商防河之计，不免上前一问。〔作至书房介〕管家那里？〔小生扮书童上〕侯爷来了，待我通报。〔小生请外介〕

【北点绛唇】〔外上〕持节江皋^④，龙骧虎啸^⑤，忧国事，不顾残躯，

---

① 书空：朝空中写字。　殷浩：字渊源，晋长平人。都督扬、豫、徐、衮、青五州军事，率军北伐，兵败遭废黜后，终日书空，作"咄咄怪事"四字。
② 击楫中流：晋祖逖率兵北伐符坚，渡江于中流，击楫而誓曰："祖逖不能中原而复济者，有如大江！"
③ 开府：将军开府，都督军事。史可法督师扬州，故亦可称开府。
④ 持节江皋：奉命镇守江边。
⑤ 龙骧虎啸：形容将帅的威武神态。

双鬓苍白了。

〔见生介〕世兄可知今日四镇齐集，共商大事。不日整师誓旅，雪君父之仇了。〔生〕如此甚妙。只有一件，高杰镇守扬、通，兵骄将傲，那黄、刘三镇，每发不平之恨。今日相见，大费调停，万一兄弟不和，岂不为敌人之利乎！〔外〕所说极是。今日相见，俺自有一番劝慰之言。〔小生报介〕辕门传鼓，说四镇到齐，伺候参谒。〔生下〕〔外升帐吹打开门，杂排左右仪卫介〕〔副净扮高杰，末扮黄得功，丑扮刘泽清，净扮刘良佐，俱介胄上①〕只恨燕京齐乐毅②，谁知江左有夷吾？〔入见，禀介〕四镇小将，叩谒阁部大元帅。〔拜介〕〔外拱手立介〕列侯请起。〔副净等俱排立介〕听候元帅将令。〔外〕本帅以阁部督师，君命隆重，大小将士俱在指挥之下。〔众〕是。〔外〕四镇乃堂堂列侯，不比寻常武弁。〔举手介〕屈尊侍坐，共议军情。〔众〕岂敢！〔外〕本帅命坐，便如军令一般，不可推辞。〔众〕是。〔揖介〕告坐了。〔副净首坐，末、丑、净依次坐介〕〔末怒视副净介〕

【混江龙】〔外〕淮南险要，江河保障势滔滔，一带奇云结阵，满目细柳垂条。铁马嘶风先突塞③，犀军放弩早惊潮。说甚么徐、

---

① 介胄：即甲胄，披甲戴盔。
② 乐毅：战国时燕国人，燕昭王时拜上将军，率燕、赵、楚、韩、魏五国兵伐齐，攻占七十余城，以功封于昌国，号昌国君。
③ "铁马"句：意谓淮南一带是兵家必争之地，北方军队南下必定要先突破这要塞。

常、沐、邓①，比得上绛、灌、萧、曹②。同心共把乾坤造，看古来功臣阁丹青图画，似今日列侯会剑佩弓刀。

〔末怒介〕元帅在上，小将本不该争论。〔指介〕这高杰乃投诚草寇，有何战功，今日公然坐俺三镇之上。〔副净〕我投诚最早，年齿又尊，岂肯居尔等之下！〔丑〕此处是你汛地，我们都是客兵，连一个宾主之礼不晓得，还要统兵。〔净〕他在扬州享受繁华，尊大惯了；今日也该让咱们来享享。〔副净〕你们敢来，我就奉让。〔末〕那个是不敢来的！〔起介〕两位刘兄同我出来，即刻见个强弱。〔怒下〕〔外向副净介〕他讲的有理，你还该谦逊才是。〔副净〕小将宁死不在他们之下。〔外〕你这就大错了。

【油葫芦】四镇堂堂气象豪，倚仗着恢复北朝。看您挨肩雁序，恰似好同胞，为甚的争坐位失了同心好，斗齿牙变了协恭貌？一个眼睁睁同室操戈盾，一个怒冲冲平地起波涛。没见阵上逞威风，早已窝里相争闹，笑中兴封了一伙〔指介〕小儿曹。

不料四镇英雄，可笑如此；老夫一天高兴，却早灰冷一半也。没奈何，且出张告示，晓谕三镇，叫他各回汛地，听候调遣。〔向副净介〕你既驻扎本境，就在本帅标下做个先锋，各有执掌，他们也不敢来争闹了。〔副净〕多谢元帅。〔外〕待老夫写起告示来。〔写介〕〔内呐喊介〕〔副净不辞，出介〕〔末、丑、净持刀上〕高杰快快出来！〔副净出见介〕你青天白日，持刀呐喊，竟

① 徐、常、沐、邓：明朝开国功臣徐达、常遇春、沐英、邓愈。
② 绛、灌、萧、曹：汉朝开国功臣绛侯周勃、灌婴、萧何、曹参。

桃花扇

是反了。〔末〕我们为甚么反，只要杀你这个无礼贼子！〔副净〕
你们敢在帅府门前如此放肆，难道不是无礼贼子么？〔末、丑、
净赶杀副净介〕〔副净入辕门叫介〕阁部大老爷救命呀，黄、刘
三贼杀入帅府来了！〔末、丑、净门外喊骂介〕〔外惊立介〕

【天下乐】俺只道塞马南来把战挑，杀声渐高，却是咱兵自鏖①。
这时候协力同仇还愁少②，怎当的阋墙鼓噪③，起了个离间根苗。这才
是将难调，北贼易讨。

〔吩咐介〕快请侯相公出来。〔杂向内介〕侯爷有请。〔生急上〕
晚生已听的明白了。〔外〕借重高才，传俺帅令，安抚乱军。
〔生〕如何安抚？〔外〕老夫有告示一纸，快去晓谕他们便了。
〔生〕遵命。〔接告示出见介〕列侯请了！小弟乃本府参谋，奉阁
部大元帅之命，晓谕三镇知悉：恭逢新主中兴，闯贼未讨，正我
辈枕戈待旦④、立功报效之时；不宜怀挟小忿，致乱大谋。俟收
复中原，太平赐宴，论功叙坐，自有朝仪。目下军容匆遽，凡事
权宜，皆当相谅，无失旧好。兴平侯高，原镇扬、通，今即留在
本帅标下，委作先锋。靖南侯黄，仍回庐、和⑤。东平侯刘，仍
回淮、徐。广昌侯刘，仍回凤、泗⑥。静听调遣，勿得抗违。军
法懔然，本帅不能容情也。特谕。〔末〕我们只要杀无礼贼子，

① 鏖（áo）：激战，苦战。
② 协力同仇：齐心协力，共同报仇。
③ 阋（xì）墙：兄弟间发生矛盾冲突称为阋墙。
④ 枕戈待旦：头枕干戈，等待天明。形容杀敌心切。
⑤ 庐、和：庐州、和州。
⑥ 凤、泗：凤阳、泗州。

怎敢犯元帅军法？〔生〕目今辕门截杀，这就是军法难容的了。〔丑〕既是这等，不要惊着元帅，大家且散。〔净〕明日杀到高杰家里去罢，正是国仇犹可恕，私恨最难消。〔下〕〔生入见介〕三镇闻令，暂且散去，明日还要厮杀哩！〔外〕这却怎处？〔指副净介〕

【后庭花】高将军，你横将仇衅招，为甚的不谦恭，妄自骄；坐了个首席乡三老①，惹动他诸侯五路刀。凭仪秦一番舌战巧②，也不过息兵半晌饶。费调停，干焦躁；难消释，空懊恼。这情形何待瞧，那事业全去了。

〔副净〕元帅不必着急，明日和他见个输赢，把三镇人马并俺一处，随着元帅恢复中原，却亦不难也。〔外〕你说的是那里话！现今流寇北来，将渡黄河，总兵许定国不能阻当③，连夜告急。正要与四镇商议，发兵防河。今日一动争端，偾俺大事④，岂不可忧！〔副净〕他三镇也不为别的，只因扬州繁华，要来夺取，俺怎肯让他！〔外〕这话益发可笑了。

【煞尾】领着一枝兵，和他三家傲⑤，似垒卵泰山压倒。你占住

---

① 乡三老：秦汉时每乡设一五十岁以上的老人，掌管教化乡人，称乡三老。乡三老为一乡之长，故此谓高杰像乡三老一样坐了首位。
② 仪秦：指战国时张仪和苏秦。
③ 许定国：明末河南太康人，行伍出身，官至河南总兵。清军南下，杀高杰降清。
④ 偾（fèn）：败坏。
⑤ "和他"句：意谓傲视三镇。

桃花扇

繁华廿四桥，竹西明月夜吹箫^①；他也想隋堤柳下安营巢^②，不教你蕃釐观独夸琼花少^③。谁不羡扬州鹤背飘^④，妒杀你腰缠十万好，怕明日杀声咽断广陵涛^⑤。

　　罢，罢，罢！老夫已拚一死，更无他法。侯兄长才，只索凭你筹画了。〔生〕且看局势，再做商量。〔外、生下〕〔吹打掩门，杂俱下〕〔副净吊场介〕俺高杰也是一条好汉，难道坐以待毙不成！明早黄金坝上，点齐人马，排下阵势，等他来时，迎敌便了。正是：

　　　　龙争虎斗逞雄豪，　　杯酒筵边动剑刀。

　　　　刘项何须成败论^⑥，　　将军头断不降曹^⑦。

① "你占住"二句：意谓高杰占据扬州，享尽繁华之乐。竹西，竹西亭，在扬州北门外五里。
② 隋堤柳：隋炀帝曾沿通济渠、邗渠河岸修筑御道，道旁种植杨柳，后称为隋堤。
③ "他也想"二句：意谓三家也想占据扬州，不让高杰独享扬州的繁华。蕃釐观，在扬州城外，汉代建筑，本名琼花观，宋时改为蕃釐观。观内曾有一株琼花，到元代枯死。
④ 扬州鹤背：比喻贪而无厌。
⑤ 广陵：即扬州。
⑥ 刘项：刘邦和项羽。
⑦ "将军"句：三国时张飞擒严颜，问其何以不降，颜答："卿等无状，侵夺我州。我州但有断头将军，无有降将军也。"曹，辈。

116

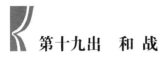

第十九出　和　战

甲申五月

〔末、净、丑扮黄得功、刘良佐、刘泽清戎装，杂扮军校执旗帜器械呐喊上〕〔末〕兄弟们俱要小心着，闻得高杰点齐人马，在黄金坝上伺候迎敌。我们分作三队，依次而进。〔净〕我带的人马原少，让我挑战，两兄迎敌便了。〔末〕我的田雄不曾来，我作第二队，总叫河洲哥哥压哨罢①。〔丑〕就是如此，大家杀向前去。〔摇旗呐喊急下〕〔副净扮高杰戎装，军校执械随上〕大小三军排开阵势，伺候迎敌。〔杂扮探卒上〕报，报，报！三家贼兵摇旗呐喊，将次到营了。〔净持大刀上〕老高快快出马，今日和你争个谁大谁小。〔副净持枪骂上〕你花马刘②，是咱家小兄弟，那个怕你！〔内击鼓，净、副净厮杀介〕〔副净叫介〕三军齐上，活捉了这个刘贼。〔杂上乱战介〕〔净败下〕〔末持双鞭上〕我黄闯子的本领你是晓得的③，快快磕头，饶你一死！〔副净〕我高

① 河洲：刘泽清的别号。
② 花马刘：即刘良佐。
③ 黄闯子：即黄得功。

和
战

老爷不稀罕你这活头，要取你那颗死头的。〔内击鼓，末、副净厮杀介〕〔副净叫介〕三军再来。〔杂上乱战介〕〔末急介〕从来将对将，兵对兵，如何这样混战！到底是个无礼贼子，今日且输与你。〔败下〕〔丑持双刀领众喊上介〕高杰，你不要逞强，我刘河洲也带着些人马哩，咱就混战一场，有何不可！〔副净〕我翻天鹞子不怕人的①，凭你竖战也可，横战也可。杀，杀，杀！〔两队领众混战介〕〔生持令箭立高台，小兵持锣敲介〕〔众止杀，仰看介〕〔生摇令箭介〕阁部大元帅有令：四镇作反，皆督师之过。请先到帅府，杀了元帅，次到南京，抢了宫阙；不必在此混战，搔害平民。〔丑〕我们并不曾作反，只因高杰无礼，混乱坐次，我们争个明白，日后好参谒元帅。〔副净〕我高杰乃本标先锋②，怎敢作反？他们领兵来杀，只得迎敌。〔生〕不奉军令，妄行厮杀，都是反贼。明日奏闻朝廷，你们自去分辩罢。〔丑〕朝廷是我们迎立的，元帅是朝廷差来的，我们违了军令，便是叛了朝廷，如何使得！情愿束身待罪，只求元帅饶恕。〔生〕高将军，你如何说？〔副净〕我高杰是元帅犬马，犯了军法，只听元帅处分。〔生〕既如此说，速传黄、刘二镇，同赴辕门，央求元帅。〔丑〕二镇败走，各回汛地去了。〔生〕你淮、扬两镇，唇齿之邦，又无宿嫌，为何听人指使。快快前去，候元帅发落。〔众兵下〕〔生下台〕〔丑、副净同行，到介〕〔生〕已到辕门了，两位将军在外等候，待俺传进去。〔稍迟即出介〕元帅有令：四镇擅

① 翻天鹞子：即高杰。
② 本标：元帅本部。

桃花扇

相争夺，皆当军法从事；但高将军不知礼体，挑嫌起衅，罪有所归，着与三镇服礼。俟解和之日，再行处分。

【香柳娘】劝将军自思，劝将军自思，祸来难救，负荆早向辕门叩①。〔副净恼介〕我高杰乃元帅标下先锋，元帅不加护庇，倒叫与三镇服礼，可不羞死人也。罢，罢，罢！看来元帅也不能用俺了，不免领兵渡江，另做事业去。这屈辱怎当！这屈辱怎当！渡过大江头，事业从新做。〔唤介〕三军快来，随俺前去。〔众兵上，呐喊摇旗随下〕〔丑望介〕呀，呀，呀！高杰竟要过江了，想江南有他的党羽，不日要领来与俺厮闹；俺也早去约会黄、刘二镇，多带人马，到此迎敌。笑力穷远走，笑力穷远走，长江洗羞，防他重来作寇。

〔丑下〕〔生呆介〕不料局势如此，叫俺怎生收救！

【前腔】恨山河半倾，恨山河半倾，怎能重构！人心瓦解忘恩旧。〔南望介〕那高杰竟是反了。看扬扬渡江，看扬扬渡江，旗帜乱中流，直入南徐口②。〔北望介〕那刘泽清也急忙北去，要约会三镇人马，同来迎敌。这烟尘遍有，这烟尘遍有，好叫俺元帅搔头，参谋搓手。

〔行介〕且去回复了阁部，再作计较。正是：

堂堂开府辖通侯③，　　江北淮南数上游。

只恐楼船与铁马，　　一时都羡好扬州。

---

① 负荆：身背荆杖，愿受杖责，以示谢罪。
② 南徐：今江苏镇江。
③ 开府辖通侯：指史可法管辖四镇。

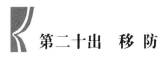

第二十出　移　防

甲申六月

【锦上花】〔副净扮高杰领众执械上〕策马欲何之^①？策马欲何之？江锁坚城，弩射雄师。且收兵，且收兵，占住这扬州市。

俺高杰领兵渡江，要抢苏、杭，不料巡抚郑瑄，操舟架炮，堵住江口，没奈何又回扬州；但不知黄、刘三镇，此时何往。〔杂扮报卒上〕报上将军：黄、刘三镇会齐人马，南来迎敌，前哨已到高邮了。〔副净〕阿呀！不好了！南下不得，北上又不能，好叫俺进退两难！〔想介〕罢，罢！还到史阁部辕门，央他的老体面，替俺解救罢。〔行介〕

【前腔】速去乞恩慈，速去乞恩慈，空忝羞颜，答对何辞。这才是，这才是，自作孽，天教死。

〔内喊介〕〔副净领众走下〕

【捣练子】〔外扮史可法从人上〕局已变，势难支，踌躇中夜少眠时。〔生上〕自叹经纶空满纸^②。

---

① 之：往，到。
② 经纶：整理丝缕，引申为治理谋划国事。

121

〔外向生介〕世兄，你看高杰不辞而去，三镇又不遵军法；俺本标人马，为数无几，怎能守得住江北？眼看大事已去，奈何，奈何！〔生〕闻得巡抚郑瑄，堵住江口，高杰不能南下，又回扬州来了。〔外〕那三镇如何？〔生〕三镇知他退回，会齐人马，又来迎敌，前哨已到高邮了。〔外愁介〕目前局势更难处矣。

【玉抱肚】三百年事，是何人掀翻到此？只手儿怎擎青天，却莱兵总仗虚词 ①。〔合〕烟尘满眼野横尸，只倚扬州兵一枝。

〔丑扮中军官传鼓介〕〔杂问介〕门外击鼓，有何军情？〔丑〕将军高杰，领兵到辕，求见元帅。〔外〕他果然来了。传他进来，看他有何话说。〔外升帐，开门，左右排列介〕〔副净急跑上介〕小将高杰，擅离汛地，罪该万死。求元帅开恩饶恕！〔外〕你原是一介乱民，朝廷许你投诚，加封侯爵，不曾薄待了你。为何一言不合，竟自反去；及至渡江不得，又投辕门。忽而作反，忽而投诚，把个作反投诚，当做儿戏，岂不可恨！本该军法从事，姑念你悔罪之速，暂且饶恕。〔副净叩头起介〕〔外问介〕你还有何说？〔副净又跪介〕前日擅离汛地，只为不肯服礼。今三镇知俺回来，又要交战，小将虽强，独力怎支，还望元帅解救。〔向生央介〕侯先生替俺美言一句。〔生〕你不肯服礼，叫元帅如何处断？〔外〕正是，事到今日，本帅也不能偏护了。

【前腔】争论坐次，动干戈不知进止。他三家鼎足称雄，你孤

---

① 莱兵：春秋时鲁定公与齐侯公在夹谷相会，孔子为相。齐侯使莱人以兵劫鲁侯，经孔子说服齐侯，莱兵遂退去。

军危命如丝。〔合前〕

　　〔副净〕元帅不肯解救，小将宁可碎首辕门，断不拜他下风。
〔生〕你那黄金坝上威风那里去了？〔副净〕那时他没带人马，
俺用全军混战，因而取胜。今日三家卷土齐来，小将不得不临事
而惧矣。〔生〕小生倒有个妙计，只怕你不肯依从。〔副净〕除了
服礼，都依，都依。〔生〕目今流贼南下，将渡黄河，许定国不
能阻当，连夜告急。元帅正要发兵防河，你何不奉命前往，坐镇
开、洛；既解目前之围，又立将来之功。他三镇知你远去，也不
能兴无名之师了。将军以为何如？〔副净低头思介〕待我商量。
〔内呐喊介〕〔外〕城外杀声震天，是何处兵马？〔丑报介〕黄、
刘三镇，领兵到城，要与高将军厮杀哩！〔副净惧介〕这怎么
处？只得听元帅调遣了。〔外〕既然肯去，速传军令，晓谕三镇。
〔拔令箭丢地介〕〔丑拾令箭跪介〕〔外〕高杰无礼，本当军法从
事，但时值用人之际，又念迎驾之功，暂且饶恕，罚往开、洛防
河①，将功赎罪，今日已离扬州。三镇各释小嫌，共图大事，速速
回汛，听候调遣。〔丑〕得令。〔下〕〔外指高杰介〕高将军，高
将军，只怕你的性气，到处不能相安哩！

【前腔】黄河难恃，劝将军谋终虑始。那许定国也不是个安静的。须
提防酒前茶后，软刀枪怎斗雄雌！〔合前〕

　　〔向生介〕防河一事，乃国家要着，我看高将军勇多谋少，倘有

---

①　开、洛：河南开封、洛阳一带。

桃花扇

疏虞^①，罪坐老夫。仔细想来，河南原是贵乡，吾兄日图归计，路阻难行，何不随营前往；既遂还乡之愿，又好监军防河，且为桑梓造福，岂非一举而三得乎！〔生〕多谢美意，就此辞过元帅，收拾行装，即刻起程便了。〔副净〕一同告辞罢。〔拜别介〕〔外向生介〕参谋此去，便如老夫亲身防河一般；只恐势局叵测，须要十分小心，老夫专听好音也。正是人事无常争胜负，天心有定管兴亡。〔下〕〔吹打掩门〕〔生、副净出介〕〔副净〕侯先生，你听杀声未息，只怕他们前面截杀。〔生〕无妨也，他们知你移防，怒气已消，自然散去的，况且三镇之兵，俱走东路，我们点齐人马，直出北门，从天长、六合^②，竟奔河南，有何阻当。〔众兵旗仗伺候介〕〔副净〕就此起程。〔行介〕

【朝元令】〔生〕乡园系思，久断平安字；乌栖一枝，郁郁难居此。结伴还乡，白云如驶，遂了三年归志。〔副净〕统着全师，烟城柳驿行参差；莫逞旧雄姿，函关偷度时^③。〔合〕扬州倒指，看不见平山萧寺^④，平山萧寺。

〔副净〕落日林梢照大旗，　〔生〕从军北去慰乡思。

〔副净〕黄河曲里防秋将^⑤，　〔生〕好似英雄末路时。

---

① 疏虞：疏忽，失误。
② 天长、六合：今安徽天长与江苏六合。
③ 函关偷度：战国时齐孟尝君入秦被拘，后赖其门客之力，偷渡函谷关而归。此谓偷越敌方的防地。
④ 平山萧寺：即平山堂，在江苏江都西北蜀冈上，宋欧阳修建。
⑤ 防秋：古代西北各游牧部族常于秋季南侵，中原王朝故于此时增加边塞兵力，特加警卫，称之防秋。

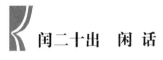

闰二十出　闲　话

甲申七月

〔内鸣金擂鼓呐喊介〕〔外扮老官人，白巾麻衣背包裹急上〕戎马消何日①，乾坤剩此身。白头江上客，红泪自沾巾。〔立住大哭介〕〔小生扮山人背行李上〕日淡村烟起，江寒雨气来。〔丑扮贾客背行李上〕年年经过路，离乱使人猜。〔小生见丑介〕请了，我们都是上南京的，天色将晚，快些趱行。〔丑〕正是兵荒马乱，江路难行，大家作伴才好。〔指外介〕那个老者为何立住了脚，只顾啼哭？〔小生问外介〕老兄想是走错了路，失迷什么亲人了。〔外摇手介〕不是，不是。俺是从北京下来的，行到河南，遇着高杰兵马，受了无限惊恐。刚得逃生，渡过江来，看见满路都是逃生奔命之人，不觉伤心恸哭几声。〔掩泪介〕〔小生〕原来如此，可怜，可叹！〔丑〕既是北京下来的，俺正要问问近日的消息，何不同宿村店，大家谈谈。〔外〕甚妙，我老腿无力，也要早歇哩。〔小生指介〕这座村店稍有墙壁，就此同宿了罢。〔让介〕请进。〔同入介〕〔外仰看介〕好一架豆棚。〔小生〕大家放

① 戎马：兵马，借指战争。

桃花扇

下行李，便坐这豆棚之下，促膝闲话也好。〔同放行李，坐介〕
〔副净扮店主人上〕村店新泥壁，田家老瓦盆。〔问介〕众位客
官，还用晚饭么？〔众〕不消了。〔小生〕烦你买壶酒来，削瓜
剥豆，我与二位解解困乏罢。〔外向小生介〕怎好取扰？〔丑向
外介〕四海兄弟，却也无妨；待用完此酒，咱两个再回敬他。
〔副净取酒、菜上〕〔三人对饮介〕〔外问介〕方才都是路遇，不
曾请教尊姓大号，要到南京有何贵干？〔小生〕在下姓蓝名瑛，
字田叔，是西湖画士，特到南京访友的。〔丑〕在下是蔡益所，
世代南京书客，才从江浦索债回来的。〔问外介〕老兄是从北京
下来的了；敢问高姓大名，有甚急事，这等狼狈？〔外〕不瞒二
位说，下官姓张名薇①，原是锦衣卫堂官②。〔丑惊介〕原来是位老
爷，失敬了。〔小生问介〕为何南来？〔外〕三月十九日，流贼
攻破北京，崇祯先帝缢死煤山，周皇后也殉难自尽。下官走下
城头，领了些本管校尉，寻着尸骸，抬到东华门外③，买棺收殓，
独自一个戴孝守灵。〔小生〕那旧日的文武百官，那里去了！
〔外〕何曾看见一人。那时闯贼搜查朝官，逼索兵饷，将我监禁
夹打。我把家财尽数与他，才放我守灵戴孝。别个官儿走的走，
藏的藏，或被杀，或下狱，或一身殉难，或阖门死节。〔小生〕
有这样忠臣，可敬，可敬！〔外〕还有进朝称贺，做闯贼伪官的
哩。〔丑〕有这样狗彘，该杀，该杀！〔外掩泪介〕可怜皇帝、

---

① 张薇：字瑶星，明上元人。曾任锦衣卫千户，明亡隐居南京城外栖霞山。
② 锦衣卫：明官署名。初为皇宫禁卫军，永乐后兼管刑狱和缉捕。
③ 东华门：北京紫禁城城门名。

皇后两位梓宫①，丢在路旁，竟没人瞅睬。〔小生、丑俱掩泪介〕〔外〕直到四月初三日，礼部奉了伪旨，将梓宫抬送皇陵。我执幡送殡，走到昌平州②。亏了一个赵吏目③，纠合义民，捐钱三百串，掘开田皇妃旧坟④，安葬当中。下官就看守陵旁，早晚上香。谁想五月初旬，大兵进关，杀退流贼，安了百姓，替明朝报了大仇。特差工部查宝泉局内铸的崇祯遗钱⑤，发买工料，从新修造享殿碑亭⑥，门墙桥道，与十二陵一般规模⑦。真是亘古希有的事。下官也没等工完，亲手题了神牌，写了墓碑，连夜走来，报与南京臣民知道，所以这般狼狈。〔小生〕难得，难得！若非老先生在京，崇祯先帝竟无守灵之人。〔丑问介〕但不知太子二王⑧，今在何处？〔外〕定、永两王，并无消息；闻太子渡海南来，恐亦为乱兵所害矣。〔掩泪介〕〔小生问介〕闻得北京发书一封与阁部史可法，责备亡国将相，不去奔丧哭主，又不请兵报仇。史公答了回书，特着左懋第披麻扶杖⑨，前去哭灵，老先生可晓得么？

---

① 梓宫：古代皇帝或皇后的棺材，因以梓木所制，故名。
② 昌平州：今北京昌平。明自明成祖永乐至思宗崇祯共十三个皇帝的陵墓，皆在此地。
③ 赵吏目：名一桂，为昌平州吏目，崇祯帝、后自杀后，赵吏目将他们埋在田皇妃的坟圹内。吏目，官职名，掌出纳文书或分管州事。
④ 田皇妃：明思宗的妃子，死于崇祯十五年五月，葬昌平州。
⑤ 宝泉局：官署名。掌管铸钱事。
⑥ 享殿：皇帝陵寝内的祭祀之所。
⑦ 十二陵：指自明成祖至熹宗的十二个皇帝的陵墓。
⑧ 太子二王：即明思宗的太子朱慈烺及永王慈炤、定王慈炯。
⑨ 左懋第：字萝石，明末莱阳人。崇祯进士，授韩城知县。福王时官至右金都御史，巡抚应天、徽州诸府。清破李自成军后，奉命赴京议和，祭奠崇祯帝，被拘留，不屈而死。

桃花扇

〔外〕下官半路相遇，还执手恸哭了一场的。〔内作大风雷声介〕〔副净掌灯急上〕大雨来了，快些进房罢。〔众起，以袖遮头入房介〕好雨，好雨！〔外〕天色已晚，下官该行香了。〔丑问介〕替那个行香？〔外〕大行皇帝未满周年，下官现穿孝服，每早每晚要行香哭拜的。〔取包裹出香炉、香盒，设几上介〕〔洗手介〕〔望北两拜介〕〔跪上香介〕大行皇帝呀，大行皇帝呀！今日七月十五，孤臣张薇，叩头上香了。〔内作大风雷不止介〕〔外伏地放声大哭介〕〔小生呼丑介〕过来，过来，我两个草莽之臣①，也该随拜举哀的。〔小生、丑同跪、陪哭介〕〔哭毕，俱叩头起，又两拜介〕〔小生〕老先生路远疲倦，早早安歇了罢。〔外〕正是，各人自便了。〔各解行李卧倒介〕〔小生〕窗外风雨益发不住，明早如何登程？〔外〕老天的阴晴，人也料他不定。〔丑问介〕请问老爷，方才说的那些殉节文武，都有姓名么？〔外〕问他怎的？〔丑〕我小铺中要编成唱本，传示四方，叫万人景仰他哩！〔外〕好，好！下官写有手折，明日取出奉送罢。〔丑〕多谢！〔小生〕那些投顺闯贼，不忠不义的姓名，也该流传，叫人唾骂。〔外〕都有抄本，一总奉上。〔丑〕更妙。〔俱作睡熟介〕〔内作众鬼号呼介〕〔外惊听介〕奇怪，奇怪！窗外风雨声中，又有哀苦号呼之声，是何物类？〔杂扮阵亡厉鬼，跳叫上〕〔外隔窗看介〕怕人，怕人！都是些没头折足阵亡厉鬼，为何到此？〔众鬼下〕

① 草莽之臣：在野无官职的臣子。

〔外睡倒介〕〔内作细乐警跸声介①〕〔外惊听介〕窗外又有人马鼓乐声，待我开门看来。〔起看介〕〔杂扮文武冠带骑马，幡幢细乐引导，扮帝后乘舆上〕〔外惊出跪迎介〕万岁，万岁，万万岁！孤臣张薇恭迎圣驾。〔众下〕〔外起呼介〕皇帝，皇后，何处巡游，我孤臣张薇不能随驾了。〔又拜哭介〕〔小生、丑醒问介〕天已发亮，老爷怎的又哭起来，想是该上早香了。〔外掩泪介〕奇事，奇事！方才睡去，听得许多号呼之声，隔窗张看，都是些阵亡厉鬼。〔小生〕是了，昨夜乃中元赦罪之期②，想是赴盂兰会的。〔外〕这也没相干，还有奇事哩！〔丑〕还有什么奇事？〔外〕后来又听的人马鼓吹之声，我便开门出看，明明见崇祯先帝同着周皇后乘舆东行，引导的文武官员，都是殉难忠臣，前面奏着细乐，排着仪仗，像个要升天的光景。我伏俯路旁，送驾过去，不觉失声大哭起来。〔小生〕有这等异事！先皇帝、先皇后自然是超升天界的，也还是张老爷一片至诚，故此特特显圣。〔外〕下官今日发一愿心，要到明年七月十五日，在南京胜境，募建水陆道场③，修斋追荐，并脱度一切冤魂，二位也肯随喜么④？〔丑〕老爷果能做此好事，俺们情愿搭醮⑤。〔外〕好人，好人。到南京时，或买书，或求画，不时要相会的。〔丑〕正是。〔小生〕大家

① 警跸：天子出入时，由侍卫呼喝清道，禁止行人往来。出叫警，入称跸。
② 中元：农历七月十五日，道家以为中元节，道观例于此日斋醮，设坛祭神，祈福免灾。佛家也于此日结盂兰盆会，诵经施食，超度众生。
③ 水陆道场：延僧徒诵经拜佛，超度水陆一切鬼魂，谓之水陆道场。
④ 随喜：佛家语。意谓随心所喜而行善。泛指布施财物。
⑤ 搭醮：参加斋醮。斋醮，僧道设坛祈祷，求福免灾。

桃花扇

收拾行李作别罢。〔各背行李下〕

雨洗鸡笼翠^①，　江行趁晓凉。

乌啼荒冢树，　　槐落废宫墙。

帝子魂何弱，　　将军气不扬。

中原垂老别，　　恸哭过沙场。

① 鸡笼：山名，在南京西北。

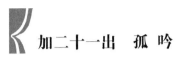 加二十一出　孤　吟

康熙甲子八月

【天下乐】〔副末毡巾道袍，扮老赞礼上〕雨洗秋街不动尘，青山红树满城新。谁家剩有闲金粉，撒与歌楼照镜人？

老客无家恋，名园杯自劝，朝朝贺太平，看演《桃花扇》。〔内问〕老相公又往太平园，看演《桃花扇》么？〔答〕正是。〔内问〕昨日看完上本，演的何如？〔答〕演的快意，演的伤心。无端笑哈哈，不觉泪纷纷。司马迁作史笔，东方朔上场人①。只怕世事含糊八九件，人情遮盖两三分。〔行唱介〕

【甘州歌】流光箭紧，正柳林蝉噪，荷沼香喷。轻衫凉笠，行到水边人困；西窗乍惊连夜雨，北里重消一枕魂②。梧桐院，砧杵村③，青苔虫语不堪闻。闲携杖，漫出门，宫槐满路叶纷纷。

---

① "司马迁"二句：意谓《桃花扇》真实地反映社会现实，犹如司马迁作《史记》；通过剧中人物的嬉笑怒骂，寄寓褒贬，犹如东方朔之滑稽讽刺。
② 北里：泛指乡里、里巷。
③ 砧杵村：指随处可见妇女以砧杵捣衣的乡村。

桃花扇

【前腔】鸡皮瘦损①，看饱经霜雪，丝鬓如银。伤秋扶病，偏带旅愁客闷；欢场那知还剩我，老境翻嫌多此身。儿孙累，名利奔，一般流水付行云。诸侯怒，丞相嗔，无边衰草对斜曛②。

【前腔换头】望春不见春，想汉宫图画，风飘灰烬。棋枰客散，黑白胜负难分；南朝古寺王谢坟，江上残山花柳阵。人不见，烟已昏，击筑弹铗与谁论③。黄尘变，红日滚，一篇诗话易沉沦。

【前腔换头】难寻吴宫旧舞茵④，问开元遗事，白头人尽⑤。云亭词客，阁笔几度酸辛；声传皓齿曲未终，泪滴红盘蜡已寸⑥。袍笏样，墨粉痕⑦，一番妆点一番新。文章假，功业诨，逢场只合酒沾唇。

【余文】老不羞，偏风韵，偷将拄杖拨红裙。那管他扇底桃花解笑人。

---

① 鸡皮：指老年人布满皱纹的皮肤。
② "诸侯怒"三句：意谓当初那些骄横的诸侯、专权的丞相，到头来都落入凄凉之地。
③ "击筑"句：此谓像高渐离、冯谖这样的才士得不到赏识，无人理睬。筑，一种乐器。铗，剑柄。击筑是取高渐离送别荆轲的故事；弹铗是战国冯谖的故事。
④ 吴宫旧舞茵：指吴王夫差迷恋西施，沉溺歌舞，终致亡国。
⑤ "问开元"二句：开元遗事，指唐代开元、天宝年间，玄宗宠幸杨玉环，纵情声色，引发安史之乱。白头人，白头宫女。此以开元遗事借指南明遗事，白头人尽，意谓要问南明遗事，连白头宫女也毫无踪影了。
⑥ "声传"二句：意谓歌女一曲尚未唱完，蜡烛已将燃尽。比喻皇帝的荒淫无道，导致国家的迅速灭亡。皓齿，指歌女。泪，指蜡泪。
⑦ "袍笏样"二句：指穿上古人的服装，上场演戏。墨粉，化妆用的颜料。

当年真是戏，　　今日戏如真。

两度旁观者 ①，　天留冷眼人。

那马士英又早登场，列位请看。〔拱下〕

---

① "两度"句：老赞礼曾亲眼看见南明的灭亡，现又看见《桃花扇》所演南明亡国之事，故曰"两度旁观"。

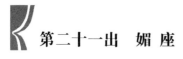

第二十一出　媚　座

甲申十月

【**菊花新**】〔净冠带扮马士英，外扮长班从人喝道上〕调和鼎鼐费心机^①，别户分门恩济威；钻火燃寒灰^②，这燮理阴阳非细^③。

下官马士英，官居首辅，权握中枢。天子无为，从他闭目拱手^④；相公养体^⑤，尽咱吐气扬眉。那朱紫半朝^⑥，只不过呼朋引党。这经纶满腹，也无非报怨施恩。人都说养马成群，滚尘不定^⑦；他怎知立君由我，杀人何妨！〔笑介〕这几日太平无事，又且早放红梅，设席万玉园中，会些亲戚故旧，但看他趋奉之多，越显俺尊荣之至。人生行乐耳，须富贵此时。〔叫介〕长班，今日下的

---

① 调和鼎鼐（nài）：指丞相治理政事。鼎鼐，烹饪器具，比喻丞相之位。
② 钻火：即钻木取火。　燃寒灰：即死灰复燃，指要使阉党重新执掌政权。
③ 燮（xiè）理阴阳：意谓治理国事，使四时阴阳各得其宜。
④ 闭目拱手：形容无为而治天下。
⑤ 相公：对丞相的尊称。　养体：即养其大体，意谓培养高尚的心志。此讽刺马士英将"吐气扬眉"当作"养体"。
⑥ 朱紫半朝：意谓朝廷上的大半官员。朱紫，官员的服色。唐制三品以上着紫色官服，五品以上着朱色官服，因以朱紫借指高官。
⑦ "人都说"二句：意谓马士英等结党营私，扰乱政局。

是那几位请帖？〔外〕都是老爷同乡。有兵部主事杨文骢，金都御史越其杰，新推漕抚田仰，光禄寺卿阮大铖，这几位老爷。〔净疑介〕那阮大铖不是同乡呀！〔外〕他常对人说是老爷至亲。〔净笑介〕相与不同，也算的个至亲了。〔吩咐介〕今日不是外客，就在这梅花书屋设席罢。〔外〕是！〔净〕天已过午，快去请客。〔外〕不用去请，俱在门房候着哩。只传他一声，便齐齐进来了。〔传介〕老爷有请！〔末、副净忙上〕阍人片语千钧重①，相府重门万里深。〔进见足恭介〕〔净〕我道是谁。〔向末介〕杨妹丈是咱内亲，为何也不竟进？〔末〕如今亲不敌贵了。〔净〕说那里话！〔向副净介〕圆老一向来熟了的，为何也等人传？〔副净〕府体尊严，岂敢冒昧？〔净〕这就见外了。〔让净告坐，打恭介〕

【好事近】〔净〕吾辈得施为，正好谈心花底；兰友瓜戚，门外不须倒屣②。休疑，总是一班桃李，相逢处把臂倾杯，何必拘冠裳套礼③。俺肯堂堂相府，宾从疏稀。

〔茶到让净先取，打恭介〕〔净〕今日天气微寒，正宜小饮。〔副净、末打恭介〕正是。〔净〕才下朝来，日已过午，昼短夜长，差了三个时辰了。〔副净、末打恭介〕是，是！皆老师相调燮之功也。〔吃茶完，让净先放茶杯，打恭介〕〔净问外介〕怎么越、田二位还不见到？〔外〕越老爷痔漏发了，早有辞帖；田老爷

① 阍人：守门人。
② "兰友"二句：意谓彼此都是好友至亲，不必出门相迎。
③ 冠裳套礼：官场上官员见面时习惯用的礼节。

媚
座

明日起身，打发家眷上船，夜间才来辞行。〔净〕罢了，吩咐排席。〔吹打，排三席，安座介〕〔副净、末谦恭告坐介〕〔入座饮介〕

【泣颜回】〔净〕朝罢袖香微，换了轻裘朱履；阳春十月，梅花早破红蕊。南朝雅客，半闲堂且说风流嘴①；拚长宵读画评诗，叹吾党知心有几。

〔副净问介〕相府连日宴客，都是那几位年翁？〔净〕总是吾党，但不如两公风雅耳。〔末问介〕是谁？〔净唤介〕长班拿客单来看。〔外〕客单在此。〔副净接看介〕张孙振、袁宏勋、黄鼎、张捷、杨维垣②。〔末〕果然都是大有经济的。〔净〕个个是学生提拔，如今皆成大僚了。〔副净打恭介〕晚生等已废之员，还蒙起用；老师相为国吐握③，真不啻周公矣！〔净〕岂敢！〔拱介〕二位不比他人，明日嘱托吏部，还要破格超升。〔末打恭介〕〔副净跪介〕多谢提拔！〔净拉起介〕

【前腔】〔副净、末〕提携，铩羽忽高飞，剑出丰城狱底④。随朝待漏⑤，犹如狗续貂尾⑥。华筵一饮，出公门，满面春风起；这

---

① 半闲堂：南宋宰相贾似道在杭州西湖葛岭建半闲堂，淫乐其中。
② 张孙振、袁宏勋、黄鼎、张捷、杨维垣：皆为马士英、阮大铖的私党。
③ 吐握：周公为了接待贤士，一沐三握发，一饭三吐哺，后以吐握形容求贤心切。
④ "铩羽"二句：意谓失势的人又得到提升，埋没的贤才重新得到起用。
⑤ 随朝待漏：指大臣在待漏院听漏刻，等待上朝。
⑥ 狗续貂尾：即狗尾续貂，比喻以次充好，前后不相称。

恩荣锡衮封圭^①，不比那登龙御李^②。

〔起介〕〔净〕撤了大席，安排小酌，我们促膝谈心。〔设一席，
更衣围坐介〕〔净〕也不再把盏了。〔副净、末〕岂敢重劳！〔杂
扮二价献赏封介^③〕〔净摇手介〕不必，不必！花间雅集，又无梨
园，怎么行这官席之礼！〔副净〕舍下小班，日日得闲，为何不
唤来承应？〔净〕圆老见惯的，另请别客，借来领教罢。

【太平令】妙部新奇，见惯司空自品题。〔副净〕是，是！名园山水
清音美，又何用丝竹随？

〔末笑介〕从来名花倾国，缺一不可。今日红梅之下，梨园可省，
倒少不了一声"晓风残月"哩^④！

【前腔】半放红梅，只少韦娘一曲催。〔净大笑介〕妹丈多情，竟要做
个苏州刺史了。苏州刺史魂消矣，想一个丽人陪。

〔净〕这也容易。〔吩咐介〕叫长班：传几名歌妓，快来伺候。
〔外〕禀老爷：要旧院的，要珠市的^⑤？〔净向末介〕请教杨姑
老爷。〔末〕小弟物色已多，总无佳者。只有旧院李香君，新学
《牡丹亭》，倒还唱得出。〔净吩咐介〕长班快去唤来！〔外应下〕

---

① 锡衮封圭：即赐与高爵。
② 登龙：即登龙门。东汉李膺名望很高，士人有被他接纳援引者，称为登
　　龙门。　御李：荀爽往见李膺，为李驾车，引以为荣，谓人曰："今日得
　　御李君矣！"
③ 价：仆从。
④ 晓风残月：本为宋柳永《雨霖铃》词中句，此借指歌妓的清唱。
⑤ 珠市：明末南京妓院集中之地，在内桥旁。

〔副净问末介〕前日田百源用三百金^①，要娶做妾的，想是他了？
〔末〕正是。〔净问末介〕为何不娶去？〔末〕可笑这个呆丫头，
要与侯朝宗守节，断断不从。俺往说数次，竟不下楼，令我扫兴
而回。〔净怒介〕有这样大胆奴才！

【风入松】不知开府爪牙威，杀人如同虮虱^②。笑他命薄烟花鬼，
好一似蛾扑灯蕊。〔副净〕这都是侯朝宗教坏的，前番辱的晚生也不浅。
〔净大怒介〕了不得，了不得！一位新任漕抚，拿银三百，买不去一个妓女。岂
有此理！难道是珍珠一斛，偏不能换蛾眉！

〔副净〕田漕台是老师相的乡亲，被他羞辱，所关不小。〔净〕正
是，等他来时，自有处法。〔外上〕禀老爷：小人走到旧院，寻
着香君，他推托有病，不肯下楼。〔净寻思介〕也罢！叫长班家
人，拿着衣服财礼，竟去娶他。

【前腔】不须月老几番催，一霎红丝联喜，花花彩轿门前挤，
不少欠分毫茶礼。莫管他鸨子肯不肯，竟将香君拉上轿子，今夜还送到田
漕抚船上。惊的他迷离似痴，只当烟波上遇湘妃。

〔外等急应下〕〔副净喜介〕妙，妙！这才燥脾。〔末〕天色太晚，
我们告辞罢。〔净〕正好快谈，为何就去？〔副净〕动劳久陪，
晚生不安。〔俱起打恭介〕〔净〕还该远送一步。〔副净、末〕不
敢。〔连打三恭〕〔净先入内介〕〔副净〕难得令舅老师相在乡亲
面上，动此义举；龙老也该去帮一帮。〔末〕如何去帮？〔副净〕

① 田百源：即田仰。
② 虮虱：虮子和虱卵。泛指微不足道的东西。

旧院是你熟游之处，竟去拉下楼来，打发起身便了。〔末〕也不可太难为他。〔副净怒介〕这还便益了他。想起前番，就处死这奴才，难泄我恨。

【尾声】当年旧恨重提起，便折花损柳心无悔。那侯朝宗空梳栊了一番。看今日琵琶抱向阿谁^①？

〔副净〕封侯夫婿几时归^②？　〔末〕独守妆楼掩翠帏。

〔副净〕不解巫山风力猛，　　〔末〕三更即换雨云衣。

---

① 琵琶抱向阿谁：指李香君再嫁给谁。古时称妇女再嫁为"琵琶别抱"。
② 封侯夫婿：指侯方域。

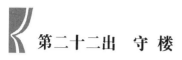

第二十二出　守楼

甲申十月

〔外、小生拿内阁灯笼、衣、银跟轿上〕天上从无差月老，人间竟有错花星①。〔外〕我们奉老爷之命，硬娶香君，只得快走。〔小生〕旧院李家母子两个，知他谁是香君。〔末急上呼介〕转来同我去罢。〔外见介〕杨姑老爷肯去，定娶不错了。〔同行介〕月照青溪水，霜沾长板桥。来此已是，快快叫门。〔叫门介〕〔杂扮保儿上〕才关后户，又开前庭。迎官接客，卑职驿丞②。〔问介〕那个叫门？〔外〕快开门来。〔杂开门惊介〕呵呀！灯笼火把，轿马人夫，杨老爷来夸官了③。〔末〕哦！快唤贞娘出来。〔杂大叫介〕妈妈出来，杨老爷到门了。〔小旦急上问介〕老爷从那里赴席回来么？〔末〕适在马舅爷相府，特来报喜。〔小旦〕有什么喜？〔末〕有个大老官来娶你令爱哩！〔指介〕

---

① 花星：古人迷信谓天上有花星，女子往其照，于婚姻不利。
② 驿丞：管理驿站的小官。保儿在妓院中送往迎来，与驿丞相似，故自比驿丞。
③ 夸官：古代士子考中进士或官员升迁设仪仗鼓吹游街，称作夸官。

桃花扇

【渔家傲】你看这彩轿青衣门外催^①，你看这三百花银，一套绣衣。〔小旦惊介〕是那家来娶，怎不早说？〔末〕你看灯笼大字成双对，是中堂阁内^②。〔小旦〕就是内阁老爷自己娶么？〔末〕非也。漕抚田公，同乡至戚，赠个佳人捧玉杯。

　　〔小旦〕田家亲事，久已回断，如何又来歪缠？〔小生拿银交介〕你就是香君么，请受财礼。〔小旦〕待我进去商量。〔外〕相府要人，还等你商量；快快收了银子，出来上轿罢。〔末〕他怎敢不去，你们在外伺候，待我拿银进去，催他梳洗。〔末接银，杂接衣，同小旦作进介〕〔小生、外〕我们且寻个老表子燥脾去。〔俱暂下〕〔小旦、末、杂作上楼介〕〔末唤介〕香君睡下不曾？〔旦上〕有甚紧事，一片吵闹。〔小旦〕你还不知么？〔旦见末介〕想是杨老爷要来听歌。〔小旦〕还说甚么歌不歌哩！

【剔银灯】忙忙的来交聘礼，凶凶的强夺歌妓；对着面一时难回避，执着名别人谁替。〔旦惊介〕唬杀奴也！又是那个天杀的？〔小旦〕还是田仰，又借着相府的势力，硬来娶你。堪悲，青楼薄命，一霎时杨花乱吹。

　　〔小旦向末介〕杨老爷从来疼俺母子，为何下这毒手？〔末〕不干我事，那马瑶草知你拒绝田仰，动了大怒，差一班恶仆登门强娶。下官怕你受气，特为护你而来。〔小旦〕这等多谢了，还求老爷始终救解。〔末〕依我说三百财礼，也不算吃亏；香君嫁个

① 青衣：古为贱者之服，故借指奴仆、婢女。
② 中堂：借称宰相，此指马士英。

142

漕抚，也不算失所；你有多大本事，能敌他两家势力？〔小旦思介〕杨老爷说的有理，看这局面，拗不去了。孩儿趁早收拾下楼罢！〔旦怒介〕妈妈说那里话来！当日杨老爷作媒，妈妈主婚，把奴嫁与侯郎，满堂宾客，谁没看见。现收着定盟之物。〔急向内取出扇介〕这首定情诗，杨老爷都看过，难道忘了不成？

【摊破锦地花】案齐眉，他是我终身倚，盟誓怎移！宫纱扇现有诗题，万种恩情，一夜夫妻。〔末〕那侯郎避祸逃走，不知去向，设若三年不归，你也只顾等他么？〔旦〕便等他三年，便等他十年，便等他一百年，只不嫁田仰。〔末〕呵呀！好性气，又像摘翠脱衣骂阮圆海的那番光景了。〔旦〕可又来，阮、田同是魏党，阮家妆奁尚且不受，倒去跟着田仰么？〔内喊介〕夜已深了，快些上轿，还要赶到船上去哩。〔小旦劝介〕傻丫头！嫁到田府，少不了你的吃穿哩。〔旦〕呸！我立志守节，岂在温饱！忍寒饥，决不下这翠楼梯！

〔小旦〕事到今日，也顾不得他了。〔叫介〕杨老爷放下财礼，大家帮他梳头穿衣。〔小旦替梳头，末替穿衣介〕〔旦持扇前后乱打介〕〔末〕好利害，一柄诗扇，倒像一把防身的利剑。〔小旦〕草草妆完，抱他下楼罢。〔末抱介〕〔旦哭介〕奴家就死不下此楼。〔倒地撞头晕卧介〕〔小旦惊介〕呵呀！我儿苏醒，竟把花容，碰了个稀烂。〔末指扇介〕你看血喷满地，连这诗扇都溅坏了。〔拾扇付杂介〕〔小旦唤介〕保儿，扶起香君，且到卧房安歇罢。〔杂扶旦下〕〔内喊介〕夜已三更了，诓去银子，不打发上轿，我们要上楼拿人哩！〔末向楼下介〕管家略等一等；他母子难舍，其实可怜的。〔小旦急介〕孩儿碰坏，外边声声要人，这怎么处？

〔末〕那宰相势力，你是知道的，这番羞了他去，你母子不要性命了。〔小旦怕介〕求杨老爷救俺则个。〔末〕没奈何，且寻个权宜之法罢！〔小旦〕有何权宜之法？〔末〕娼家从良，原是好事，况且嫁与田府，不少吃穿，香君既没造化，你倒替他享受去罢。〔小旦急介〕这断不能！一时一霎，叫我如何舍得！〔末怒介〕明日早来拿人，看你舍得舍不得。〔小旦呆介〕也罢！叫香君守着楼，我去走一遭儿。〔想介〕不好，不好，只怕有人认得。〔末〕我说你是香君，谁能辨别。〔小旦〕既是这等，少不得又妆新人了。〔忙打扮完介〕〔向内叫介〕香君我儿，好好将息，我替你去了。〔又嘱介〕三百两银子，替我收好，不要花费了。〔末扶小旦下楼介〕

【麻婆子】〔小旦〕下楼下楼三更夜，红灯满路辉，出户出户寒风起，看花未必归。〔小生、外打灯抬轿上〕好，好，新人出来了，快请上轿。〔小旦别末介〕别过杨老爷罢。〔末〕前途保重，后会有期。〔小旦〕老爷今晚且宿院中，照管孩儿。〔末〕自然。〔小旦上轿介〕萧郎从此路人窥，侯门再出岂容易①！〔行介〕舍了笙歌队，今夜伴阿谁。

〔俱下〕〔末笑介〕贞丽从良，香君守节，雪了阮兄之恨，全了马舅之威！将李代桃②，一举四得，倒也是个妙计。〔叹介〕只是母

① "萧郎"二句：意谓一入田府，恐难再出。唐崔郊的姑母有一婢女，因贫卖与连帅，崔思慕不已，赠诗云："侯门一入深似海，从此萧郎是路人。"萧郎，对男子的美称。
② 将李代桃：即李代桃僵。本以桃李喻兄弟，劝喻兄弟互相帮助。后转以李代桃僵表示以此代彼或代人受过之意。

子分别，未免伤心。

匆匆夜去替蛾眉， 一曲歌同易水悲[1]。

燕子楼中人卧病， 灯昏被冷有谁知？

---

[1] "一曲"句：借用战国荆轲与燕太子丹在易水分别、荆轲悲歌的故事来形容李贞丽与李香君分别之悲切。

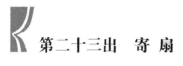

第二十三出　寄　扇

甲申十一月

【醉桃源】〔旦包帕病容上〕寒风料峭透冰绡，香炉懒去烧。血痕一缕在眉梢，胭脂红让娇①。孤影怯，弱魂飘，春丝命一条②。满楼霜月夜迢迢，天明恨不消。

〔坐介〕奴家香君，一时无奈，用了苦肉之计，得遂全身之节。只是孤身只影，卧病空楼，冷帐寒衾，无人作伴，好生凄凉！

【北新水令】冻云残雪阻长桥，闭红楼冶游人少。栏杆低雁字③，帘幕挂冰条；炭冷香消，人瘦晚风峭。

奴家虽在青楼，那些花月欢场，从今罢却了。

【驻马听】绣户萧萧，鹦鹉呼茶声自巧；香闺悄悄，雪狸偎枕睡偏牢。榴裙裂破舞风腰，鸾靴剪碎凌波勒④；愁多病转饶，这妆楼再不许风情闹。

---

① "胭脂"句：意谓胭脂的鲜红，也比不上眉梢血痕的娇美。
② 春丝命：形容生命的脆弱。
③ "栏杆"句：栏杆外大雁低飞，排列成行。
④ "榴裙"二句：即撕破舞裙，剪碎舞鞋，不再以歌舞卖笑为生了。

想起侯郎匆匆避祸，不知流落何所？怎知奴家独住空楼，替他守节也！〔起唱介〕

【沉醉东风】 记得一霎时娇歌兴扫，半夜里浓雨情抛；从桃叶渡头寻，向燕子矶边找，乱云山风高雁杳。那知道梅开有信，人去越遥。凭栏凝眺，把盈盈秋水，酸风冻了。

可恨恶仆盈门，硬来娶俺，俺怎肯负了侯郎！

【雁儿落】 欺负俺贱烟花薄命飘飘，倚着那丞相府忒骄傲。得保住这无瑕白玉身，免不得揉碎如花貌。

最可怜妈妈替奴当灾，飘然竟去。〔指介〕你看床榻依然，归来何日！

【得胜令】 恰便似桃片逐雪涛，柳絮儿随风飘。袖掩春风面，黄昏出汉朝①。萧条，满被尘无人扫；寂寥，花开了独自瞧。

说到这里，不觉一阵酸心。〔掩泪坐介〕

【乔牌儿】 这肝肠似搅，泪点儿滴多少。也没个姊妹闲相邀，听那挂帘栊的钩自敲。

独坐无聊，不免取出侯郎诗扇，展看一回。〔取扇介〕嗳呀！都被血点儿污坏了，这怎么处？

【甜水令】 你看疏疏密密，浓浓淡淡，鲜血乱蘸。不是杜鹃抛；是脸上桃花做红雨儿飞落，一点点溅上冰绡。

侯郎，侯郎！这都显为你来。

---

① "袖掩"二句：汉元帝时王昭君远嫁匈奴。此喻指李贞丽被迫嫁与田仰。

【折桂令】叫奴家揉开云鬟，折损宫腰；睡昏昏似妃葬坡平，血淋淋似妾堕楼高①。怕旁人呼号，舍着俺软丢答的魂灵没人招。银镜里朱霞残照②，鸳枕上红泪春潮。恨在心苗，愁在眉梢，洗了胭脂，涴了鲛绡③。

> 一时困倦起来，且在妆台盹睡片时。〔压扇睡介〕〔末扮杨文骢便服上〕认得红楼水面斜，一行衰柳带残鸦。〔净扮苏昆生上〕银筝象板佳人院，风雪今同处士家。〔末回头见介〕呀！苏昆老也来了。〔净〕贞丽从良，香君独住，放心不下，故此常来走走。〔末〕下官自那日打发贞丽起身，守了香君一夜，这几日衙门有事，不能脱身。方才城东拜客，便道一瞧。〔入介〕〔净〕香君不肯下楼，我们上去一谈罢。〔末〕甚好。〔登楼介〕〔末指介〕你看香君抑郁病损，困睡妆台，且不必唤他。〔净看介〕这柄扇儿展在面前，怎么有许多红点儿？〔末〕此乃侯兄定情之物，一向珍藏不肯示人，想因面血溅污，晾在此间。〔抽扇看介〕几点血痕，红艳非常，不免添些枝叶，替他点缀起来。〔想介〕没有绿色怎好？〔净〕待我采摘盆草，扭取鲜汁，权当颜色罢。〔末〕妙极！〔净取草汁上〕〔末画介〕叶分芳草绿，花借美人红。〔画完介〕〔净看喜介〕妙妙！竟是几笔折枝桃花。〔末大笑指介〕真乃桃花扇也！〔旦惊醒见介〕杨老爷、苏师父都来了，奴家得

① "睡昏昏"二句：唐安史之乱时，玄宗与杨贵妃出奔，至马嵬坡，六军不发，杨贵妃赐自缢死，葬于马嵬坡。晋石崇爱妾绿珠，因不从孙秀，跳楼而死。此借以指李香君毁容拒婚，昏沉卧病。
② 朱霞残照：指脸上的血痕。
③ 涴（wò）：弄脏。

寄扇

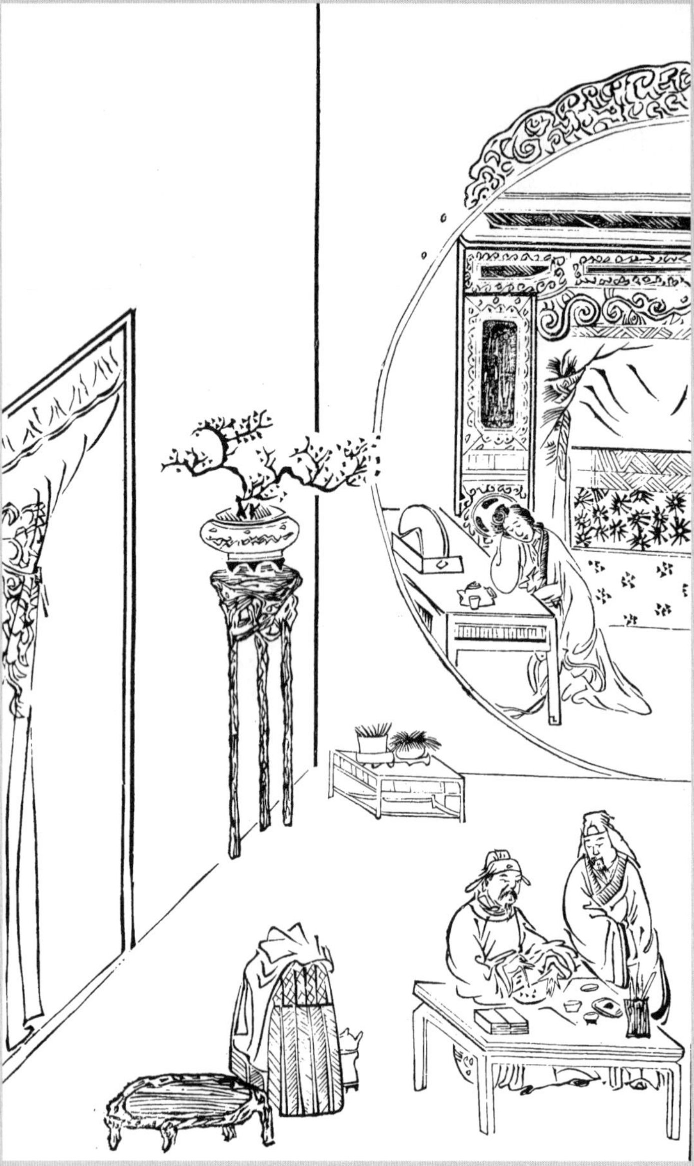

罪。〔让坐介〕〔末〕几日不曾来看，额角伤痕渐已平复了。〔笑介〕下官有画扇一柄，奉赠妆台。〔付旦扇介〕〔旦接看介〕这是奴的旧扇，血迹腌臜，看他怎的。〔入袖介〕〔净〕扇头妙染，怎不赏鉴！〔旦〕几时画的？〔末〕得罪，得罪！方才点坏了。〔旦看扇叹介〕咳！桃花薄命，扇底飘零。多谢杨老爷替奴写照了！

【锦上花】一朵朵伤情，春风懒笑；一片片消魂，流水愁漂。摘的下娇色，天然蘸好；便妙手徐熙①，怎能画到？樱唇上调朱，莲腮上临稿，写意儿几笔红桃②。补衬些翠枝青叶，分外夭夭③，薄命人写了一幅桃花照。

　　〔末〕你有这柄桃花扇，少不得个顾曲周郎。难道青春守寡，竟做个入月嫦娥不成？〔旦〕说那里话，那关盼盼也是烟花，何尝不在燕子楼中，关门到老！〔净〕明日侯郎重到，你也不下楼么？〔旦〕那时锦片前程，尽俺受用，何处不许游耍，岂但下楼！〔末〕香君这段苦节，今世少有。〔向净介〕昆老看师弟之情，寻着侯郎，将他送去，也省俺一番悬挂。〔净〕是，是！一向留心访问，知他随任史公，住淮半载。自淮来京，自京到扬，今又同着高兵防河去了。晚生不日还乡，顺便找寻。〔向旦介〕须得香君一书才好。〔旦向末介〕奴家言出无文，求杨老爷代写罢。〔末〕你的心事，叫俺如何写得出？〔旦寻思介〕罢，罢！

---

①　徐熙：五代南唐画家，擅长花果虫鸟。
②　写意：中国画的一种，求神似而不求形似。
③　分外夭夭：格外美好。

奴的千愁万苦，俱在扇头，就把这扇儿寄去罢。〔净喜介〕这封家书，倒也新样。〔旦〕待奴封他来。〔封扇介〕

【碧玉箫】挥洒银毫^①，旧句他知道；点染红么^②，新画你收着。便面小^③，血心肠一万条；手帕儿包，头绳儿绕，抵过锦字书多少^④！

〔净接扇介〕待我收好了，替你寄去。〔旦〕师父几时起身？〔净〕不日束装了。〔旦〕只望早行一步。〔净〕晓得。〔末〕我们下楼罢。〔向旦介〕香君保重。你这段苦节，说与侯郎，自然来娶你的。〔净〕我也不再来别了。正是：新书远寄桃花扇。〔末〕旧院常关燕子楼。〔下〕〔旦掩泪介〕妈妈不归，师父又去，妆楼独闭，益发凄凉了。

【鸳鸯煞】莺喉歇了南北套^⑤，冰弦住了陈隋调^⑥；唇底罢吹箫，笛儿丢，笙儿坏，板儿掠。只愿扇儿寄去的速，师父束装得早；三月三刘郎到了，携手儿下妆楼，桃花粥吃个饱^⑦。

① 银毫：毛笔。
② 红么：骰子上的红点，此借指扇上的桃花。
③ 便面：即团扇。
④ 锦字书：前秦窦滔被徙流沙，其妻苏蕙思之，织锦为回文旋图诗以赠滔，词甚凄惋。
⑤ 南北套：即南北曲。南曲形成于南方，具有柔媚婉转风格的曲调，宋元南戏和明清传奇皆以南曲为主。北曲产生于北方，具有豪放激烈风格的曲调。元杂剧用北曲。
⑥ 陈隋调：指陈、隋两朝所流行的曲调。
⑦ 桃花粥：洛阳旧俗，寒食节煮桃花粥吃。

书到梁园雪未消^①，　青溪一道阻春潮。

桃根桃叶无人问^②，　丁字帘前是断桥^③。

① 梁园：借指侯方域的家乡。
② 桃根桃叶：两人为姊妹，桃叶是晋王献之的爱妾。此借指李香君。
③ 丁字帘：地名。在南京利涉桥畔，明末亦为妓女聚居地。

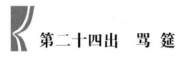

第二十四出 骂 筵

乙酉正月

【缕缕金】〔副净扮阮大铖吉服上〕风流代，又遭逢，六朝金粉样，我偏通。管领烟花，衔名供奉①。簇新新帽乌衬袍红，皂皮靴绿缝，皂皮靴绿缝。

〔笑介〕我阮大铖，亏了贵阳相公破格提挈，又取在内庭供奉。今日到任回来，好不荣耀。且喜今上性喜文墨，把王铎补了内阁大学士，钱谦益补了礼部尚书②。区区不才，同在文学侍从之班。天颜日近，知无不言。前日进了四种传奇，圣心大悦，立刻传旨，命礼部采选官人，要将《燕子笺》被之声歌，为中兴一代之乐。我想这本传奇，精深奥妙，倘被俗手教坏，岂不损我文名！因而乘机启奏："生口不如熟口，清客强似教手。"圣上从谏如流，就命广搜旧院，大罗秦淮，拿了清客妓女数十余人，交与礼部拣选。前日验他色艺，都只平常。还有几个有名的，都是杨龙

① 衔：指官衔。 供奉：官名，指在皇帝左右供职者。
② 钱谦益（1582—1664）：字受之，号牧斋，明末常熟人。官至礼部侍郎。福王立，官礼部尚书。后降清。

友旧交，求情免选，下官只得勾去。昨见贵阳相公说道："教演新戏是圣上心事，难道不选好的，倒选坏的不成。"只得又去传他，尚未到来。今乃乙酉新年人日佳节，下官约同龙友，移樽赏心亭①；邀俺贵阳师相，饮酒看雪。早已吩咐把新选的妓女，带到席前验看。正是：花柳笙歌隋事业，谈谐裙屐晋风流。〔下〕

【黄莺儿】〔老旦扮卜玉京道妆背包急上〕家住蕊珠宫②，恨无端业海风③，把人轻向烟花送。喉尖唱肿，裙腰舞松，一生魂在巫山洞④。俺卜玉京，今日为何这般打扮，只因朝廷搜拿歌妓，逼俺断了尘心。昨夜别过姊妹，换上道妆，飘然出院，但不知那里好去投师。望城东云山满眼，仙界路无穷。

〔飘飘下〕〔副净、外、净扮丁继之、沈公宪、张燕筑三清客上〕

【皂罗袍】〔副净〕正把秦淮箫弄，看名花好月，乱上帘栊。凤纸签名唤乐工⑤，南朝天子春心动。我丁继之年过六旬，歌板久抛。前日托过杨老爷，免我前往，怎的今日又传起来了？〔外、净〕俺两个也都是免过的，不知又传，有何话说。〔副净拱介〕两位老弟，大家商量，我们一班清客，感动皇爷，召去教歌，也不是容易的。〔外、净〕正是。〔副净〕二位青年上进，该去走走，我老汉多病年衰，也不望甚么际遇了。今日我要躲过，求二位遮盖一二。〔外〕这有何妨，太公钓鱼，愿者上钩。〔净〕是，是！难道你犯了王法，

① 赏心亭：宋丁谓出镇金陵时所建，在江苏江宁西。
② 蕊珠宫：道家所说天上清宫阙名，为神仙居住之所。
③ 业海风：指世间罪业的影响。业海，佛家语，谓世间种种罪业，有如大海，故称业海。
④ 巫山洞：借指妓院。
⑤ 凤纸：即凤诏。古时皇帝的诏书，衔于木凤口中，故称。

定要拿去审问不成。〔副净〕既然如此,我老汉就回去了。〔回行介〕急忙回首,青青远峰;逍遥寻路,森森乱松。〔顿足介〕若不离了尘埃,怎能免得牵绊!〔袖出道巾、黄绦换介〕〔转头呼介〕二位看俺打扮罢,道人醒了扬州梦①。

〔摇摆下〕〔外〕咦!他竟出家去了,好狠心也!〔净〕我们且坐廊下晒暖,待他姊妹到来,同去礼部过堂。〔坐地介〕〔小旦扮寇白门,丑扮郑妥娘,杂扮差役跟上〕〔小旦〕桃片随风不结子。〔丑〕柳绵浮水又成萍。〔望介〕你看老沈、老张不约俺一声儿,先到廊下向暖,我们走去,打他个耳刮子。〔相见,诨介〕〔外问杂介〕又传我们到那里去?〔杂〕传你们到礼部过堂,送入内庭教戏。〔外〕前日免过俺们了。〔杂〕内阁大老爷不依,定要借重你们几个老清客哩!〔净〕是那几个?〔杂〕待我瞧瞧票子。〔取票看介〕丁继之、沈公宪、张燕筑。〔问介〕那姓丁的如何不见?〔外〕他出家去了。〔杂〕既出了家,没处寻他,待我回官罢!〔向净、外介〕你们到了的,竟往礼部过堂去。〔净〕等他姊妹们到齐着。〔杂〕今日老爷们秦淮赏雪,吩咐带着女客,席上验看哩。〔外、净〕既是这等,我们先去了。正是:传歌留乐府,撇笛傍宫墙。〔下〕〔杂看票问小旦介〕你是寇白门么?〔小旦〕是。〔杂问丑介〕你是卞玉京么?〔丑〕不是,我是老妥。〔杂〕是郑妥娘了。〔问介〕那卞玉京呢?〔丑〕他出家去了。〔杂〕咦!怎么出家的都配成对儿?〔问介〕后边还有一个脚小

① "道人"句:意谓脱离歌舞之所,入道修身。

走不上来的，想是李贞丽了？〔小旦〕不是，李贞丽从良去了！〔杂〕我方才拉他下楼，他说是李贞丽，怎的又不是？〔丑〕想是他女儿顶名替来的。〔杂〕母子总是一般，只少不了数儿就好了。〔望介〕他早赶上来也。

【忒忒令】〔旦〕下红楼残腊雪浓，过紫陌早春泥冻。不惯行走，脚儿十分痛。传凤诏，选蛾眉，把丝鞭，骑骄马，催花使乱拥。

奴家香君，被捉下楼，叫去学歌，是俺烟花本等，只有这点志气，就死不磨。〔杂喊介〕快些走动！〔旦到介〕〔小旦〕你也下楼了，屈尊，屈尊！〔丑〕我们造化，就得服侍皇帝了。〔旦〕情愿奉让罢。〔同行介〕〔杂〕前面是赏心亭了，内阁马老爷，光禄阮老爷，兵部杨老爷，少刻即到。你们各人整理伺候。〔杂同小旦、丑下〕〔旦私语介〕难得他们凑来一处，正好吐俺胸中之气。

【前腔】赵文华陪着严嵩①，抹粉脸席前趋奉。丑腔恶态，演出真《鸣凤》②。俺做个女祢衡，挝《渔阳》③，声声骂；看他懂不懂。

---

① "赵文华"句：赵文华，明慈溪人，嘉靖进士，官至工部尚书，为严嵩义子。严嵩（1480—1569），字惟中，明分宜人，弘治进士，官至太子太师，与严世藩、赵文华等揽权贪贿，横行不法。此喻指阮大铖奉承马士英。
② 《鸣凤》：传奇名，明王世贞撰，内容写明御史杨继盛等人弹劾严嵩之事。此以阮大铖与马士英比作《鸣凤记》中的严嵩与赵文华。
③ "俺做个"二句：用汉末祢衡击鼓骂曹典。详见第一出《听稗》注。明徐渭作有杂剧《狂鼓史渔阳三弄》。挝，击鼓。

桃花扇

〔净扮马士英，副净扮阮大铖，末扮杨文骢，外、小生扮从人喝
道上〕〔旦避下〕〔副净〕琼瑶楼阁朱微抹。〔末〕金碧峰峦粉细
勾。〔净〕好一派雪景也！〔副净〕这座赏心亭原是看雪之所。
〔净〕怎么原是看雪之所？〔副净〕宋真宗曾出周昉雪图①，赐与
丁谓。说道："卿到金陵，可选一绝景处张之。"因建此亭。〔净看
壁介〕这壁上单条，想是周昉雪图了。〔末〕非也。这是画友蓝
瑛新来见赠的。〔净〕妙，妙！你看雪压钟山，正对图画，赏心
胜地，无过此亭矣。〔末吩咐介〕就把炉、榼、游具，摆设起来。
〔外、小生设席坐介〕〔副净向净介〕荒亭草具，恃爱高攀，着实
得罪了。〔净〕说那里话。可笑一班小人，奉承权贵，费千金盛
设，十分丑态，一无所取，徒传笑柄。〔副净〕晚生今日扫雪烹
茶，清谈攀教，显得老师相高怀雅量，晚生辈也免了几笔粉抹。
〔净〕呵呀！那戏场粉笔，最是利害，一抹上脸，再洗不掉；虽有
孝子慈孙，都不肯认做祖父的。〔末〕虽然利害，却也公道，原以
微戒无忌惮之小人，非为我辈而设。〔净〕据学生看来，都吃了奉
承的亏。〔末〕为何？〔净〕你看前辈分宜相公严嵩，何尝不是一
个文人，现今《鸣凤记》里抹了花脸，着实丑看。岂非赵文华辈
奉承坏了！〔副净打恭介〕是，是！老师相是不喜奉承的，晚生
惟有心悦诚服而已。〔末〕请酒！〔同举杯介〕〔副净问外介〕选
的妓女，可曾叫到了么？〔外禀介〕叫到了。〔杂领众妓叩头介〕
〔净细看介〕〔吩咐介〕今日雅集，用不着他们，叫他礼部过堂去

---

① 周昉：字仲郎，唐京兆人，擅长人物画。　雪图：指周昉所画的《袁安
卧雪图》。

罢。〔副净〕特令到此伺候酒席的。〔净〕留下那个年小的罢。〔众下〕〔净问介〕他唤什么名字?〔杂禀介〕李贞丽。〔净笑介〕丽而未必贞也。〔笑向副净介〕我们扮过陶学士了,再扮一折党太尉何如①?〔副净〕妙,妙!〔唤介〕贞丽过来斟酒唱曲。〔旦摇头介〕〔净〕为何摇头?〔旦〕不会〔净〕呵呀!样样不会,怎称名妓!〔旦〕原非名妓。〔掩泪介〕〔净〕你有甚心事,容你说来。

【江儿水】〔旦〕妾的心中事,乱似蓬,几番要向君王控。拆散夫妻惊魂迸,割开母子鲜血涌,比那流贼还猛。做哑装聋,骂着不知惶恐。

〔净〕原来有这些心事。〔副净〕这个女子却也苦了。〔末〕今日老爷们在此行乐,不必只是诉冤了。〔旦〕杨老爷知道的,奴家冤苦,也值当不的一诉。

【五供养】堂堂列公,半边南朝,望你峥嵘②。出身希贵宠,创业选声容,《后庭花》又添几种③。把俺胡撮弄,对寒风雪海冰山,苦陪觞咏。

〔净怒介〕唉!这妮子胡言乱道,该打嘴了!〔副净〕闻得李贞丽,原是张天如、夏彝仲辈品题之妓,自然是放肆的。该打,该打!〔末〕看他年纪甚小,未必是那个李贞丽。〔旦恨介〕便是

① “我们扮过”二句:陶学士,即陶穀,字秀实,宋新平人。党太尉,即宋太尉党进。陶穀曾得党进家妓,命以掬雪水烹茶。此以陶学士、党太尉比喻风雅、粗豪两种不同的情趣。
② 峥嵘:振兴。
③ 《后庭花》:南朝陈后主所作歌曲名,后人常以为亡国之音。

他待怎的!

【玉交枝】东林伯仲①，俺青楼皆知敬重。干儿义子从新用，绝不了魏家种。〔副净〕好大胆，骂的是那个，快快采去丢在雪中!〔外采旦推倒介〕〔旦〕冰肌雪肠原自同，铁心石腹何愁冻!〔副净〕这奴才，当着内阁大老爷，这般放肆，叫我们都开罪了。可恨，可恨!〔下席踢旦介〕〔末起拉介〕〔净〕罢，罢! 这样奴才，何难处死，只怕妨了俺宰相之度。〔末〕是，是! 丞相之尊，娼女之贱，天地悬绝，何足介意!〔副净〕也罢! 启过老师相，送入内庭，拣着极苦的脚色，叫他去当。〔净〕这也该的。〔末〕着人拉去罢!〔杂拉旦介〕〔旦〕奴家已拚一死。吐不尽鹃血满胸，吐不尽鹃血满胸。

〔拉旦下〕〔净〕好好一个雅集，被这奴才搅乱坏了。可笑，可笑!〔副净、末连三揖介〕得罪，得罪! 望乞海涵，另日竭诚罢。〔净〕兴尽宜回春雪棹。〔副净〕客羞应斩美人头②。〔净、副净从人喝道下〕〔末吊场介〕可笑香君才下楼来，偏撞两个冤对，这场是非免不了的。若无下官遮盖，香君性命也有些不妥哩! 罢，罢! 选入内庭，倒也省了几日悬挂;只是媚香楼无人看守，如何是好?〔想介〕有了，画友蓝瑛托俺寻寓，就接他暂住楼上;待香君出来，再作商量。

> 赏心亭上雪初融，　煮鹤烧琴宴巨公③。
>
> 恼杀秦淮歌舞伴，　不同西子入吴宫。

---

① 伯仲:本指兄弟，此指同党之人。
② "客羞"句:晋石崇宴客，令美人劝饮，若客饮酒不尽，即斩美人。王敦故意不饮，石崇连斩三美人。
③ 煮鹤烧琴:指大煞风景之事。也作"焚琴煮鹤"。

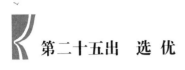

第二十五出　选　优

乙酉正月

〔场上正中悬一匾，书"熏风殿"，两旁悬联，书"万事无如杯在手，百年几见月当头"。款书"东阁大学士臣王铎奉敕书"〕〔外扮沈公宪，净扮张燕筑，小旦扮寇白门，丑扮郑妥娘同上〕〔外〕天子多情爱沈郎①。〔净〕当年也是画眉张②。〔小旦〕可怜一树白门柳。〔丑〕让我风流郑妥娘。〔外〕我们被选入宫，伺候两日，怎么还不见动静？〔净仰看介〕此处是熏风殿，乃奏乐之所；闻得圣驾将到，选定脚色，就叫串戏哩！〔外〕如何名熏风殿？〔净〕你不晓得，琴曲里有一句："南风之熏兮"，取这个意思。〔丑〕呸！你们男风兴头，要我们女客何用！〔小旦〕我们女客得了宠眷，做个大嫔妃，还强如他男风哩！〔丑〕正是，他男风得了宠眷，到底是个小兄弟。〔净〕好徒弟，骂及师父来了。〔外〕咱们掌了班时，不要饶他。〔净〕谁肯饶他。明日教动戏，叫老妥试试我的鼓槌子罢。〔丑嗤笑，指介〕你老张的鼓槌子，

① 沈郎：古代词曲中常指沈约，工诗文，精通音律。
② 画眉张：即张敞，尝为其妻画眉，故有"画眉张"之称。

我曾试过，没相干的。〔众笑介〕〔副净冠带扮阮大铖上〕

【绕池游】汉宫如画，春晓珠帘挂，待粉蝶黄莺打。歌舞西施，文章司马①，厮混了红袖乌纱。

〔见介〕你们俱已在此，怎的不见李贞丽？〔小旦〕他从雪中一跌，至今忍痛，还卧在廊下哩。〔副净〕圣驾将到，选定脚色，就要串戏，怎么由得他的性儿！〔众〕是，是，俺们拉他过来。〔同下〕〔副净自语介〕李贞丽这个奴才，如此可恶，今日净、丑脚色，一定借重他了。〔杂扮二内监执龙扇前引，小生扮弘光帝，又扮二监提壶捧盒，随上〕〔小生〕满城烟树间梁陈，高下楼台望不真。原是洛阳花里客，偏来管领秣陵春②。〔坐介〕寡人登极御宇，将近一年，幸亏四镇阻当，流贼不能南下。虽有叛臣倡议欲立潞藩③，昨已捕拿下狱。目今外侮不来，内患不生，正在采选淑女，册立正官，这也都算小事。只是朕独享帝王之尊，无有声色之奉，端居高拱④，好不闷也！〔副净跪介〕光禄寺卿臣阮大铖恭请万安！〔小生〕平身。〔副净起介〕

【掉角儿】〔小生〕看阳春残雪早花，蹙愁眉慵游倦耍。〔副净〕圣上安享太平，正宜及时行乐，慵游倦耍，却是为何？〔小生〕朕有一桩心事，料你也应晓得。〔副净〕想怕流贼南犯？〔小生〕非也。阻隔着黄河雪浪，那

---

① 文章司马：即汉司马相如，工辞赋，故称。
② "原是"二句：意谓原在洛阳做藩王，如今到南京来做皇帝，享受荣华富贵了。
③ 潞藩：即潞王朱常淓。时钱谦益、雷縯祚、周镳等曾主张立他为帝。
④ 端居高拱：端身安居，高拱双手。形容帝王无为而治。

怕他天汉浮槎。〔副净〕想愁兵弱粮少？〔小生〕也不是。俺有那镇淮阴
诸猛将，转江陵大粮艘，有甚争差。〔副净〕既不为内外兵马，想是
正宫未立，配德无人？〔小生〕也不为此。那礼部钱谦益，采选淑女，不日册
立。有三妃九嫔，教国宜家。〔副净〕又不为此，臣晓得了。〔私奏介〕想
因叛臣周镳、雷縯祚，倡造邪谋，欲迎立潞王耳。〔小生〕益发说错了。那奸
人倡言惑众，久已搜拿。

　　〔副净低头沉吟介〕却是为何？〔小生〕卿供奉内庭，乃朕心腹之
　　臣，怎不晓得朕的心事！〔副净跪介〕圣虑高深，臣衷愚昧，其
　　实不能窥测。伏望明白宣示，以便分忧。〔小生〕朕谕你知道罢，
　　朕贵为天子，何求不遂。只因你所献《燕子笺》，乃中兴一代之
　　乐，点缀太平，第一要事；今日正月初九，脚色尚未选定，万一
　　误了灯节，岂不可恼！〔指介〕你看阁学王铎书的对联道："万事
　　无如杯在手，百年几见月当头。"一年能有几个元宵，故此日夜踌
　　躇，饮膳俱减耳。〔副净〕原来为此，巴里之曲①，有廑圣怀②，皆
　　微臣之罪也。〔叩头介〕臣敢不鞠躬尽瘁，以报主知？〔起唱介〕

【前腔】 忝卿僚填词辨挝，备供奉诙谐风雅。恨不能腮描粉墨，
也情愿怀抱琵琶。但博得歌筵前垂一顾，舞裀边受寸赏③，御酒
龙茶，三生侥幸，万世荣华。这便是为臣经济，报主功阀④。

　　〔前问介〕但不知内庭女乐，少何脚色？〔小生〕别样脚色，都
　　还将就得过，只有生、旦、小丑不惬朕意。〔副净〕这也容易，

① 巴里之曲：即下里巴人之曲，指俚俗之曲。
② 有廑（qín）圣怀：意谓有劳皇上的挂念。廑，勤劳。
③ 舞裀：供舞蹈用的地毯。　寸赏：很少的赏赐。
④ 功阀：即功劳。阀，阀阅，世宦门前旌表功绩的柱子。

桃花扇

礼部送到清客、歌奴，现在外厢，听候拣选。〔小生〕传他进来。
〔副净〕领旨。〔急入领外、净、旦、小旦、丑上〕〔俱跪介〕〔小
生问外、净介〕你二人是串戏清客么？〔外、净〕不敢，小民串
戏为生。〔小生〕既会串戏，新出传奇也曾串过么？〔外、净〕
新出的《牡丹亭》《燕子笺》《西楼记》，都曾串过。〔小生〕既会
《燕子笺》，就做了内庭教习罢。〔外、净叩头介〕〔小生问介〕那
三个歌妓，也会《燕子笺》么？〔小旦、丑〕也曾学过。〔小生
喜介〕益发妙了。〔问旦介〕这个年小的，怎不答应？〔旦〕没
学。〔副净跪介〕臣启圣上：那两个学过的，例应派做生、旦。
这一个没学的，例应派做丑脚。〔小生〕既有定例，依卿所奏。
〔小旦、丑、旦叩头介〕〔小生〕俱着起来，伺候串戏。〔俱起介〕
〔丑背喜介〕还是我老妥做了天下第一个正旦。〔小生向副净介〕
卿把《燕子笺》摘出一曲，叫他串来，当面指点。〔外、净、小
旦、丑随意演《燕子笺》一曲，副净作态指点介〕〔小生喜介〕
有趣，有趣！都是熟口，不愁扮演了。〔唤介〕长侍斟酒，庆贺
三杯。〔杂进酒，小生饮介〕〔小生起介〕我们君臣同乐，打一回
十番何如？〔副净〕领旨。〔小生〕寡人善于打鼓，你们各认乐
器。〔众打雨夹雪一套，完介〕〔小生大笑介〕十分忧愁消去九分
了。〔唤介〕长侍斟酒，再庆三杯。〔杂进酒，小生饮介〕

【前腔】旧吴宫重开馆娃①，新扬州初教瘦马②。淮阳鼓昆山弦索，

---

① "旧吴宫"句：喻指弘光帝沉迷声色之中，重蹈吴王夫差的覆辙。馆娃，
馆娃宫，吴王夫差所筑，以供西施居住，故址在江苏吴县（今苏州吴中
区）西南灵岩山上。
② 瘦马：旧时扬州俗称妓女为瘦马。

164

无锡口姑苏娇娃。一件件闹春风，吹暖响，斗晴烟，飘冷袖，宫女如麻。红楼翠殿，景美天佳。都奉俺无愁天子^①，语笑喧哗。

〔看旦介〕那个年小歌妓，美丽非常，派做丑脚，太屈他了。

〔问介〕你这个年小歌妓，既没学《燕子笺》，可曾学些别的么？

〔旦〕学过《牡丹亭》。〔小生〕这也好了，你便唱来。〔旦羞不唱介〕〔小生〕看他粉面发红，像是脑脘。赏他一柄桃花宫扇，遮掩春色。〔杂掷红扇与旦介〕〔旦持扇唱介〕

【懒画眉】为甚的玉真重溯武陵源^②，也只为水点花飞在眼前。是他天公不费买花钱，则咱人心上有啼红怨。咳！辜负了春三二月天。

〔小生喜介〕妙绝，妙绝！长侍斟酒，再庆三杯。〔杂进酒，小生饮介〕〔指旦介〕看此歌妓，声容俱佳，岂可长材短用？还派做正旦罢。〔指丑介〕那个黑色的，倒该做丑脚。〔副净〕领旨。

〔丑撅嘴介〕我老妥又不乐了。〔小生向副净介〕你把生、丑二脚，领去入班；就叫清客二名，用心教习，你也不时指点。〔副净跪应介〕是，此乃微臣之专责，岂敢辞劳！〔急领外、净、小旦、丑下〕〔小生向旦介〕你就在这熏风殿中，把《燕子笺》脚

---

① 无愁天子：北齐后主昏庸无道，曾作《无愁曲》，自弹琵琶而唱，民间因谓之无愁天子。

② "玉真"句：用东汉刘晨、阮肇误入天台山遇仙女事。详见第二出《传歌》注。【懒画眉】这几句出自《牡丹亭·寻梦》，指杜丽娘回到花园，寻梦不得。玉真，仙女。

本，三日念会，好去入班。〔旦〕念会不难，只是没有脚本。〔小生唤介〕长侍，你把王铎抄的楷字脚本，赏与此旦。〔杂取脚本付旦，跪接介〕〔小生〕千年只有歌场乐，万事何须酒国愁。〔杂引下〕〔旦掩泪介〕罢了，罢了！已入深宫，那有出头之日。

【前腔】锁重门垂杨暮鸦，映疏帘苍松碧瓦。凉飕飕风吹罗袖，乱纷纷梅落宫髽①。想起那拆鸳鸯，离魂惨，隔云山，相思苦，会期难拿。情人寄扇，擦损桃花。到今日情丝割断，芳草天涯。

〔叹介〕没奈何，且去念会脚本。或者天恩见怜，放奴出宫，再会侯郎一面，亦未可知。

【尾声】从此后入骨髓愁根难拔，真个是广寒宫姮娥守寡。只这两日呵！瘦损宫腰剩一把。

> 曲终人散日西斜，　殿角凄凉自一家。
>
> 纵有春风无路入，　长门关住碧桃花。

---

① 梅落宫髽（zhuā）：南朝宋武帝女寿阳公主日卧于含章殿檐下，梅花落在额上，成五出之花，拂之不去。后有梅花妆。宫髽，宫女的发髻。

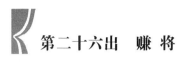

第二十六出　赚　将

乙酉正月

【破阵子】〔生上〕水驿山城烟霭，花村酒肆尘埋。百里白云亲舍近①，不得斑衣效老莱②，从军心事乖。

　　小生侯方域奉史公之命，监军防河。争奈主将高杰，性气乖张，将总兵许定国当面责骂。只恐挑起争端，难于收救，不免到中军帐内，劝谏一番。〔入介〕〔副净扮高杰上〕一声叱退黄河浪，两手推开紫塞烟③。〔相见坐介〕先生入帐，有何见教？〔生〕小生千里相随，只为防河大事。今到睢州呵④！

【四边静】威名震，人人惊魄，家尽移宅。鸡犬不留群，军民少宁刻。营中一吓，帐中一责。敌国在萧墙，祸事恐难测。

　　〔副净〕那许定国拥兵十万，夸胜争强，昨日教场点卯，一个个老弱不堪。欺君縻饷，本当军法从事，责骂几声，也算从轻发放

---

① 白云亲舍：用唐狄仁杰登太行山思乡事，借指思念亲人。
② 斑衣效老莱：老莱，即老莱子，春秋楚国人，年已七十，为使双亲欢乐，常身着五彩衣，效婴儿戏。后因以"斑衣""老莱娱亲"表示孝养父母。
③ 紫塞：泛指边塞。　烟：烽烟，指敌人侵扰。
④ 睢州：今河南睢县。

了。〔生〕元帅差矣。

【福马郎】此时山河一半改，倚着忠良帅，速奏凯。收拾人心，招纳英才，莫将衅端开。成功业，只在将和谐。

〔副净〕虽如此说，那许定国托病不来，倒请俺入城饮酒，总是十分惧怕。俺看睢州城外，四面皆水，只有单桥小路，也是可守之邦。明日叫他让出营房，留俺歇马。他若依时便罢，若不依时，俺便夺他印牌，另委别将，却也容易。〔生摇手介〕这事万万行不得，昨日教场一骂，争端已起。自古道"强龙不压地头蛇"①，他在唇齿肘臂之间，早晚生心，如何防备。〔副净指生介〕书生之见，益发可笑。俺高杰威名盖世，便是黄、刘三镇，也拜下风。这许定国不过走狗小将，有何本领，俺倒防备起他来！〔生打恭介〕是，是，是！元帅既有高见，小生何用多言！就此辞归，竟在乡园中，打听元帅喜信罢。〔副净拱介〕但凭尊意。〔生冷笑拂袖下〕〔副净起唤介〕叫左右！〔净、丑扮二将上〕元帅呼唤，有何军令？〔副净〕你二将各领数骑，随我入城饮酒顽耍。这大营人马，不许擅动。〔净、丑〕得令。〔即下〕〔领四卒上〕〔副净〕就此前行。〔骑马绕场介〕

【划锹儿】南朝划就黄河界，东流把住白云隘②。飞鸟不能来，强弓何用买。〔合〕望荒城柳栽，上危桥板坏。按辔徐行，军容潇洒。

---

① "强龙"句：意谓外来的本领高强的人，比不过当地有势力的人。
② 白云隘：地名，在山西阳城县南，地势险要。

〔暂下〕〔外扮家将捧印牌上〕杀人不用将军印，奏凯全凭娘子军。咱乃睢州许总兵的家将，俺总爷被高杰一骂，吓得水泻不止。亏了夫人侯氏，有胆有谋，昨夜画定计策。差俺捧着牌印，前来送交，就请他进城筵宴。约定饮酒中间，放炮为号，如此如此，这般这般。倒也是条妙计，只不知天意若何，好怕人也！〔望介〕远望高杰前来，不免在桥头跪接。〔副净等唱前合上〕〔外跪接介〕〔副净问介〕你是何处差官？〔外〕小的是总兵许定国家将，叩接元帅大老爷。〔副净〕那许总兵为何不接？〔外〕许总兵卧病难起，特差小的送到牌印，就请元帅爷进城筵宴，点查兵马。〔副净〕席设何处？〔外〕设在察院公署。〔副净〕左右收了牌印。〔净、丑收介〕〔副净笑介〕妙，妙，牌印果然送到，明日安营歇马，任俺区处了。〔吩咐外介〕你便引马前行。〔外前引，唱前合，行介〕〔外跪禀介〕已到察院，请元帅爷入席。〔副净下马入坐介〕〔吩咐介〕军卒外面伺候。〔向净、丑介〕你二将不同别个，便坐下席，陪俺欢乐。〔净、丑安放牌印，叩头介〕告坐了。〔就地列坐介〕〔外斟副净酒介〕〔末、小生扮二将斟净、丑酒介〕〔又副净、净、丑身旁各立一杂摆菜介〕〔外〕请酒。〔副净怒介〕这样薄酒，拿来灌俺！〔摔杯介〕〔外急换酒介〕〔外〕请菜。〔副净怒介〕这样冷菜，如何下箸！〔摔箸介〕〔外急换菜介〕〔副净〕今日正月初十，预赏元宵，怎的花灯优人，全不预备？〔外跪禀介〕禀元帅爷：这睢州偏僻之所，没处买灯叫戏。且把衙门灯笼悬挂起来，军中鼓角吹打一通罢。〔挂灯吹打介〕〔副净向净、丑介〕我们多饮几杯。

桃花扇

【普天乐】镇河南，威风大，柳营列，星旗摆。灯筵上，灯筵上，将印兵牌。〔净、丑起奉副净酒介〕行军令，酒似官差。〔副净与净、丑猜拳介〕任哗拳叫彩，三家拇阵排①。〔外、末、小生〕这八卦图中新势，只怕鬼谷难猜②。

〔净、丑〕小的酒都有了，今日还要伺候元帅爷点查兵马哩。〔副净〕天色已晚，明日点查罢，大家再饮几杯。〔又斟酒饮介〕〔内放纸炮介〕〔杂急拿副净手，外拔刀欲杀，副净挣脱跳梁上介〕〔一杂急拿净手，末杀死净介〕〔一杂急拿丑手，小生杀死丑介〕〔闻炮声拿杀要一齐介〕〔外喊介〕高杰走脱了，快寻，快寻！〔杂点火把各处寻介〕〔外仰视介〕顶破椽瓦，想是爬房走了。〔杂又寻介〕〔外指介〕那楼脊兽头边，闪闪绰绰，似有人影。快快放箭！〔末、小生放箭介〕〔副净跳下介〕〔杂拿住副净手介〕〔外认介〕果然是老高哩！〔副净呵介〕好反贼，俺是皇帝差来防河大帅，你敢害我？〔外〕俺只认的许总爷，不认的甚么黄的黑的，快伸头来。〔副净跳介〕罢了，罢了！俺高杰有勇无谋，竟被许定国赚了。〔顿足介〕咳！悔不听侯生之言，致有今日。〔伸脖介〕取我头去。〔外指介〕老高果然是条好汉。〔割副净头，手提介〕〔唤介〕两个兄弟快捧牌印，大家回报总爷去。〔末、小生捧牌印介〕〔末〕且莫慌张，三将虽死，还有小卒在外哩。

① "任哗拳"二句：哗拳、叫彩，皆是猜拳的动作。拇阵，指饮酒猜拳，互争胜负有如战阵。
② "这八卦"二句：八卦图，诸葛亮按阴阳八卦，推演兵法，作八阵图，作战队形和兵力部署变幻莫测。鬼谷，鬼谷子，战国时楚国人，因隐于鬼谷而号称鬼谷子或鬼谷先生。

〔外〕久已杀得干净了。〔小生〕还有一件，城外大营，明日知道，必来报仇。快去回了总爷，求侯夫人妙计。〔外〕侯夫人妙计，早已领来了。今夜悄悄出城，带着高杰首级献与北朝，就引着北朝人马，连夜踏冰渡河，杀退高兵。算我们下江南第一功了。

宛马嘶风缓辔来 ①，　黄河冰上北门开。

南朝正赏春灯夜，　　让我当筵杀将才。

---

①　宛马：即西域大宛所产的良马。　嘶风：马迎风鸣叫，表示获胜。

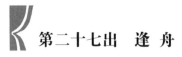

第二十七出　逢　舟

乙酉二月

【水底鱼】〔净扮苏昆生背包裹骑驴急上〕戎马纷纷，烟尘一望昏。魂惊心震，长亭连远村。〔丑扮执鞭人赶呼介〕客官慢走，你看黄河堤上，逃兵乱跑，不要被他夺了驴去。〔净不听，急走介〕〔杂扮乱兵三人迎上〕弃甲掠盾①，抱头如鼠奔。无暇笑哂，大家皆败军，大家皆败军。

〔遇净，推下河，夺驴跑下〕〔丑赶下〕〔净立水中，头顶包裹高叫介〕救人呀，救人呀！〔外扮舟子撑船，小旦扮李贞丽贫妆上〕

【前腔】流水浑浑②，风涛拍禹门；堤边浪稳，泊舟杨柳根。〔欲泊船介〕〔小旦唤介〕驾长③，你看前面浅滩中，有人喊叫。我们撑过船去，救他一命，积个阴骘如何？〔外〕黄河水溜，不是当耍的。〔小旦〕人行好事，大王爷爷自然加护的④。〔外〕是，是，待我撑过去。〔撑介〕风急水紧，舍生来救人。哀声迫窘，残生一半魂，残生一半魂。

① 掠盾：把盾牌抛弃。
② 浑浑：同"滚滚"，形容水流的样子。
③ 驾长：古时对艄公的尊称。
④ 大王爷爷：指河神。

〔近净呼介〕快快上来，合该你不死，遇着好人。〔伸篙下，净攀篙上船介〕〔作颤介〕好冷，好冷！〔外取干衣与净介〕〔小旦背立介〕〔净换衣介〕多谢驾长，是俺重生父母。〔叩介〕〔外〕不干老汉事，亏了这位娘子叫我救你的。〔净作揖起，惊认介〕你是李贞娘，为何在这船里？〔小旦惊认介〕原来是苏师父。你从何处来？〔净〕一言难尽。〔小旦〕请坐了讲。〔坐介〕〔外泊船介〕且到岸上买壶酒吃去。〔下〕

【琐窗寒】〔净〕一从你嫁朱门，锁歌楼，叠舞裙；寒风冷雪，哭杀香君。〔小旦掩泪介〕香君独住，怎生过活？〔净〕他托俺前来寻访侯郎。征人战马，侯郎无信，茫茫驿路殷勤问。〔小旦问介〕因何落水？〔净〕正在堤上行走，被乱兵夺驴，把俺推下水的。蒙救出浊流，故人今夕重近。

〔小旦〕原来如此，合该师父不死，也是奴家有缘，又得一面。〔净问介〕贞娘，你既入田府，怎得到此？〔小旦〕且取火来，替你烘干衣裳，细细告你。〔小旦取火盆上介〕〔副净扮舟子撑船，生坐船急上〕才离虎豹千林雾①，又逐鲸鲵万里波。〔呼介〕驾长，这是吕梁地了②，扯起蓬来，早赶一程，明日要起早哩。〔副净〕相公不要性急，这样风浪，如何行的。前面是泊船之所，且靠帮住一宿罢。〔生〕凭你。〔泊船介〕〔生〕惊魂稍定，不免略打个盹儿。〔卧介〕〔净烘衣，小旦旁坐谈介〕奴家命苦，如今

---

① 虎豹千林雾：指许定国、高杰的乱军。
② 吕梁：地名，在江苏铜山东南。

逢舟

又不在那田家了。想起那晚。

【前腔】匆忙扮作新人，夺藏娇，金屋春；一身宠爱，尽压钗裙。〔净〕这好的狠了。〔小旦〕谁知田仰嫡妻，十分悍妒。狮威胜虎①，蛇毒如刃。把奴揪出洞房，打个半死。〔净〕呀，呀！了不得，那田仰怎不解救？〔小旦〕田郎有气吞声忍，竟将奴赏与一个老兵。〔净〕既然转嫁，怎么在这船上？〔小旦〕此是漕标报船②，老兵上岸下文书去了。奴自坐船头，旧人来说新恨。

　　〔生一边细听介〕〔听完起坐介〕隔壁船中，两个人絮絮叨叨，谈
　　了半夜，那汉子的声音，好似苏昆生，妇人的声音，也有些相
　　熟；待我猛叫一声，看他如何？〔叫介〕苏昆生！〔净忙应介〕
　　那个唤我？〔生喜介〕竟是苏昆生。〔出见介〕〔净〕原来是侯
　　相公，正要去寻，不想这里撞着。谢天谢地，遇的恰好。〔唤介〕
　　请过船来，认认这个旧人。〔生过船介〕还有那个？〔见小旦惊
　　认介〕呀！贞娘如何到此，奇事，奇事！香君在那里？〔小旦〕
　　官人不知，自你避祸夜走，香君替你守节，不肯下楼。〔生掩泪
　　介〕〔小旦〕后来马士英差些恶仆，拿银三百，硬娶香君，送与
　　田仰。〔生惊介〕我的香君，怎的他适了！〔小旦〕嫁是不曾嫁，
　　香君惧怕，碰死在地。〔生大哭介〕我的香君，怎的碰死了！

---

①　狮威：宋陈季常妻柳氏悍妒，季常曾宴客召妓，柳氏以杖击照壁大呼，
　　客皆惊而去。苏轼有诗云："忽闻河东狮子吼，柱杖落手心茫然。"后因以
　　狮威、狮吼指悍妇发怒。
②　漕标报船：漕标传送文书情报的船。漕标，清漕运总督辖下负责催督、
　　护送漕粮的绿营兵。

〔小旦〕死是不曾死，碰的鲜血满面。那门外还声声要人，一时无奈，妾身竟替他嫁了田仰。〔生喜介〕好，好！你竟嫁与田仰了，今日坐船要往那里去？〔小旦〕就住在船上。〔生〕为何？〔小旦羞介〕〔净〕他为田仰妒妇所逐，如今转嫁这船上一位将爷了。〔生微笑介〕有这风波，可怜，可怜！〔问净介〕你怎得到此？〔净〕香君在院，日日盼你，托俺寄书来的。〔生急问介〕书在那里？

【奈子花】〔净取包介〕这封书不是笺纹，折宫纱夹在斑筠①。题诗定情，催妆分韵。〔生接扇介〕这是小生赠他的诗扇。〔净指扇介〕看桃花半边红晕，情悬！千万种语言难尽。

〔生看扇问介〕那一面是谁的桃花？〔净〕香君碰坏花容，溅血满扇，杨龙友添上梗叶，成了几笔折枝桃花。〔生细看喜介〕果然是些血点儿，龙友点缀，却也有趣。这柄桃花扇，倒是小生之宝了。〔问介〕你为何今日带来？〔净〕在下出门之时，香君说道，千愁万苦俱在扇头，就把扇儿当封书罢！故此寄来的。〔生又看，哭介〕香君，香君！叫小生怎生报你也！〔问净介〕你怎的寻着贞娘来？〔净指唱介〕

【前腔】俺呵，走长堤驴背辛勤，遇逃兵推下寒津。〔生〕呵呀！受此惊险。〔问介〕怎的不曾湿了扇儿？〔净作势介〕横流没肩，高擎书信，将兰亭保全真本②。〔生拱介〕为这把桃花扇，把性命都轻了，真可感也！

---

① “折宫纱”句：将宫纱折叠起来夹在斑竹里，即指桃花扇。宫纱，指上等的丝绸。斑筠，即斑竹，上有紫色或灰褐色的斑纹，故名。
② “将兰亭”句：兰亭真本，指晋王羲之的《兰亭集序》。宋宗室赵孟坚酷嗜古书法名画，曾得《兰亭集序》帖，归途遇风覆舟，他不顾性命，在水中高举书帖，终于保全。

〔问介〕后来怎样呢？〔净〕亏了贞娘，不怕风浪，移船救我。**思忖，从井救别人谁肯！**

〔生〕好，好！若非遇着贞娘，这黄河水溜，谁肯救人。〔小旦〕妾本无心，救他上船，才认的是苏师父。〔生〕这都是天缘凑巧处。〔净〕还不曾问候相公，因何南来？〔生〕俺自去秋随着高杰防河，不料匹夫无谋，不受谏言；被许定国赚入睢州，饮酒中间，遣人刺死。小生不能存住，买舟黄河，顺流东下。你看大路之上，纷纷乱跑，皆是败兵，叫俺有何面目，再见史公也。〔净〕既然如此，且到南京，看看香君，再作商量。〔生〕也罢，别过贞娘，趁早开船。〔小旦〕想起在旧院之时，我们一家同住；今日船中，只少一个香君，不知今生还能相见否。

【金莲子】一家人离散了，重聚在水云。言有尽，离绪百分；掌中娇养女，何日说艰辛！

〔生〕只怕有人踪迹，昆老快快换衣，就此别过罢。〔净换衣介〕〔生、净掩泪过船介〕〔净〕归计登程犹未准。〔生〕故人见面转添愁。〔副净撑船下〕〔小旦〕妾心厌倦烟花，伴着老兵度日，却也快活。不意故人重逢，又惹一天旧恨。你听涛声震耳，今夜那能成寐也。

　　悠悠萍水一番亲，　　旧恨新愁几句论。

　　漫道浮生无定着，　　黄河亦有住家人。

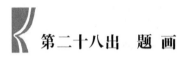

第二十八出　题　画

乙酉三月

〔小生扮山人蓝瑛上〕美人香冷绣床闲①，一院桃开独闭关。无限浓春烟雨里，南朝留得画中山。自家武林蓝瑛②，表字田叔，自幼驰声画苑。与贵筑杨龙友笔砚至交，闻他新转兵科，买舟来望，下榻这媚香楼上。此楼乃名妓香君梳妆之所，美人一去，庭院寂寥，正好点染云烟，应酬画债。不免将文房画具，整理起来。〔作洗砚、涤笔、调色、揩盏介〕没有净水怎处？〔想介〕有了，那花梢晓露，最是清洁，用他调丹濡粉，鲜秀非常。待我下楼，向后园收取。〔手持色盏暂下〕

【破齐阵】〔生新衣上〕地北天南蓬转，巫云楚雨丝牵③。巷滚杨花，墙翻燕子，认得红楼旧院。触起闲情柔如草，搅动新愁乱似烟，伤春人正眠。

小生在黄河舟中，遇着苏昆生，一路同行，心忙步急，不觉来到

---

① 绣床：女子刺绣用的架子。
② 武林：杭州的别名。
③ "地北"二句：意谓侯方域虽然到处漂泊，但一直怀念李香君。

南京。昨晚旅店一宿，天明早起，留下昆生看守行李；俺独自来寻香君，且喜已到院门之外。

【刷子序犯】只见黄莺乱啭，人踪悄悄，芳草芊芊①。粉坏楼墙，苔痕绿上花砖。应有娇羞人面，映着他桃树红妍。重来浑似阮刘仙，借东风引入洞中天。

〔作推门介〕原来双门虚掩，不免侧身潜入，看有何人在内。〔入介〕

【朱奴儿犯】呀，惊飞了满树雀喧，踏破了一墀苍藓。这泥落空堂帘半卷，受用煞双栖紫燕。闲庭院，没个人传，蹑踪儿回廊一遍，直步到小楼前。

〔上指介〕这是媚香楼了。你看寂寂寥寥，湘帘昼卷②，想是香君春眠未起。俺且不要唤他，慢慢的上了妆楼，悄立帘边。等他自己醒来，转睛一看，认得出是小生，不知如何惊喜哩！〔作上楼介〕

【普天乐】手拽起翠生生罗襟软，袖拨开绿杨线。一层层栏坏梯偏，一桩桩尘封网罥③。艳浓浓楼外春不浅，帐里人儿腼腆。〔看几介〕从几对收拾起银拨冰弦④，摆列着描春容脂箱粉盏，待做个女山人画叉乞钱⑤。

〔惊介〕怎的歌楼舞榭，改成个画院书轩？这也奇了。〔想介〕想

---

① 芊芊（qiān）：草茂盛的样子。
② 湘帘：用湘妃竹编成的帘子。
③ 尘封网罥（juàn）：布满灰尘和蛛网。罥，缠结。
④ 银拨冰弦：指琵琶。银拨，指弹拨琵琶弦线的银片。
⑤ 山人：此指靠技艺谋生的人。　画叉：挂画用的铁叉子。

是香君替我守节，不肯做那青楼旧态，故此留心丹青①，聊以消遣春愁耳。〔指介〕这是香君卧室，待我轻轻推开。〔推介〕呀！怎么封锁严密？倒像久不开的。这又奇了，难道也没个人看守。〔作背手彷徨介〕

【雁过声】萧然，美人去远，重门锁，云山万千。知情只有闲莺燕，尽着狂，尽着颠，问着他一双双不会传言。熬煎，才待转，嫩花枝靠着疏篱颤。〔下听介〕帘栊响，似有个人略喘。

〔瞧介〕待我看是谁来。〔小生持盏上楼，惊见介〕你是何人，上我寓楼？〔生〕这是俺香君妆楼，你为何寓此？〔小生〕我乃画士蓝瑛。兵科杨龙友先生送俺来寓的。〔生〕原来是蓝田老，一向久仰。〔小生问介〕台兄尊号？〔生〕小生河南侯朝宗，亦是龙友旧交。〔小生惊介〕呵呀！文名震耳，才得会面。请坐，请坐！〔坐介〕〔生〕我且问你，俺那香君那里去了？〔小生〕听说被选入宫了。〔生惊介〕怎……怎的被选入宫了！几时去的？〔小生〕这倒不知。〔生起，掩泪介〕

【倾杯序】寻遍，立东风渐午天，那一去人难见。〔瞧介〕看纸破窗棂，纱裂帘幔。裹残罗帕，戴过花钿，旧笙箫无一件。红鸳衾尽卷，翠菱花放扁，锁寒烟，好花枝不照丽人眠。

想起小生定情之日，桃花盛开，映着簇新新一座妆楼；不料美人一去，零落至此。今日小生重来，又值桃花盛开，对景触情，怎能忍住一双眼泪！〔掩泪坐介〕

① 丹青：本为绘画用的颜料，借指图画。

【玉芙蓉】春风上巳天^①，桃瓣轻如剪，正飞绵作雪，落红成霰。不免取开画扇，对着桃花赏玩一番。〔取扇看介〕溅血点作桃花扇，比着枝头分外鲜。这都是为着小生来。携上妆楼展，对遗迹宛然，为桃花结下了死生冤。

〔小生〕请教这扇上桃花，何人所画？〔生〕就是贵东杨龙友的点染。〔小生〕为何对之挥泪？〔生〕此扇乃小生与香君订盟之物。

【山桃红】那香君呵！手捧着红丝砚^②，花烛下索诗篇。〔指介〕一行行写下鸳鸯券^③。不到一月，小生避祸远去，香君闭门守志，不肯见客，惹恼了几个权贵。放一群吠神仙朱门犬。那时硬抢香君下楼，香君着急，把花容呵，似鹃血乱洒啼红怨。这柄诗扇恰在手中，竟为溅血点坏。〔小生〕可惜，可惜！〔生〕后来杨龙友添上梗叶，竟成了几笔折枝桃花。〔拍扇介〕这桃花扇在，那人阻春烟。

〔小生看介〕画的有趣，竟看不出是血迹来。〔问介〕这扇怎生又到先生手中？〔生〕香君思念小生，托他师父到处寻俺，把这桃花扇，当了一封锦字书。小生接得此扇，跋涉来访，不想香君又入宫去了。〔掩泪介〕〔末扮杨龙友冠带，从人喝道上〕台上久无秦弄玉^④，船中新到米襄阳^⑤。〔杂入报介〕兵科杨老爷来看蓝相公，门外下轿了。〔小生慌迎见介〕〔末上楼见生，揖介〕侯兄几

① 上巳：古代节日。本为农历三月上旬的巳日，魏以后，习为三月三日，不限于巳日。
② 红丝砚：产于山东益都县的名砚，以墨匣盖住，墨汁数日不干。
③ 鸳鸯券：男女定情的盟誓。
④ 秦弄玉：春秋时秦穆公之女，此喻指李香君。
⑤ 米襄阳：即北宋画家米芾，此借指蓝瑛。

时来的？〔生〕适才到此，尚未奉拜。〔末〕闻得一向在史公幕
中，又随高兵防河。昨见塘报，高杰于正月初十日，已为许定国
所杀，那时世兄在那里来？〔生〕小弟正在乡园，忽遇此变，扶
着家父逃避山中，一月有余。恐为许兵踪迹，故又买舟南来。路
遇苏昆生，持扇相访，只得连夜赴约。竟不知香君已去。〔问介〕
请问是几时去的？〔末〕正月人日被选入宫的。〔生〕到几时才
出来？〔末〕遥遥无期。〔生〕小生只得在此等他了。〔末〕此处
无可留恋，倒是别寻佳丽罢。〔生〕小生怎忍负约，但得他一信，
去也放心。

【尾犯序】望咫尺青天，那有个瑶池女使①，偷递情笺。明放着花
楼酒榭，丢做个雨井烟垣。堪怜！旧桃花刘郎又拆②，料得新吴宫
西施不愿。横揣俺天涯夫婿③，永巷日如年④。

〔末〕世兄不必愁烦，且看田叔作画罢。〔小生画介〕〔生、末坐
看介〕这是一幅桃源图？〔小生〕正是。〔末问介〕替那家画
的？〔小生〕大锦衣张瑶星先生，新修起松风阁，要裱做照屏
的。〔生赞介〕妙，妙！位置点染，别开生面，全非金陵旧派。
〔小生作画完介〕见笑，见笑！就求题咏几句，为拙画生色如
何？〔生〕不怕写坏，小生就献丑了。〔题介〕原是看花洞里人，

① 瑶池女使：神话传说居瑶池，有青鸟为其使。后多以"青鸟使""瑶池女
使"借指西王母使者。
② "旧桃花"句：意谓侯方域重寻李香君。
③ 横揣：怀念，思恋。横，强烈之意。
④ 永巷：宫中之长巷，古时宫女有罪，被幽闭于此。

重来那得便迷津。渔郎诳指空山路，留取桃源自避秦。归德侯方域题。〔末读介〕佳句。寄意深远，似有微怪小弟之意。〔生〕岂敢！〔指画介〕

【鲍老催】这流水溪堪羡，落红英千千片。抹云烟，绿树浓，青峰远。仍是春风旧境不曾变，没个人儿将咱系恋。是一座空桃源，趁着未斜阳将棹转。

〔起介〕〔末〕世兄不要埋怨，而今马、阮当道，专以报仇雪恨为事。俺虽至亲好友，不敢谏言。恰好人日设席，唤香君供唱；那香君性气，你是知道的，手指二公一场好骂。〔生〕呵呀！这番遭他毒手了。〔末〕亏了小弟在旁，十分劝解，仅仅推入雪中，吃了一惊。幸而选入内庭，暂保性命。〔向生介〕世兄既与香君有旧，亦不可在此久留。〔生〕是，是！承教了。〔同下楼行介〕

【尾声】热心肠早把冰雪咽，活冤业现摆着麒麟楦^①。〔收扇介〕俺且抱着扇上桃花闲过遣。

〔竟下介〕〔末〕我们别过蓝兄，一同出去罢。〔生〕正是忘了作别。〔作别介〕请了！〔小生先闭门下〕〔生、末同行介〕

〔生〕重到红楼意惘然，　〔末〕闲评诗画晚春天。

〔生〕美人公子飘零尽，　〔末〕一树桃花似往年。

---

① "活冤业"句：冤业，冤家。麒麟楦（xuàn），麒麟的模型，讽刺官员无才德而虚有其表。

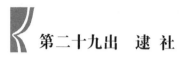

第二十九出　逮　社

乙酉三月

【凤凰阁】〔丑扮书客蔡益所上〕堂名"二酉"，万卷牙签求售①。何物充栋汗车牛②，混了书香铜臭。贾儒商秀③，怕遇着秦皇大搜。

在下金陵三山街书客蔡益所的便是④。天下书籍之富，无过俺金陵；这金陵书铺之多，无过俺三山街；这三山街书客之大，无过俺蔡益所。〔指介〕你看十三经、廿一史、九流三教、诸子百家、腐烂时文、新奇小说⑤，上下充箱盈架，高低列肆连楼⑥。不但兴南贩北，积古堆今，而且严批妙选，精刻善印。俺蔡益所既射了贸易诗书之利，又收了流传文字之功；凭他进士举人，见俺作揖

① 牙签：象牙制的图书标签。此借指书籍。
② 充栋汗车牛：形容藏书之多。
③ 贾（gǔ）儒商秀：既是儒生秀才，又是书商，这样读书与赚钱可兼得。
④ 三山街：南京街名，明代南京书坊多开设于此。
⑤ 十三经：指《易经》《诗经》《书经》等十三种儒家经典。　廿一史：指《史记》《汉书》《后汉书》等二十一部史书。　九流：指春秋战国时儒、道、阴阳、法、名、墨、纵横、杂、农等九家。　三教：指儒、道、释三教。　腐烂时文：指内容陈腐的八股文。
⑥ "上下"二句：形容书多，卖书的商铺多。充箱，即充车，喻数量多。列肆，商铺成列。肆，店铺，作坊。

拱手，好不体面！〔笑介〕今乃乙酉乡试之年，大布恩纶^①，开科取士。准了礼部尚书钱谦益的条陈，要亟正文体^②，以光新治。俺小店乃坊间首领，只得聘请几家名手，另选新篇。今日正在里边删改批评，待俺早些贴起封面来。〔贴介〕风气随名手，文章中试官^③。〔下〕〔生、净背行囊上〕

【水红花】〔生〕当年烟月满秦楼，梦悠悠，箫声非旧。人隔银汉几重秋^④，信难投，相思谁救。〔唤介〕昆老，我们千里跋涉，为赴香君之约。不料他被选入宫，音信杳然，昨晚扫兴回来。又怕有人踪迹，故此早早移寓。但不知那处僻静，可以多住几时，打听音信。等他诗题红叶，白了少年头。佳期难道此生休也罗？

〔净〕我看人情已变，朝政日非。且当道诸公，日日罗织正人，报复夙怨。不如暂避其锋，把香君消息，从容打听罢。〔生〕说的也是，但这附近州郡，别无相知；只有好友陈定生住在宜兴，吴次尾住在贵池。不免访寻故人，倒也是快事。〔行介〕

【前腔】故人多狎水边鸥^⑤，傲王侯，红尘拂袖^⑥。长安棋局不胜愁^⑦，买孤舟，南寻烟岫。〔净〕来到三山街书铺廊了，人烟稠密，趱行几

① 恩纶：皇帝的诏书。
② 亟正：急切纠正。
③ "文章"句：意谓文章若中阅卷官之意，及第便有望了。试官，即阅卷官。
④ "人隔"句：借牛郎与织女的银河相隔，表示与香君的远离。
⑤ 狎（xiá）：亲近。
⑥ 红尘拂袖：脱离繁华之所。
⑦ 长安：此指南京。　棋局：喻指政局。

步才好。〔疾走介〕妨他豺狼当道,冠带几猕猴^①。三山榛莽水狂流也罗!

〔生指介〕这是蔡益所书店,定生、次尾常来寓此,何不问他一信。〔住看介〕那廊柱上贴着新选封面,待我看来。〔读介〕"复社文开"。〔又看介〕这左边一行小字,是"壬午、癸未房墨合刊";右边是"陈定生、吴次尾两先生新选"。〔喜介〕他两人难道现寓此间不成?〔净〕待我问来。〔叫介〕掌柜的那里?〔丑上〕请了,想要买甚么书籍么?〔生〕非也。要借问一信。〔丑〕问谁?〔生〕陈定生、吴次尾两位相公来了不曾?〔丑〕现在里边,待我请他出来。〔丑下〕〔末、小生同上见介〕呀!原来是侯社兄。〔见净介〕苏昆老也来了。〔各揖介〕〔末问介〕从那来的?〔生〕从敝乡来的。〔小生问介〕几时进京?〔生〕昨日才到。

【玉芙蓉】烽烟满郡州,南北从军走。叹朝秦暮楚,三载依刘^②。归来谁念王孙瘦,重访秦淮帘下钩。徘徊久,问桃花昔游,这江乡,今年不似旧温柔。

〔问末、小生介〕两兄在此,又操选政了^③?〔末、小生〕见笑!

---

① "冠带"句:猕猴戴帽,空具人形。喻指当时朝中官员虽冠服整齐,实不称其职,犹如猕猴戴帽。
② 依刘:东汉末王粲因西京扰乱,往荆州依附刘表。后因称投靠他人作幕僚为依刘。此指侯方域投靠史可法。
③ 操选政:执掌选录文章之事。

【前腔】金陵旧选楼①，联榻同良友。对丹黄笔砚②，事业千秋。六朝衰弊今须救，文体重开韩柳欧③。传不朽，把东林尽收，才知俺中原复社附清流。

〔内唤介〕请相公们里边用茶。〔末、小生〕来了。〔让生、净入介〕〔杂扮长班持拜帖上〕我家官府阮大铖，新升兵部侍郎；特赐蟒玉④，钦命防江。今日到三山街拜客，只得先来。〔副净扮阮大铖蟒玉，骄态，坐轿，杂持伞、扇引上〕

【朱奴儿】〔副净〕排头踏青衣前走，高轩稳扇盖交抖⑤。看是何人坐上头，是当日胯下韩侯⑥。〔杂禀介〕请老爷停轿，与金都越老爷投帖⑦。〔杂投贴介〕〔副净停轿介〕吩咐左右，不必打道，尽着百姓来瞧。〔搧扇大说介〕我阮老爷今日钦赐蟒玉，大轿拜客。那班东林小人，目下奉旨搜拿，躲的影儿也没了。〔笑介〕才显出谁荣谁羞，展开俺眉头皱。

〔看书铺介〕那廊柱上帖的封面，有甚么复社字样，叫长班揭来我瞧。〔杂揭封面，送副净读介〕"复社文开。陈定生吴次尾新选。"〔怒介〕嗄！复社乃东林后起，与周镳、雷縯祚同党。朝廷

---

① 金陵旧选楼：传说为南朝梁昭明太子萧统编选《文选》之处。
② 丹黄：用以点校书籍的红、黄两种颜料。
③ "六朝"二句：六朝衰弊，指辞藻华丽、内容贫乏的文风。韩柳欧，即韩愈、柳宗元、欧阳修，为唐宋古文运动的领袖。
④ 蟒玉：蟒袍与玉带。明代皇帝常以蟒袍赐给阁臣，表示对臣下的荣宠。
⑤ "排头踏"二句：头踏，古代官吏出行时的前列仪仗。青衣，此指衙役。高轩，即高车。扇、盖皆为仪仗之一，盖，即伞。
⑥ 胯下韩侯：韩侯，即淮阴侯韩信。韩信少年时，为淮阴恶少所侮，被迫从其双胯下爬过。后佐刘邦定天下，封淮阴侯。
⑦ 金都越老爷：即金都御史越其杰。

遂社

正在拿访，还敢留他选书。这个书客也大胆之极了。快快住轿！

〔落轿介〕〔副净下轿，坐书铺吩咐介〕速传坊官①。〔杂喊介〕坊官那里？〔净扮坊官急上，跪介〕禀大老爷：传卑职有何吩咐？

【前腔】〔副净〕这书肆不将法守，通恶少复社渠首②。奉命今将逆党搜，须得你蔓引株求。〔净〕不消大老爷费心，卑职是极会拿人的。〔进入拿丑上〕犯人蔡益所拿到了。〔丑跪禀介〕小人蔡益所并未犯法。〔副净〕你刻什么《复社文开》，犯法不小。〔丑〕这是乡会房墨，每年科场要选一部的。〔副净喝介〕哇！目下访拿逆党，功令森严③，你容留他们选书，还敢口强，快快招来！〔丑〕不干小人事，相公们自己走来，现在里面选书哩！〔副净〕既在里面，用心看守，不许走脱一人。〔丑应下〕〔副净向净私语介〕访拿逆党，是镇抚司的专责，速递报单，叫他校尉拿人。传缇骑重兴狱囚④，笑杨左今番又休⑤。

〔净〕是。〔速下〕〔副净上轿介〕〔生、末、小生拉轿，喊介〕我们有何罪过，着人看守？你这位老先生，不畏天地鬼神了。〔副净微笑介〕学生并未得罪，为何动起公愤来？〔拱介〕请教诸兄尊姓台号？〔小生〕俺是吴次尾。〔末〕俺是陈定生。〔生〕俺是侯朝宗。〔副净微怒介〕哦！原来就是你们三位！今日都来认认下官。

① 坊官：管理街坊的小官。
② 渠首：贼首。
③ 功令：朝廷法令。
④ 缇骑：指锦衣卫，东西厂逮捕犯人的官役，赤衣骑马，故名。
⑤ 杨左：即杨涟与左光斗。杨涟，字文孺，号大洪，明应山人，官至左副都御史，因上疏弹劾魏忠贤，下狱被拷掠至死。左光斗，字遗直，号浮左，明桐城人，官至佥御史，因疏陈魏忠贤之罪，与杨涟同被诬陷下狱，受酷刑而死。

【剔银灯】堂堂貌须长似帚，昂昂气胸高如斗。〔向小生介〕那丁祭之时，怎见的阮光禄难司笾和豆。〔向末介〕那借戏之时，为甚把《燕子笺》弄俺当场丑。〔向生介〕堪羞！妆奁代凑，倒惹你裙钗乱丢。

〔生〕你就是阮胡子，今日报仇来了。〔末、小生〕好，好，好！大家扯他到朝门外，讲讲他的素行去。〔副净佯笑介〕不要忙，有你讲的哩。〔指介〕你看那来的何人？〔副净坐轿下〕〔杂扮白靴四校尉上〕〔乱叫介〕那是蔡益所？〔丑〕在下便是，问俺怎的？〔杂〕俺们是驾上来的，快快领着拿人。〔丑〕要拿那个？〔杂〕拿陈、吴、侯三个秀才。〔生〕不要拿。我们都在这边哩，有话说来。〔杂〕请到衙门里说去罢！〔竟丢锁套三人下〕〔丑吊场介〕这是那里的帐。〔唤介〕苏兄快来！〔净扮苏昆生上〕怎么样的了？〔丑〕了不得，了不得！选书的两位相公拿去罢了，连侯相公也拿去了。〔净〕有这等事！

【前腔】〔合〕凶凶的缧绁在手①，忙忙的捉人飞走。小复社没个东林救，新马阮接着崔田后。堪忧！昏君乱相，为别人公报私仇。

〔净〕我们跟去，打听一个真信，好设法救他。〔丑〕正是。看他安放何处，俺好早晚送饭。

〔丑〕朝市纷纷报怨仇，〔净〕乾坤付与杞人忧。

〔丑〕仓皇谁救焚书祸，〔净〕只有宁南一左侯。

---

① 缧绁（léi xiè）：捆罪犯的绳索。

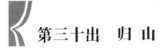

第三十出 归 山

乙酉三月

【粉蝶儿】〔外白髯扮张薇冠带上〕何处家山，回首上林春老①，秣陵城烟雨萧条。叹中兴，新霸业，一声长啸。旧宫袍，衬着懒散衰貌。

　　下官张薇，表字瑶星，原任北京锦衣卫仪正之职②。避乱南来，又遇新主中兴，录俺世勋③，仍补旧缺。不料权奸当道，朝局日非，新于城南修起三间松风阁，不日要投闲归老。只因有逆案两人，乃礼部主事周镳，按察副使雷缜祚，马、阮挟仇，必欲置之死地。下官深知其冤，只是无法可救，中夜踌躇，故此去志未决。

【尾犯序】党祸起新朝，正士寒心，连袂高蹈④。俺有何求，为他人操刀。急逃！盖了座松风草阁，等着俺白云啸傲。只因这沉冤未解梦空劳。

---

① 上林春老：喻指南明朝廷的衰落。上林，汉宫苑名，后泛指帝王的宫苑。春老，衰败萧条。
② 仪正：官职名。锦衣卫属官，掌刑狱之事。
③ 录俺世勋：因父亲之功勋，被授予官职。张薇之父张可大，明末任登莱总兵官，毛文龙叛变时，被杀殉国。张薇因其父之功而授锦衣卫千户官。
④ 连袂高蹈：相继隐居避世。

〔副净扮家僮上，禀介〕禀老爷：镇抚司冯可宗拿到逆党三名，
候老爷升厅发放。〔杂扮校尉四人，持刑具罗列介〕〔外升厅介〕
〔净扮解役投文，押生、末、小生带锁上〕〔跪介〕〔外看文问介〕
据坊官报单，说尔等结社朋谋，替周镳、雷缜祚行贿打点，因而
该司捕解。快快从实招来，免受刑拷！

【前腔】〔末、小生〕难招！笔砚本吾曹，复社青衿，评选文稿。
无罪而杀，是坑儒根苗。〔生〕休拷！俺来此携琴访友，并不曾
流连夜晓。无端的池鱼堂燕一时烧①。

〔外〕据尔所供，一无实迹，难道本衙门诬良为盗不成！〔拍惊
堂介〕叫左右：预备刑具，叫他逐个招来。〔末前跪介〕老大人
不必动怒。犯生陈贞慧，直隶宜兴人，不合在蔡益所书坊选书，
并无别情。〔小生前跪介〕犯生吴应箕，直隶贵池人，不合与陈
贞慧同事，并无别情。〔外向净介〕既在蔡益所书坊，结社朋谋，
行贿打点，彼必知情。为何竟不拿到？〔投签与净介〕速拿蔡益
所质审。〔净应下〕〔生前跪介〕犯生侯方域，河南归德府人，游
学到京，与陈贞慧、吴应箕文字旧交。才来拜望，一同拿来了。
并无别情。〔外想介〕前蓝田叔所画桃源图，有归德侯方域题句。
〔转问介〕你是侯方域么？〔生〕犯生便是。〔外拱介〕失敬了！
前所题桃源图，大有见解，领教，领教！〔吩咐介〕这事与你
无干，请一边候。〔生〕多谢超豁了②。〔一边坐介〕〔净持签上〕

① "无端"句：比喻无辜受牵连而遭祸害。
② 超豁：开脱罪名，免于惩处。

〔禀介〕禀老爷：蔡益所店门关闭，逃走无踪了。〔外〕朋谋打点，全无证据，如何审拟？〔寻思介〕〔副净持书送上介〕王、钱二位老爷有公书。〔外看介〕原来是内阁王觉斯，大宗伯钱牧斋，两位老先生公书。待俺看来！〔开书背看，点头介〕说的有理，竟不知陈、吴二犯，就是复社领袖。

【红衲袄】一个是定生兄，艺苑豪；一个是主骚坛，吴次老。为甚的冶长无罪拘皋陶①，俺怎肯祸兴党锢推又敲！大锦衣，权自操；黑狱中，白日照。莫教名士清流贾祸含冤也，把中兴文运凋。

〔转拱介〕陈、吴两兄，方才得罪了。〔问介〕王觉斯、钱牧斋二位老先生，一向交好么？〔末、小生〕并无相与。〔外〕为何发书，极道两兄文名，嘱俺开释？〔末、小生〕想出二公主持公道之意。〔外〕是，是。下官虽系武职，颇读诗书，岂肯杀人媚人？〔吩咐介〕这事冤屈，请一边候；待俺批回该司，速行释放便了。〔批介〕〔末、小生一边坐介〕〔副净持朝报送上介〕禀老爷：今日科抄有要紧旨意②，请老爷过目。〔外看报介〕"内阁大学士马一本，为速诛叛党，以靖邪谋事。犯官周镳、雷缜祚，私通潞藩，叛迹显然；乞早正法，晓示臣民等语。奉旨周镳、雷缜祚，着监候处决。又兵部侍郎阮一本，为捕灭社党，廓清皇图事③。照

---

① 冶长：即公冶长，孔子弟子，曾受诬陷而入狱。 拘皋陶：为皋陶所拘，指被捕入狱。皋陶，虞舜时狱官。
② 科抄：即朝报。
③ 廓清：肃清。 皇图：皇帝统治的版图。

得东林老奸，如蝗蔽日；复社小丑，似蝻出田①。蝗为现在之灾，捕之欲尽；蝻为将来之患，灭之勿迟。臣编有《蝗蝻录》，可按籍而收也等语。奉旨这东林社党，着严行捕获，审拟具奏；该衙门知道！"〔外惊介〕不料马、阮二人，又有这番举动，从此正人君子无孑遗矣②。

【前腔】俺正要省约法，画狱牢③；那知他铸刑书，加炮烙④。莫不是清流欲向浊流抛⑤？莫不是党碑又刻元祐号⑥？这法网，人怎逃？这威令，谁敢拗？眼见复社东林尽入囹圄也，试新刑，搜尔曹。

〔向生等介〕下官怜尔无辜，正思开释。忽然奉此严旨，不但周、雷二公定了死案；从此东林、复社，那有漏网之人！〔生等跪求介〕尚望大人超豁。〔外〕俺若放了诸兄，倘被别人拿获，再无生理，且不要忙。〔批介〕据送三犯，朋谋打点，俱无实迹。俟拿到蔡益所之日，审明拟罪可也。〔向生等介〕那镇抚司冯可宗，虽系功名之徒，却也良心未丧，待俺写书与他。〔写介〕老夫待

---

① 蝻：小蝗虫。
② 无孑遗：没有残留。
③ "俺正要"二句：意谓减轻刑罚，施行仁政。
④ "那知"二句：意谓施以酷刑。
⑤ "清流"句：清流，清澈的流水，借指志节清高的士大夫。唐哀帝时，裴枢等七人赐死于白马驿，李振谓梁王朱全忠曰："此辈尝自言清流，可投之河，使为浊流也。"
⑥ "党碑"句：元祐，宋哲宗年号。宋徽宗时，蔡京专权，贬斥杀戮元祐时执政大臣，指司马光等为奸党，于端礼门立党人碑，上刻司马光等三百多人名字，并其罪状。

罪锦衣，多历年所，门户党援，何代无之。总之君子、小人，互
为盛衰，事久则变，势极必反。我辈职司风纪，不可随时偏倚，
代人操刀。天道好还，公论不泯，慎勿自贻后悔也。〔拱介〕诸
兄暂屈狱中，自有昭雪之日。〔净、杂押生等俱下〕〔外退堂介〕
俺张薇原是先帝旧臣，国破家亡，已绝功名之念，为何今日出来
助纣为虐？自古道："知几不俟终日①。"看这光景，尚容踌躇再
计乎？〔唤介〕家僮快牵马来，我要到松风阁养病去了。〔副净
牵马上〕坐马在此。〔外上马，副净随行介〕

【解三醒】〔外〕好趁着晴春晚照，满路上絮舞花飘。遥望见城
南苍翠山色好，把红尘客梦全消。且喜已到松风阁，这是俺的世外桃
源。不免下马登楼，趁早料理起来。〔下马登楼介〕清泉白石人稀到，一
阵松风响似涛。〔唤介〕叫园丁：撑开门窗，拂净栏槛，俺好从容眺望。〔杂
扮园丁收拾介〕燕泥沾落絮，蛛网冒飞花。禀老爷：收拾干净了。〔下〕〔外窥窗
介〕你看松阴低户，沁的人心骨皆凉。此处好安吟榻。〔又凭栏介〕你看春水盈
池，照的人须眉皆碧。此处好支茶灶。〔忽笑介〕来的慌了，冠带袍靴全未脱却；
如此打扮，岂是桃源中人！可笑，可笑！〔唤介〕家僮开了竹箱，把我买下的
箬笠、芒鞋、萝绦、鹤氅，替俺换了。〔换衣带介〕堪投老，才修完三间草
阁，便解宫袍。

〔净扮校尉锁丑牵上〕松间批驾帖②，竹里验公文。方才拿住蔡益
所，闻得张老爷来此养病，只得赶来销签。〔叫介〕门上大叔那

---

① 知几不俟终日：意谓当看到事情的一些征兆时，不能等待，应立即行动。
知几，预知事情之几微。
② 驾帖：明代锦衣卫捕人时所持的帖子。

归
山

里？〔副净出问介〕来禀何事，如此紧急？〔净〕禀老爷：拿
到蔡益所了，特来销签。〔缴签介〕〔副净上楼，禀介〕衙门校
尉带着蔡益所回话。〔外惊介〕拿了蔡益所，他三人如何开交！
〔想介〕有了，叫校尉楼下伺候，听俺吩咐。〔副净传净跪楼下介〕
〔外吩咐介〕这件机密重案，不可丝毫泄漏；暂将蔡益所羁候园
中，待我回衙，细细审问。〔净〕是。〔将丑拴树介〕〔净欲下介〕
〔外〕转来，园中窄狭，把这匹官马，牵回喂养；我的冠带袍靴，
你也顺便带去。我还要多住几时，不许擅来啰唝。〔净应下〕〔外
跌足介〕坏了，坏了！衙役走入花丛，犯人锁在松树，还成一
个什么桃源哩！不如下楼去罢！〔下楼见丑介〕果是蔡益所哩！
〔丑跪介〕犯人与老爷曾有一面之识。〔外〕虽系旧交，你容留复
社，犯罪不轻。〔丑叩头介〕是。〔外〕你店中书籍，大半出于复
社之手，件件是你的赃证。〔丑叩头介〕只求老爷超生。〔外〕你
肯舍了家财，才能保得性命。〔丑〕犯人情愿离家。〔外喜介〕这
等就有救矣。〔唤介〕家童与他开了锁头。〔副净开丑介〕〔外〕
你既肯离家，何不随我住山。〔丑〕老爷若肯携带，小人就有命
了。〔外指介〕你看东北一带，云白山青，都是绝妙的所在。〔唤
介〕家童好生看门，我同蔡益所瞧瞧就来。〔副净应下〕〔丑随外
行介〕〔外指介〕我们今夜定要宿在那苍苍翠翠之中。〔丑〕老爷
要去看山，须差人早安公馆。那山寺荒凉，如何住宿？〔外〕你
怎晓得，舍了那顶破纱帽，何处岩穴着不的这个穷道人。〔丑背
介〕这是那里说起？〔外〕不要迟疑，一直走去便了。

【前腔】眼望着白云缥缈，顾不得石径迢遥。渐渐的松林日落空

197

山杳，但相逢几个渔樵。翠微深处人家少，万岭千峰路一条。开怀抱，_{尽着俺}山游寺宿，不问何朝。

　　　　境隔仙凡几树桃，　才知容易谢尘嚣^①。

　　　　清晨检点白云署，　行到深山日尚高。

---

① 谢尘嚣：离开喧嚣繁杂之地。

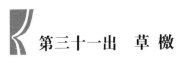

第三十一出　草檄

乙酉三月

〔净扮苏昆生上〕万历年间一小童，崇祯朝代半衰翁。曾逢天启乾恩荫，又见弘光嗣厂公①。我苏昆生，睁着五旬老眼，看了四代时人，故此做这几句口号。你说那两位嗣厂公，有天没日，要把正人君子，捕灭尽绝。可怜俺侯公子，做了个法头例首②。我老苏与他同乡同客，只得远来湖广，求救于宁南左侯。谁想一住三日，无门可入。今日江上大操，看他兵马过处，鸡犬无声，好不肃静。等他回营，少不的寻个法儿，见他一面。〔唤介〕店家那里？〔副净扮店主上〕黄鹤楼头仙客少，白云市上酒家多。客官有何话说？〔净〕请问元帅左爷爷，待好回营么？〔副净〕早哩，早哩！三十万人马，每日操到掌灯；况今日又留督抚袁老爷，巡按黄老爷，在教场饮酒，怎得便回。〔净〕既是这等，替

① "曾逢"二句：天启，明熹宗年号。乾恩荫，指魏忠贤的干儿义子所得到的恩荫。恩荫，皇帝赐官员子弟以官职。嗣厂公，指阉党余孽马士英、阮大铖等，此指阉党余孽马士英、阮大铖等。厂公，因魏忠贤掌管东厂，故当时被尊称为厂公。
② 法头例首：指最先触犯法律条文而受到惩处的人。

我打壶酒来，慢慢的吃着等他罢。〔副净取酒上〕等他做甚。吃杯酒，早些安歇罢。〔净〕俺并不张看，你放心闭门便了。〔副净下〕〔净望介〕你看一轮明月，早出东山，正当春江花月夜，只是兴会不佳耳。〔坐斟酒饮介〕对此杯中物，勉强唱只曲儿，解闷则个。〔自敲鼓板唱介〕

【念奴娇序】① 长空万里，见婵娟可爱，全无一点纤凝。十二阑干光满处，凉浸珠箔银屏。偏称，身在瑶台，笑斟玉斝②，人生几见此佳景。惟愿取年年此夜，人月双清。

〔自斟饮介〕这样好曲子，除了阮圆海却也没人赏鉴。罢了，罢了！宁可埋之浮尘，不可投诸匪类③。〔又饮介〕这时候也待好回营了，待俺细细唱起来。他若听得，不问便罢，倘来问俺，倒是个机会哩。〔又敲鼓板唱介〕

【前腔】孤影，南枝乍冷，见乌鹊缥缈，惊飞栖止不定。〔副净上怨介〕客官安歇罢，万一元帅听得，连累小店，倒不是耍的。〔净唱介〕万叠苍山，何处是修竹吾庐三径④。〔副净拉净睡介〕〔净〕不妨事的。俺是元帅乡亲，巴不得叫他知道，才好请俺进府哩！〔副净〕既是这等，凭你，凭你！〔下〕〔净又唱介〕追省，丹桂谁攀，姮娥独住，故人千里漫同情。惟愿取年年此夜，人月双清。

① 此【念奴娇序】及后【前腔】三曲，出自元代高明《琵琶记·中秋望月》。
② 玉斝（jiǎ）：玉制的酒杯。
③ 投诸匪类：即将它送给不与自己同类的人。
④ 三径：晋陶渊明《归去来辞》："三径就荒，松菊犹存。"后常用以借称故园。

〔杂扮小卒数人，背弓、矢、盔、甲走过介〕〔净听介〕外边马蹄
乱响，想是回营了，不免再唱一曲。〔又敲鼓板唱介〕

【前腔】光莹，我欲吹断玉箫，骖鸾归去^①，不知何处冷瑶京。
〔杂扮小军四人旗帜前导介〕〔净听介〕喝道之声，渐渐近来，索性大唱一唱。环
佩湿，似月下归来飞琼。〔小生扮左良玉，外扮袁继咸，末扮黄澍冠带骑
马上〕朝中新政教歌舞，江上残军试鼓鼙。〔外听介〕咦！将军，贵镇也教起歌
舞来了。〔小生〕军令严肃，民间谁敢！〔末指介〕果然有人唱曲。〔小生立听
介〕〔净大唱介〕那更，香雾云鬟，清辉玉臂，广寒仙子也堪并。
惟愿取年年此夜，人月双清。

〔小生怒介〕目下戒严之时，不遵军法，半夜唱曲。快快锁拿！
〔杂打下门，拿出净，跪马前介〕〔小生问介〕方才唱曲，就是你
么？〔净〕是。〔小生〕军令严肃，你敢如此大胆！〔净〕无可
奈何，冒死唱曲，只求老爷饶恕。〔外〕听他所说，像是醉话。
〔末〕唱的曲子，倒是绝调。〔小生〕这人形迹可疑，带入帅府，
细细审问。〔带净行介〕

【窣地锦裆】〔合〕操江夜入武昌门^②，鸡犬寂寥似野村。三更忽
遇击筑人，无故悲歌必有因。

〔作到府介〕〔小生让外、末介〕就请下榻荒署，共议军情。
〔外、末〕怎好搅扰。〔同入坐介〕〔外〕方才唱曲之人，倒要早

① 骖鸾：仙人驾鸾鸟。
② 操江：本为官职名，即提督操江，简称操江，掌管江防。此另含有江上
操练之意。

桃花扇

早发放。〔小生〕正是。〔吩咐介〕带过那个唱曲的来。〔杂带净跪介〕〔小生问介〕你把犯法情由，从实说来。〔净〕小人来自南京，特投元帅；因无门可入，故意犯法，求见元帅之面的。〔小生〕咄！该死奴才，还不实说！〔末〕不必动怒。叫他说，要见元帅，有何缘故？

【锁南枝】〔净〕京中事，似雾昏，朝朝报仇搜党人。现将公子侯郎，拿向囹圄困。望旧交，怀旧恩，替新朝，削新忿。

〔小生〕那侯公子，是俺世交，既来求救，必有手书。取出我瞧。〔净叩头介〕那日阮大铖亲领校尉，立拿送狱，那里写得及书。〔外〕凭你口说，如何信得。〔小生想介〕有了，俺幕中有侯公子一个旧人，烦他一认，便知真假。〔吩咐介〕请柳相公出来。〔杂应介〕〔丑扮柳敬亭上〕肉朋酒友，问俺老柳。待俺认来。〔点烛认介〕呀！原来是苏昆生，我的盟弟。〔各掩泪介〕〔小生〕果然认的么？〔丑〕他是河南苏昆生，天下第一个唱曲的名手，谁不认的！〔小生喜介〕竟不知唱曲之人，倒是一个义士。〔拉起介〕请坐，请坐。〔净各揖坐介〕〔丑〕你且说侯公子为何下狱？

【前腔】〔净〕为他是东林党，复社群，曾将魏崔门户分。小阮思报前仇，老马没分寸。三山街，缇骑狠①，骤飞来，似鹰隼。

把侯相公拿入狱内，音信不通，俺没奈何，冒死求救。幸亏将军不杀，又得遇着柳兄。〔揖介〕只求长兄恳央元帅，早发救书，也不枉俺一番远来。〔小生气介〕袁、黄二位盟弟，你看朝事如

① 缇骑：此指抓犯人的差役。

202

此，可不恨死人也！〔外〕不特此也。闻得旧妃童氏^①，跋涉寻来，马、阮不令收认；另藏私人，预备采选，要图椒房之亲，岂不可杀！〔末〕还有一件，崇祯太子^②，七载储君，讲官大臣，确有证据，今欲付之幽囚。人人共愤，皆思寸磔马、阮^③，以谢先帝。〔小生大怒介〕我辈戮力疆场，只为报效朝廷。不料信用奸党，杀害正人，日日卖官鬻爵，演舞教歌，一代中兴之君，行的总是亡国之政。只有一个史阁部，颇有忠心，被马、阮内里掣肘，却也依样葫芦。剩俺单身只手，怎去恢复中原？〔跌足介〕罢，罢，罢！俺没奈何，竟做要君之臣了^④。〔揖外介〕临侯替俺修起参本。〔外〕怎么样写？〔小生〕你只痛数马、阮之罪便了。〔外〕领教！〔丑送纸笔，外写介〕

【前腔】朝廷上，用逆臣，公然弃妃囚嗣君。报仇翻案纷纷，正士皆逃遁。寻冶容，教艳品^⑤，卖官爵，笔难尽。

〔外写完介〕〔小生〕还要一道檄文，借重仲霖起稿罢。〔揖介〕〔末〕也是这样做么？〔小生〕你说俺要发兵进讨，叫他死无噍类^⑥。〔丑〕该，该！〔小生〕你前日劝俺不可前进，今日为何又

---

① 旧妃童氏：福王继妃，福王继位后，刘良佐、越其杰等将她送到南京，福王不认，交锦衣卫严刑拷讯至死。
② 崇祯太子：福王在南京即位后，有自称为崇祯太子者从北方来见，福王将他交锦衣卫拷问，自供是假太子，原名王之明。而左良玉等皆以其为真太子，抗疏为太子讼冤。
③ 寸磔（zhé）：凌迟处死，古代的一种酷刑。
④ 要君：以武力要挟君主。
⑤ 冶容、艳品：皆指美女。
⑥ 死无噍（jiào）类：即斩尽杀绝。噍类，活人。

来赞成？〔丑〕如今是弘光皇帝了，彼一时也，此一时也。〔小生〕是，是！俺左良玉乃先帝老将，先帝现有太子，是俺小主。那马、阮擅立弘光之时，俺远在边方，原未奉诏的。〔末〕待俺做来。〔丑送纸笔，末写介〕

【前腔】清君侧①，走檄文，雄兵义旗遮路尘。一霎飞渡金陵，直抵凤凰门。朝帝宫，谒孝寝②，搜黄阁，试白刃。

〔末写完介〕〔小生〕就列起名来。〔外〕这样大事，还该请到新巡抚何腾蛟③，求他列名。〔小生〕他为人固执，不必相闻，竟写上他罢了。〔外、末列名介〕〔小生〕今夜誊写停当，明早飞递投送，俺随后也就发兵了。〔外〕只怕递铺误事④。〔小生〕为何？〔外〕京中匿名文书，纷纷雨集；马、阮每早令人搜寻，随得随烧，并不过目。〔小生〕如此只得差人了。〔末〕也使不得。闻得马、阮密令安庆将军杜弘域，筑起坂矶⑤，久有防备我兵之意。此檄一到，岂肯干休！那差去之人，便死多活少了。〔小生〕这等怎处？〔丑〕倒是老汉去走走罢。〔外、末惊介〕这位柳先生，竟是荆轲之流，我辈当以白衣冠送之。〔丑〕这条老命甚么希罕，只要办的元帅事来。〔小生大喜介〕有这等忠义之人，俺左昆山要下拜了。〔唤介〕左右取一杯酒来。〔杂取酒上，小生跪奉丑酒

---

① 清君侧：肃清君主身边的奸臣。
② 孝寝：即明孝陵。
③ 何腾蛟（1592—1649）：字云从，明贵州黎平卫人。清兵入关后，佐南明永历帝抗清，兵败被俘而死。
④ 递铺：即驿站。
⑤ 坂矶：地名，即板子矶。是长江的要害之处。

介〕请尽此杯。〔丑跪饮干介〕〔众拜丑，丑答拜介〕

【前腔】擎杯酒，拭泪痕，荆卿短歌声自吞。夜半携手叮咛，满座各消魂。何日归，无处问，夜月低，春风紧。

〔各掩泪介〕〔丑向净介〕借重贤弟，暂陪元帅，俺就束装东去了。〔净〕只愿救取公子，早早出狱，那时再与老哥相见罢。

〔俱作别介〕〔丑先下〕〔小生〕义士，义士！〔外、末〕壮哉，壮哉！

渺渺烟波夜气昏，　一樽酒尽客消魂。

从来壮士无还日，　眼看长江下海门。

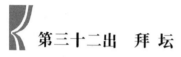

第三十二出　拜坛

乙酉三月

【吴小四】〔副末扮赞礼郎冠带白须上〕眼看他，命运差，河北新房一半塌①。承继个儿郎贪戏耍，不报冤仇不挣家②。窝里财，奴乱抓③。

在下是太常寺一个老赞礼，住在神乐观旁，专管庙陵祭享之事。那知天翻地覆，立了这位新爷，把俺南京重新兴旺起来。今岁乙酉，改历建号之年，家家庆贺。我老汉三杯入肚，只唱这个随心令儿。旁人劝我道："各人自扫门前雪，莫管他家瓦上霜。"我回言道："大风吹倒梧桐树，也要旁人话短长。"〔唤介〕孩子们，今日是三月十几日？〔内〕三月十九日了。〔副末〕呵呀！三月十九日，乃崇祯皇帝忌辰。奉旨在太平门外设坛祭祀，派着我当执事的，怎么就忘了！快走，快走！〔走介〕冈冈峦峦，接接连连，竹竹松松，密密丛丛。不觉已到坛前，且喜百官未到，待俺

---

① "河北"句：比喻北方已落入清军之手。
② "承继"二句：喻指弘光皇帝沉迷声色，不知振兴朝廷，报仇雪恨。
③ "窝里财"二句：喻指马士英、阮大铖等争权夺利。

趁早铺设起来。〔作排案，供香、花、烛、酒介〕

【普天乐】〔净扮马士英，末扮杨文骢，素服从人上〕旧江山，新图画，暮春烟景人潇洒。出城市，遍野桑麻；哭甚么旧主升遐，告了个游春假。〔外扮史可法素服上〕这才去野哭江边奠杯斝，挥不尽血泪盈把。年时此日，问苍天，遭的甚么花甲^①！

　　〔相见各揖介〕〔净〕今日乃思宗烈皇帝升遐之辰，礼当设坛祭拜。〔末〕正是。〔外问介〕文武百官到齐不曾？〔副末〕俱已到齐了。〔净〕就此行礼。〔副末赞礼，杂扮执事官捧帛、爵介〕〔赞〕执事官各司其事，陪祀官就位，代献官就位。〔各官俱照班排立介〕〔赞〕瘗毛血^②。迎神，参神，伏俯、兴，伏俯、兴，伏俯、兴，伏俯、兴。平身。〔各行礼完，立介〕〔赞〕行奠帛礼，升坛。〔净秉笏至神位前介〕〔赞〕搢笏^③，献帛，奠帛。〔净跪奠帛叩介〕〔赞〕平身，出笏，诣读祝位，跪。〔净跪介〕〔赞〕读祝。〔副末跪读介〕维岁次乙酉年，三月十九日，皇从弟嗣皇帝由崧，谨昭告于思宗烈皇帝曰：仰惟文德克承，武功载缵^④，御极十有七年^⑤，皇纲不振，大宇中倾，皇帝殉社稷，皇后太子俱死君父之难。弟愚不才，忝颜偷生^⑥，俯顺臣民之请，正位南都，权为宗庙神人主。恸一人之升遐，惩百僚之怠傲，努力庙谟，惴惴忧

① 花甲：年岁。
② 瘗（yì）：掩埋。
③ 搢笏（jìn hù）：将笏插在腰带上。
④ "文德"二句：意谓文德与武功都能够继承先帝。
⑤ 御极：即登极，帝王即位。
⑥ 忝颜偷生：即忍辱苟活。

207

惧，枕戈饮泣，誓复中原。今值宾天忌辰①，敬设坛壝②，遣官代祭。鉴兹追慕之诚，歆此蘋蘩之献③。尚飨④！〔赞〕举哀。〔各官哭三声介〕〔赞〕哀止，伏俯、兴，复位。〔净转下介〕〔赞〕行初献礼，升坛。〔净至神位前介〕〔赞〕搢笏，献爵，奠爵。〔净跪奠爵，叩介〕〔赞〕平身，出笏，复位。〔赞〕〔行亚献终，献礼，同。〕〔赞〕彻馔，送神，伏俯、兴。〔四拜同〕〔各官依赞拜完，立介〕〔赞〕读祝官捧祝，进帛官捧帛，各诣瘗位。〔各官立介〕〔赞〕望瘗。〔杂焚祝帛介〕〔赞〕礼毕。〔外独大哭介〕

【朝天子】万里黄风吹漠沙，何处招魂魄！想翠华⑤，守枯煤山几枝花，对晚鸦，江南一半残霞。是当年旧家，孤臣哭拜天涯，似村翁岁腊⑥，似村翁岁腊。

〔副末〕老爷们哭的不恸，俺老赞礼忍不住要大哭一场了。〔大哭一场下〕〔副净扮阮大铖素服大叫上〕我的先帝呀，我的先帝呀！今日是你周年忌辰，俺旧臣阮大铖起来哭临了。〔拭眼问介〕祭过不曾？〔净〕方才礼毕。〔副净至坛前，急四拜，哭白介〕先帝，先帝！你国破身亡，总吃亏了一伙东林小人。如今都散了。剩下我们几个忠臣，今日还想着来哭你，你为何至死不悟呀！〔又哭介〕〔净拉介〕圆老，不必过哀，起来作揖罢。〔副净

① 宾天：即升天，特指皇帝去世。
② 坛壝（wéi）：祭祀场所。坛，土筑的祭坛。壝，坛周围的矮土墙。
③ 歆：指鬼神享受祭品。　蘋蘩：浮萍与白蒿，古时以为祭品。
④ 尚飨：尚，希望。飨，享用。古时祭文常用此二字作结。
⑤ 翠华：古时天子之旗，以翠羽为饰。常借指天子，此指崇祯皇帝。
⑥ 岁腊：岁末祭祀祖先。

拭眼，各见介〕〔外背介〕可笑，可笑！〔作别介〕请了！烟尘
三里路，魑魅一班人。〔下〕〔净〕我们皆是进城的，就并马同行
罢。〔作更衣上马行介〕

【普天乐】〔合〕奠琼浆，哭坛下，失声相向谁真假。千官散，
一路喧哗，好趁着景美天佳，闲讲些兴亡话。咏归去，恰似
春风浴沂罢 ①，何须问江北戎马。南朝旧例尽风流，只愁春色
无价。

〔杂喝道介〕〔净〕已到鸡鹅巷，离小寓不远，请过荒园同看牡丹
何如？〔末〕小弟还要拜客，就此作别了。〔末别下〕〔副净〕待
晚生趋陪罢。〔作到，下马介〕〔净〕请进。〔副净〕晚生随行。
〔净前副净后，入园介〕〔副净〕果然好花。〔净吩咐介〕速摆酒
席，我们赏花。〔杂摆席介〕〔净、副净更衣坐饮介〕〔净大笑介〕
今日结了崇祯旧局，明日恭请圣上临御正殿，我们"一朝天子一
朝臣"了。〔副净〕连日在江上，不知朝中有何新政？〔净〕目
下假太子王之明，正在这里商量发放。圆老有何高见？〔副净〕
这事明白易处。〔净〕怎么易处？〔副净〕老师相权压中外者，
只因推戴二字。〔净〕是，是！〔副净〕既因推戴二字，

【朝天子】若认储君真不差，把俺迎来主，放那搭。〔净〕是，
是！就着监禁起来，不要惑乱人心。〔问介〕还有旧妃童氏，哭诉朝门，要求迎
为正后。这何以处之？〔副净〕这益发使不得。自古道，君王爱馆娃。系

---

①　"咏归"二句：《论语·先进》记曾皙曰："浴乎沂，风乎舞雩，咏而归。"
　　此马、阮借以表达自己悠闲的心境。

臂纱①，先须采选来家，替椒房作伐。〔净〕是，是！俺已采选定了，这个童氏，自然不许进宫的。〔又问介〕那些东林复社，捕拿到京，如何审问？〔副净〕这班人天生是我们冤对，岂可容情！切莫剪草留芽，但搜来尽杀，但搜来尽杀。

〔净大笑介〕有理，有理！老成见到之言，句句合着鄙意。拿大杯来，欢饮三杯。〔杂扮长班持本急上，禀介〕宁南侯左良玉有本章一道，封投通政司②。这是内阁揭帖，送来过目。〔净接介〕他有什么好本！〔看本，怒介〕呀，呀！了不得，就是参咱们的疏稿。这疏内数出咱七大罪，叫圣上立赐处分，好恨人也！〔杂又持文书急上〕还有公文一道，差人赍来的。〔净接看，惊介〕又是讨俺的一道檄文，文中骂的着实不堪；还要发兵前来，取咱的首级。这却怎么？〔副净惊起，乱抖介〕怕人，怕人！别的有法，这却没法了。〔净〕难道长伸脖颈，等他来割不成？〔副净〕待俺想来。〔想介〕没有别法，除是调取黄、刘三镇，早去堵截。〔净〕倘若北兵渡河，叫谁迎敌？〔副净向净耳介〕北兵一到，还要迎敌么？〔净〕不迎敌，更有何法？〔副净〕只有两法。〔净〕请教！〔副净作抠衣介〕跑。〔又作跪地介〕降。〔净〕说的也是。大丈夫烈烈轰轰，宁可叩北兵之马，不可试南贼之刀。吾主意已决，即发兵符，调取三镇便了。〔想介〕且住，调之无名，三镇未必肯去。这却怎处？〔副净〕只说左兵东来，

①　系臂纱：晋武帝选良家女子，以充内职，凡有姿色者，皆用绛纱系其臂。
②　通政司：明代官署名。掌管内外奏章和臣民申诉之事。

要立潞王监国，三镇自然着忙的。〔净〕是，是！就烦圆老亲去一遭。

【普天乐】〔合〕发兵符，乘飞马，过江速劝黄、刘驾。舟同济，舵又同拿，才保得性命身家。非是俺魂惊怕，怎当得百万精兵从空下，顷刻把城阙攻打？全凭铁锁断长江，拉开强弩招架。

〔副净〕辞过老师相，晚生即刻出城了。〔净〕且住，还有一句密话。〔附耳介〕内阁高弘图、姜曰广，左袒逆党，俱已罢职了。那周镳、雷縯祚，留在监中，恐为内应，趁早取决何如？〔副净〕极该，极该！〔净拱介〕也不送了。〔竟下〕〔副净出〕〔杂禀介〕那个传檄之人，还拿在这里，听候发落。〔副净〕没有甚么发落，拿送刑部请旨处决便了。〔上马欲下介〕〔寻思介〕且不要孟浪。我看黄、刘三镇，也非左兵敌手，万一斩了来人，日后难于挽回。〔唤介〕班役，你速到镇抚司，拜上冯老爷，将此传檄之人，用心监候。〔杂应下〕〔副净〕几乎误了大事。〔上马速行介〕

　　　江南江北事如麻，　半倚刘家半阮家①。

　　　三面和棋休打算，　西南一子怕争差②。

---

① 刘家：指刘良佐、刘泽清两镇。　阮家：指阮大铖。
② "三面"二句：三面和棋，指北方的三镇。西南一子，指左良玉。

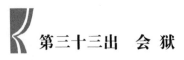

第三十三出　会　狱

乙酉三月

【梅花引】〔生敝衣愁容上〕宫槐古树阅沧田^①，挂寒烟，倚颓垣。末后春风，才绿到幽院^②。两个知心常步影，说新恨，向谁借酒钱？

> 小生侯方域，被逮狱中，已经半月。只因证据无人，暂羁候审，幸亏故人联床，颇不寂寞。你看月色过墙，照的槐影迷离，不免虚庭一步。

【忒忒令】碧澄澄月明满天，凄惨惨哭声一片，墙角新鬼带血来分辩。我与他死同仇，生同冤，黑狱里，半夜作白眼^③。

> 独立多时，忽然毛发直竖，好怕人也！待俺唤醒陈、吴两兄，大家闲话。〔唤介〕定兄醒来。〔又唤介〕次兄睡熟了么？〔末、小生揉眼出介〕

---

① 阅沧田：经历世事变迁。
② 幽院：指监狱。
③ 白眼：晋阮籍能为青白眼，见凡俗之士，即以白眼对之。后因以白眼表示鄙薄厌恶。

【尹令】〔末〕这时月高斗转，为何独行空院，闲将露痕踏遍。
〔小生〕愁怀且捐，万语千言望谁怜。

〔见介〕侯兄怎的还不安歇？〔生〕我想大家在这黑狱之中，三春莺花，半点不见。只有明月一轮，还来相照，岂可舍之而睡！

〔末〕是，是，同去步月一回。〔行介〕

【品令】〔生〕冤声满狱，铛铐夜徽缠①。三人步月，身轻若飞仙。闲消自遣，莫说文章贱。从来豪杰，都向此中磨炼。似在棘围锁院，分帘校赋篇②。

〔丑扮柳敬亭杻锁上〕戎马不知何处避，贤豪半向此中来。我柳敬亭，被拿入狱，破题儿第一夜，便觉难过。〔叹介〕嗳！方才睡下，又要出恭。这个裙带儿没人解，好苦也！〔作蹲地听介〕那边有人说话，像是侯相公声音，待我看来。〔起看，惊介〕竟是侯相公！〔唤介〕你是侯相公么？〔生惊认介〕原来是柳敬亭。〔末、小生〕柳敬亭为何也到此中？〔丑认介〕陈相公、吴相公怎么都在里边？〔举手介〕阿弥陀佛！这也算"佛殿奇逢"了。〔生〕难得，难得！大家坐地谈谈。〔同坐介〕

【豆叶黄】〔合〕便他乡遇故，不算奇缘。这墙隔着万重深山，撞见旧时亲眷。浑忘身累，笑看月圆。却也似武陵桃洞，却也似武陵桃洞；有避乱秦人，同话渔船。

① "铛铐"句：意谓夜间还带着刑具。铛铐，铁镣。徽缠，大索。
② "似在"二句：棘围锁院，指试院。古代科举考试时，为防止作弊，在试院围墙上插满荆棘，并锁闭院门。又试场分内、外帘。内帘为院内校阅试卷的考官，外帘为试场提调监试的考官。

桃花扇

〔生〕且问敬老，你犯了何罪，扭锁连身，如此苦楚。〔丑〕老汉
不曾犯罪。只因相公被逮入狱，苏昆生远赴宁南，恳求解救。那
左帅果然大怒，连夜修本参着马、阮，又发了檄文一道，托俺传
来，随后要发兵进讨。马、阮害怕，自然放出相公去的。

【玉交枝】宁南兵变，料无人能将檄传；探汤蹈火咱情愿，也
只为文士遭谴。白头志高穷更坚，浑身枷锁吾何怨；助将军除
暴解冤，助将军除暴解冤。

〔生〕竟不知敬亭吃亏，乃小生所累。昆生远去求救，益发难得。
可感，可感！〔末〕虽如此说，只怕左兵一来，我辈倒不能苟全
性命。〔小生〕正是，宁南不学无术，如何收救？〔皆长吁介〕
〔净扮狱官执手牌，杂扮校尉四人点灯提绳急上〕〔净〕四壁冤魂
满，三更狱吏尊。刑部要人，明早处决，快去绑来。〔杂〕该绑
那个？〔净〕牌上有名。〔看介〕逆党二名，周镳、雷缜祚。〔杂
执灯照生、末、小生、丑面介〕不是，不是！〔净喝介〕你们无
干的，各自躲开。〔净领杂急下〕〔末悄问介〕绑那个？〔小生〕
听说要绑周镳、雷缜祚。〔生〕吓死俺也。〔丑〕我们等着瞧瞧。
〔净执牌前行，杂背绑二人，赤身披发，急拉下〕〔生看呆介〕
〔末〕果然是周仲驭、雷介公他二位。〔小生〕这是我们的榜样了。

【江儿水】〔生〕演着明夷卦①，事尽翻，正人惨害天倾陷。片纸
飞来无人见，三更缚去加刑典，教俺心惊胆颤。〔合〕黑地昏

---

① 明夷卦：《周易》卦名。离下坤上，表示日入地中，光明受到损伤。比喻
昏君在上，贤者退避。

214

天，这样收场难免。

〔生问丑介〕我且问你，外边还有甚么新闻？〔丑〕我来的仓卒，不曾打听，只见校尉纷纷拿人。〔末、小生问介〕还拿那个？
〔丑〕听说要拿巡按黄澍、督抚袁继咸、大锦衣张薇。还有几个公子秀才，想不起了！〔生〕你想一想？〔丑想介〕人多着哩。只记得几个相熟的，有冒襄、方以智、刘城、沈寿民、沈士柱、杨廷枢。〔末〕有这许多。〔小生〕俺这里边，将来成一个大文会了。〔生〕倒也有趣。

【川拨棹】囹圄里，竟是瀛洲翰苑①。画一幅文会图悬，画一幅文会图悬，避红尘一群谪仙。〔合〕赏春月，同听鹃，感秋风，同咏蝉②。

〔丑〕三位相公，宿在那一号里？〔生〕都在"荒"字号里。
〔末〕敬老羁在那里？〔丑〕就在这后面"藏"字号里。〔小生〕前后相近，倒好早晚谈谈。〔生〕我们还是软监，敬老竟似重囚了。〔丑〕阿弥陀佛！免了上柙床③，就算好的狠哩！〔作势介〕

【意不尽】高拱手碍不了礼数周全，曲肱儿枕头稳便。只愁今夜里，少一个长爪麻姑搔背眠④。

〔丑〕相逢真似岛中仙，〔末〕隔绝风涛路八千。
〔小生〕地僻偏宜人啸傲，〔生〕天空不碍月团圆。

---

① 瀛洲：传说中的仙山。　翰苑：即翰林院。
② 咏蝉：唐骆宾王因故入狱，作《在狱咏蝉》诗，以蝉为喻，表白自己的无辜。
③ 柙床：重犯所睡的床，手足被扣，不能转动。
④ 长爪麻姑：麻姑，传说中的仙女。东汉时，麻姑应王方平之召至蔡经家。蔡经见麻姑手指纤细似鸟爪，以为得此爪搔背当佳。

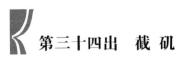

第三十四出　截矶

乙酉四月

〔净扮苏昆生上〕南北割成三足鼎，江湖挑动两支兵。自家苏昆生，为救侯公子，激的左兵东来，约了巡按黄澍，巡抚何腾蛟，同日起马。今日船泊九江，早已知会督抚袁继咸，齐集湖口，共商入京之计。谁知马、阮闻信，调了黄得功在坂矶截杀。你看狼烟四起[1]，势头不善。少爷左梦庚前去迎敌，俺且随营打探。正是：地覆天翻日，龙争虎斗时。〔下〕〔场上设弩台、架炮，铁锁阑江〕

【三台令】〔末扮黄得功戎装双鞭，领军卒上〕北征南战无休，邻国萧墙尽仇。架炮指江州[2]，打触舻卷甲倒走[3]。

咱家黄得功，表字虎山，一腔忠愤，盖世威名，要与俺弘光皇帝，收复这万里山河。可恨两刘无肘臂之功，一左为腹心之患。

---

① 狼烟：传说狼粪烟直上天空，风吹不斜，在敌人入侵时，边亭即烧狼烟以报警。借指敌情、战乱。
② 江州：今江西九江市。
③ 触舻（zhú lú）：大战船。

今奉江防兵部尚书阮老爷兵牌，调俺驻扎坂矶，堵截左寇，这也不是当耍的。〔唤介〕家将田雄何在？〔副净〕有。〔末〕速传大小三军，听俺号令。〔军卒排立呐喊介〕

【山坡羊】〔末〕硬邦邦敢要君的渠首，乱纷纷不服王的群冠；软弱弱没气色的至尊，闹喧喧争门户的同朝友。只剩咱一营江上守，正防着战马北来骤，忽报楼船入浦口。貔貅，飞旌旗控上游，戈矛，传烽烟截下流。

〔黄卒登台介〕〔杂扮左兵白旗、白衣，呐喊驾船上〕〔黄卒截射介〕〔左兵败回介〕〔黄卒赶下〕〔小生扮左良玉戎装白盔素甲坐船上〕

【前腔】替奸臣复私仇的桀纣，媚昏君上排场的花丑①；投北朝学叩马的夷齐②，吠唐尧听使唤的三家狗③。拚着俺万年名遗臭，对先帝一片心堪剖，忙把储君冤苦救。不羞，做英雄到尽头；难收，烈轰轰东去舟。

俺左良玉领兵东下，只为剪除奸臣，救取太子。叵耐儿子左梦庚，借此题目，便要攻打城池，妄思进取。俺已严责再三，只怕乱兵引诱，将来做出事来，且待渡过坂矶，慢慢劝他。〔净急上〕报元帅：不好了！黄得功截杀坂矶，前部先锋俱已败回了。〔小

---

① 花丑：即戏曲脚色中的花面丑角。此指马士英、阮大铖等奸臣。
② 夷齐：即伯夷、叔齐。周武王伐纣时，两人曾叩武王马首，加以谏阻。此反用原意，指那些迎降清兵的朝臣。
③ "吠唐尧"句：唐尧本是仁君，桀之犬为表示对其主人的忠心而吠唐尧。比喻各为其主。三家狗，指黄、刘三镇。

生惊介〕有这等事。黄得功也是一条忠义好汉，怎的受马、阮指拨，只知拥戴新主，竟不念先帝六尺之孤①，岂不可恨！〔唤介〕左右，快看巡按黄老爷、巡抚何老爷船泊那边，请来计议。〔杂应下〕〔末扮黄澍上〕将帅随谈麈，风云指义旗。下官黄澍方才泊船，恰好元帅来请。〔作上船介〕〔小生见介〕仲霖果然到来，巡抚何公如何不见？〔末〕行到半途，又回去了。〔小生〕为何回去？〔末〕他原是马士英同乡。〔小生〕随他罢了。这也怪他不得。〔问介〕目下黄得功截住坂矶，三军不能前进。如何是好？〔末〕这倒可虑，且待袁公到船，再作商量。〔外扮袁继咸从人上〕孽子含冤天惨淡②，孤臣举义日光明。来此是左帅大船，左右通报。〔杂禀介〕督抚袁老爷到船了！〔小生〕快请！〔外上船见介〕适从武昌回署，整顿兵马，愿从鞭弨③。〔末〕目下不能前进了。〔外〕为何？〔小生〕黄得功领兵截杀，先锋俱已败回。〔外〕事已至此，欲罢不能；快快遣人游说便了。〔小生〕敬亭已去，无人可遣。奈何？〔净〕晚生与他颇有一面，情愿效力。〔末〕昆生义气，不亚敬亭，今日正好借重。〔小生问介〕你如何说他？

【五更转】〔净〕俺只说鹬蚌持，渔人候，傍观将利收。英雄举动，要看前和后。故主恩深，好爵自受。欺他子，害他妃，全忘旧。杀人只落血双手，何必前来，同室争斗。

---

① 先帝六尺之孤：指崇祯帝之太子。六尺之孤，未成年的孤儿。
② 孽子含冤：指崇祯太子被认为假冒而入狱。
③ 鞭弨（mǐ）：马鞭和弓箭。弨，弓之一种。

〔外〕说得有理。〔小生〕还要把俺心事，说个明白。叫他晓得奸臣当杀，太子当救，完了两桩大事，于朝廷一尘不惊，于百姓秋毫无犯。为何不知大义，妄行截杀？〔末〕正是，那黄得功一介武夫，还知报效。俺们倒肯犯上作乱不成？叫他细想。〔净〕是，是，俺就如此说去。〔杂扮报卒急上〕报元帅：九江城内，一片火起。袁老爷本标人马，自破城池了。〔外惊介〕怎么俺的本标人马自破城池？这了不得！〔小生怒介〕岂有此理！不用猜疑这是我儿左梦庚做出此事，陷我为反叛之臣。罢了！罢了！有何面目，再向江东？〔拔剑欲自刎介〕〔末抱住介〕〔小生握外手，注目介〕临侯，临侯，我负你！〔作呕血倒椅上介〕〔净唤介〕元帅苏醒，元帅苏醒！〔外〕竟叫不应，这怎么处？〔末〕想是中恶①，快取辰砂灌下②。〔净取碗灌介〕牙关闭紧，灌不进了。〔众哭介〕

【前腔】大将星，落如斗③，旗杆摧舵楼④。杀场百战精神抖，凛凛堂堂，一身甲胄。平白的牖下亡，全身首。魂归故宫煤山头，同说艰辛，君啼臣吼。

〔杂抬小生下〕〔外〕元帅已死，本镇人马霎时溃散。那左梦庚据住九江，叫俺进退无门。倘若黄兵抢来，如何逃躲？〔末〕我们

---

① 中恶：中了邪恶。
② 辰砂：辰州出产的丹砂，相传可以驱邪。
③ "大将星"二句：古人迷信谓圣贤名人与天上星宿相应，故以星落比喻名人之死。
④ "旗杆"句：古人迷信谓战船舵楼上的旗杆折断，象征主将之死。

原系被逮之官，今又失陷城池，拿到京中，再无解救。不如转回武昌，同着巡抚何腾蛟，另做事业去罢。〔外〕有理。〔外、末急下〕〔净呆介〕你看他们竟自散去，单剩我苏昆生一人，守着元帅尸首，好不可怜！不免点起香烛，哭奠一番。〔设案点香烛，哭拜介〕

【哭相思】气死英雄人尽走，撇下了空船柩。俺是个招魂江边友，没处买一杯酒。

且待他儿子奔丧回船，收殓停当，俺才好辞之而去，如今只得耐性儿守着。正是：

英雄不得过江州，　魂恋春波起暮愁。

满眼青山无地葬，　斜风细雨打船头。

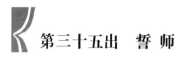

第三十五出　誓　师

乙酉四月

【贺圣朝】〔外扮史可法，白毡大帽，便服上〕两年吹角列营，每日调马催征。军逃客散鬓星星，恨压广陵城。

下官史可法，日日经略中原①，究竟一筹莫展。那黄、刘三镇，皆听马、阮指使，移镇上江，堵截左兵，丢下黄河一带，千里空营。忽接塘报，本月二十一日北兵已入淮境，本标食粮之人，不足三千，那能抵当得住。这淮、扬一失，眼见京师难保，岂不完了明朝一座江山也！可恼，可恼！俺且私步城头，察看情形，再作商量。〔丑扮家丁，提小灯随行上城介〕

【二犯江儿水】〔外〕悄上城头危径，更深人睡醒。栖乌频叫，击柝连声②，女墙边③，侧耳听。〔听介〕〔内作怨介〕北兵已到淮安，没个瞎鬼儿问他一声；只舍俺这几个残兵，死守这座扬州城，如何守得住。元帅好

---

① 经略中原：筹划收复中原。
② 击柝（tuò）：夜间打更。
③ 女墙：城上凹凸形的矮墙。

桃花扇

没分晓也！〔外点头自语介〕你那里晓得，**万里倚长城，扬州父子兵**①。
〔又听介〕〔内作恨介〕罢了，罢了！元帅不疼我们，早早投了北朝，各人快活
去，为何尽着等死。〔外惊介〕呵呀！竟想投降了，这怎么处！他**降字儿横
胸**②，**守字儿难成，这扬州剩了一分景**。〔又听介〕〔内作怒介〕我们降
不降，还是第二着，自家杀抢杀抢，跑他娘的。只顾守到几时呀！〔外〕咳！竟
不料情形如此。**听说猛惊，热心冰冷。疾忙归，夜点兵，不待明**。

〔忙下〕〔内掌号放炮，作传操介〕〔杂扮小卒四人上〕今乃四月
二十四日，不是下操的日期。为何半夜三更，梅花岭放炮？快去
看来！〔急走介〕〔末扮中军，持令箭提灯上〕隔江云阵列，连
夜羽书飞。〔呼介〕元帅有令：大小三军，速赴梅花岭③，听候点
卯。〔众排列介〕〔外戎装，旗引登坛介〕月升鸱尾城吹角，星散
旄头帐点兵④。中军何在？〔末跪介〕有！〔外〕目下北信紧急，
淮城失守，这扬州乃江北要地，倘有疏虞，京师难保。快传五营
四哨⑤，点齐人马，各照汛地昼夜严防。敢有倡言惑众者，军法从
事。〔末〕得令！〔传令向内介〕元帅有令，三军听者。各照汛
地昼夜严防，敢有倡言惑众者，军法从事。〔内不应〕〔外〕怎么
寂然无声？〔吩咐中军介〕再传军令，叫他高声答应。〔末又高

① "万里"二句：意谓倚靠扬州军队来保卫朝廷。父子兵，喻指上下团结，
有如父子的军队。
② 降字儿横胸：即早有投降的打算。
③ 梅花岭：在扬州城广储门外，明万历间扬州守吴秀浚河积土而成，其上
种梅，故称。
④ "月升"二句：描写军营中的夜景。鸱（chī）尾，古代宫殿或高楼屋脊上
的装饰物。星散，指群星闪烁。旄头，此指旌旗之上。
⑤ 五营四哨：指前、后、左、右、中五营和四面哨兵。

声传介〕〔内不应〕〔外〕仍然不应，着击鼓传令。〔末击鼓又传，又不应介〕〔外〕分明都有离叛之心了。〔顿足介〕不料天意人心，到如此田地！〔哭介〕

【前腔】皇天列圣，高高呼不省。阑珊残局 ①，剩俺支撑，奈人心俱瓦崩。俺史可法好苦命也！〔哭介〕协力少良朋，同心无弟兄。只靠你们三千子弟，谁料今日呵，都想逃生，漫不关情；这江山，倒像设着筵席请。〔拍胸介〕史可法，史可法！平生枉读诗书，空谈忠孝，到今日其实没法了。〔哭介〕哭声祖宗，哭声百姓。〔大哭介〕〔末劝介〕元帅保重，军国事大，徒哭无益也。〔前扶介〕你看泪点淋漓，把战袍都湿透了。〔惊介〕咦！怎么一阵血腥？快掌灯来！〔杂点灯照介〕呵呀！浑身血点，是那里来的？〔外拭目介〕都是俺眼中流出来。哭的俺一腔血，作泪零。

〔末叫介〕大小三军，上前看来，咱们元帅哭出血泪来了。〔净、副净、丑扮众将上，看介〕果然都是血泪。〔俱跪介〕〔净〕尝言"养军千日，用军一时"。俺们不替朝廷出力，竟是一伙禽兽了。〔副净〕俺们贪生怕死，叫元帅如此难为，那皇天也不祐的。〔丑〕百岁无常，谁能免的一死，只要死到一个是处。罢，罢，罢！今日舍着狗命，要替元帅守住这座扬州城。〔末〕好，好！谁敢再有二心，俺便拿送辕门，听元帅千刀万剐。〔外大笑介〕果然如此，本帅便要拜谢了。〔拜介〕〔众扶住介〕不敢，不敢！〔外〕众位请起，听俺号令。〔众起介〕〔外吩咐介〕你们三千人马，一千迎敌，一千内守，一千外巡。〔众〕是！〔外〕上阵不

① 阑珊残局：溃败的局面。阑珊，衰落、将尽。

利，守城。〔众〕是！〔外〕守城不利，巷战。〔众〕是！〔外〕巷战不利，短接①。〔众〕是！〔外〕短接不利，自尽。〔众〕是！〔外〕你们知道，从来降将无伸膝之日，逃兵无回颈之时。〔指介〕那不良之念，再莫横胸；无耻之言，再休挂口；才是俺史阁部结识的好汉哩！〔众〕是！〔外〕既然应允，本帅也不消再嘱。〔指介〕大家欢呼三声，各回汛地去罢。〔众呐喊三声下〕〔外鼓掌三笑〕妙，妙！守住这座扬州城，便是北门锁钥了②。

不怕烟尘四面生，　江头尚有亚夫营③。

模糊老眼深更泪，　赚出淮南十万兵④。

① 短接：即短兵相接。
② 北门锁钥：喻指北面重镇。
③ 亚夫营：即汉初周亚夫的细柳营。
④ "赚出"句：汉景帝前元三年，吴楚七国反，淮南王欲起兵响应，其相曰："王必欲应吴，臣愿为将。"当淮南王将兵权交给他后，他便不听淮南王而效忠于汉，带兵守城，抵抗吴楚。

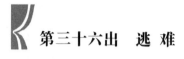

第三十六出 逃 难

乙酉五月

【香柳娘】〔小生扮弘光帝，便服骑马。杂扮二监、二宫女挑灯引上〕听三更漏催，听三更漏催，马蹄轻快，风吹蜡泪宫门外。咱家弘光皇帝，只因左兵东犯，移镇堵截。谁知河北人马，乘虚渡淮。目下围住扬州，史可法连夜告急，人心皇皇，都无守志。那马士英、阮大铖躲的有影无踪，看来这中兴宝位也坐不稳了。千计万计，走为上计，方才骑马出宫，即发兵符一道，赚开城门，但能走出南京，便有藏身之所了。趁天街寂静①，趁天街寂静，飞下凤凰台②，难撇鸳鸯债。〔唤介〕嫔妃们走动着，不要失散了。似明驼出塞，似明驼出塞，琵琶在怀，珍珠偷洒③。

〔急下〕〔净扮马士英骑马急上〕

【前腔】报长江锁开，报长江锁开，石头将坏，高官贱卖没人买。下官马士英，五更进朝，才知圣上潜逃。俺为臣的，也只得偷溜了。快微

---

① 天街：京城中的街道。
② 凤凰台：地名，在南京城南。此借指宫禁。
③ “似明驼”三句：民间文学中所描写的汉代王昭君出塞的情形，此借以描写嫔妃们仓皇出宫时的情景。明驼，相传是一种能日行千里的骆驼。珍珠，喻指眼泪。

服早度，快微服早度，走出鸡鹅街，提防仇人害。〔倒指介〕那一队娇娆，十车细软，便是俺的薄薄宦囊，不要叫仇家抢夺了去。〔唤介〕快些走动。〔老旦、小旦扮姬妾骑马，杂扮夫役推车数辆上〕来了，来了。〔净〕好，好！要随身紧带，要随身紧带，殉棺货财，贴皮恩爱。

〔绕场行介〕〔杂扮乱民数人持棒上，喝介〕你是奸臣马士英，弄的民穷财尽；今日驮着妇女，装着财帛，要往那里跑？早早留下！〔打净倒地，剥衣，抢妇女财帛下〕〔副净扮阮大铖，骑马上〕

【前腔】恋防江美差，恋防江美差①，杀来谁代，兵符掷向空江濑。今日可用着俺的跑了。但不知贵阳相公，还是跑，还是降？〔作遇净绊马足介〕呵呀！你是贵阳老师相，为何卧倒在地。〔净哼介〕跑不得了，家眷行囊，俱被乱民抢去，还把学生打倒在地。〔副净〕正是。晚生的家眷行囊，都在后面，不要也被抢去。受千人笑骂，受千人笑骂，积得些金帛，娶了些娇艾②。待俺回去迎来。〔杂扮乱民持棒，拥妇女抬行囊上〕这是阮大铖家的家私，方才抢来，大家分开罢！〔副净喝介〕好大胆的奴才，怎敢抢截我阮老爷的家私！〔杂〕你就是阮大铖么？来的正好。〔一棒打倒，剥衣介〕饶他狗命，且到鸡鹅街、裤子裆，烧他房子去。〔俱下〕〔净〕腰都打坏，爬不起来了。〔副净〕晚生的臂膊捶伤，也奉陪在此。〔合〕叹十分狼狈，叹十分狼狈，村拳共捶，鸡肋同坏。

〔末扮杨文骢冠带骑马，从人挑行李上〕下官杨文骢，新任苏松

① 防江美差：时阮大铖以兵部尚书巡视江防。
② 娇艾：指美貌少女。

巡抚^①。今日五月初十出行吉日，束装起马，一应书画古玩，暂寄媚香楼，托了蓝田叔随后带来。俺这一肩行李，倒也爽快。〔杂禀介〕请老爷趱行一步。〔末〕为何？〔杂〕街上纷纷传说，北信紧急，皇帝、宰相，今夜都走了。〔末〕有这等事，快快出城！〔急走介〕〔马惊不前介〕这也奇了，为何马惊不走。〔唤介〕左右看来！〔杂看介〕地下两个死人。〔副净、净呻吟介〕哎哟！哎哟！救人，救人！〔末〕还不曾死，看是何人？〔杂细认介〕好像马、阮二位老爷。〔末喝介〕胡说，那有此事！〔勒马看，惊介〕呵呀！竟是他二位。〔下马拉介〕了不得，怎么到这般田地？〔净〕被些乱民抢劫一空，仅留性命。〔副净〕我来救取，不料也遭此难。〔末〕护送的家丁都在何处？〔净〕想也乘机拐骗，四散逃走了。〔末唤介〕左右快来扶起，取出衣服，与二位老爷穿好。〔杂与副净、净穿衣介〕〔末〕幸有闲马一匹，二位叠骑^②，连忙出城罢。〔杂扶净、副净上马，搂腰行介〕请了，无衣共冻真师友，有马同骑好弟兄。〔下〕〔杂〕老爷不可与他同行，怕遇着仇人，累及我们。〔末〕是，是。〔望介〕你看一伙乱民，远远赶来，我们早些躲过。〔作避路旁介〕〔小旦扮寇白门，丑扮郑妥娘，披发走上〕

【前腔】正清歌满台，正清歌满台，水裙风带^③，三更未歇轻盈态。〔见末介〕你是杨老爷，为何在此？〔末认介〕原来是寇白门、郑妥娘。你

① 苏松：指苏州府、松江府。
② 叠骑：两人共骑一匹马。
③ 水裙风带：形容舞裙飘动，舞姿轻盈。

姊妹二人怎的出来了？〔小旦〕正在歌台舞殿，忽然酒罢灯昏，内监宫妃纷纷乱跑，我们不出来还等什么哩！〔末〕为何不见李香君？〔丑〕俺三个一同出来的；他脚小走不动，雇了个轿子，抬他先走了。〔末问介〕果然朝廷出去了么①？〔小旦〕沈公宪、张燕筑都在后边，他们晓得真信。〔外扮沈公宪，破衣抱鼓板，净扮张燕筑，科头提纱帽须髯跑上②〕笑临春结绮，笑临春结绮，擒虎马嘶来，排着管弦待③。〔见末介〕久违杨老爷了。〔末问介〕为何这般慌张？〔外〕老爷还不知么？北兵杀过江来，皇帝夜间偷走了。〔末〕你们要向那里去？〔净〕各人回家瞧瞧，趁早逃生。〔丑〕俺们是不怕的，回到院中，预备接客。〔末〕此等时候，还想接客。〔丑〕老爷不晓得，兵马营里，才好挣钱哩。

这笙歌另卖，这笙歌另卖，隋宫柳衰，吴宫花败。

〔外、净、小旦、丑俱下〕〔末〕他们亲眼看见圣上出宫，这光景不妥了。快到媚香楼收拾行李，趁早还乡罢。〔行介〕

【前腔】看逃亡满街，看逃亡满街，失迷君宰，百忙难出江关外。〔作到介〕这是李家院门。〔下马急敲门介〕开门，开门！〔小生扮蓝瑛急上〕又是那个叫门？〔开门见介〕杨老爷为何转来？〔末〕北信紧急，君臣逃散，那苏松巡抚也做不成了。整琴书襆被④，整琴书襆被，换布袜青鞋，一只扁舟载。〔小生〕原来如此。方才香君回家，也说朝廷偷走。〔唤介〕香君快来。〔旦上见介〕杨老爷万福！〔末〕多日不见，今朝匆匆一叙，就

----

① 朝廷：借称皇帝，此指弘光帝。
② 科头：光头，不戴帽子。
③ "笑临"三句：南朝陈后主荒淫无道，筑临春、结绮、望春三阁，日与嫔妃居下，游宴其中。此以后主喻弘光帝，谓其大敌当前，还只顾行乐。
④ 襆（fú）被：包袱。

要远别了。〔旦〕要向那里去？〔末〕竟回敝乡贵阳去也。〔旦掩泪介〕侯郎狱中未出，老爷又要还乡；撇奴孤身，谁人照看。〔末〕如此大乱，父子亦不相顾的。**这情形紧迫，这情形紧迫，各人自裁，谁能携带。**

〔净扮苏昆生急上〕将军不惜命，皇帝已无家。我苏昆生自湖广回京，谁知遇此大乱，且到院中打听侯公子信息，再作商量。

【前腔】俺匆忙转来，俺匆忙转来，故人何在，旌旗满眼乾坤改。来此已是，不免竟入。〔见介〕好呀！杨老爷在此，香君也出来了。侯相公怎的不见？〔末〕侯兄不曾出狱来。〔旦〕师父从何处来的？〔净〕俺为救侯郎，远赴武昌，不料宁南暴卒。俺连夜回京，忽闻乱信，急忙寻到狱门，只见封锁俱开。**众囚徒四散，众囚徒四散，三面网全开**①**，谁将秀才害。**〔旦哭介〕师父快快替俺寻来。〔末指介〕**望烟尘一派，望烟尘一派，抛妻弃孩，团圆难再。**

〔末向旦介〕好，好，好！有你师父作伴，下官便要出京了。〔唤介〕蓝田老收拾行李，同俺一路去罢。〔小生〕小弟家在杭州，怎能陪你远去？〔末〕既是这等，待俺换上行衣，就此作别便了。〔换衣作别介〕万里如魂返，三年似梦游。〔作骑马，杂挑行李随下〕〔旦哭介〕杨老爷竟自去了，只有师父知俺心事。前日累你千山万水，寻到侯郎。不想奴家进宫，侯郎入狱，两不见面。今日奴家离宫，侯郎出狱，又不见面；还求师父可怜，领着奴家各处找寻则个。〔净〕侯郎不到院中，自然出城去了，那里找寻？〔旦〕定要找寻的。

---

① "三面网"句：此指监狱门被打开。

【前腔】〔旦〕便天涯海崖，便天涯海崖，十洲方外，铁鞋踏破三千界^①。只要寻着侯郎，俺才住脚也。〔小生〕西北一带俱是兵马，料他不能渡江；若要找寻，除非东南山路。〔旦〕就去何妨。望荒山野道，望荒山野道，仙境似天台，三生旧缘在。〔净〕你既一心要寻侯郎，我老汉也要避乱，索性领你前往，只不知路向那走？〔小生指介〕那城东栖霞山中^②，人迹罕到。大锦衣张瑶星先生，弃职修仙，俺正要拜访为师。何不作伴同行，或者姻缘凑巧，亦未可知。〔净〕妙，妙，大家收拾包裹，一齐出城便了。〔各背包裹行介〕〔旦〕舍烟花旧寨，舍烟花旧寨，情根爱胎，何时消败。

〔净〕前面是城门了，怕有人盘诘。〔小生〕快快趁空走出去罢。

〔旦〕奴家脚痛，也说不得了。

〔旦〕行路难时泪满腮，〔净〕飘蓬断梗出城来。

〔小生〕桃源洞里无征战，〔旦〕可有莲华并蒂开。

---

① "便天涯"四句：意谓不怕艰难遥远，一定要寻到侯方域。
② 栖霞山：在南京城东，山麓有栖霞寺。

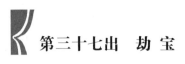

第三十七出　劫　宝

乙酉五月

【西地锦】〔末扮黄得功戎装，副净扮田雄随上〕目断长江奔放，英雄万里愁长。何时欢饮中军帐，把弓矢付儿郎！

俺黄得功坂矶一战，吓的左良玉胆丧身亡。剩他儿子左梦庚，据住九江，乌合未散①，俺且驻扎芜湖，防其北犯。〔杂扮报卒上〕报报报！北兵连夜渡淮，围住扬州，南京震恐，万姓奔逃了。〔末〕那凤、淮两镇，现在江北，怎不迎敌？〔杂〕闻得两位刘将军，也到上江堵截左兵，凤、淮一带，千里空营。〔末惊介〕这怎么处！〔唤介〕田雄，你是俺心腹之将，快领人马，去保南京。

【降黄龙】司马威权②，夜发兵符，调镇移防。谁知他折东补西，露肘捉襟。明弃，淮扬金汤。九曲天险，只用莲舟荡漾③。起烟尘，金陵气暗，怎救宫墙？

---

① 乌合：喻指仓卒集合的军队。
② 司马：官职名。掌管兵权。时阮大铖任兵部尚书，故称其为司马。
③ "九曲"二句：意谓南明放弃河防，使清军得以轻易渡河南下。九曲天险，即黄河。

〔下〕〔小生扮弘光帝骑马，丑扮太监韩赞周随上〕

【前腔换头】〔小生〕堪伤，寂寞鱼龙①，潸泣江头，乞食村庄。寡人逃出南京，昼夜奔走，宫监嫔妃，渐渐失散，只有太监韩赞周，跟俺前来。这炎天赤日，瘦马独行，何处纳凉？昨日寻着魏国公徐宏基，他佯为不识，逐俺出府。今日又早来到芜湖。〔指介〕那前面军营，乃黄得功驻防之所，不知他肯容留寡人否？奔忙，寄人廊庑，只望他容留收养。〔作下马介〕此是黄得功辕门。〔唤介〕韩赞周，快快传他知道。〔丑叫门介〕门上有人么？〔杂扮军卒上〕是那里来的？〔丑〕南京来的。〔拉一边悄说介〕万岁爷驾到了，传你将军速出迎接。〔杂〕啐！万岁爷怎能到的这里？不要走来吓俺罢。〔小生〕你唤出黄得功来，便知真假。江浦边，迎銮护驾，旧将中郎。

〔杂咬指介②〕人物不同，口气又大，是不是，替他传一声。〔忙入传介〕〔末慌上〕那有这事，待俺认来。〔见介〕〔小生〕黄将军一向好么？〔末认，忙跪介〕万岁，万万岁！请入帐中，容臣朝见。〔丑扶小生升帐坐〕〔末拜介〕

【滚遍】戎衣拜吾皇，戎衣拜吾皇，又把天颜仰。为甚私巡，萧条鞍马蒙尘状；失水神龙③，风云飘荡。这都是臣等之罪。负国恩，一班相，一班将。

〔小生〕事到今日，后悔无及，只望你保护朕躬。〔末拍地哭奏介〕皇上深居宫中，臣好戮力效命。今日下殿而走，大权已失。

---

① 寂寞鱼龙：意谓失去随从的鱼龙。相传鱼跃龙门，跃上者则化为龙。此弘光帝借以自比。
② 咬指：表示怀疑。
③ 失水神龙：比喻失势的权贵，此指弘光帝。

桃花扇

叫臣进不能战，退无可守，十分事业，已去九分矣！〔小生〕不必着急，寡人只要苟全性命，那皇帝一席，也不愿再做了。〔末〕呵呀！天下者祖宗之天下，圣上如何弃的？〔小生〕弃与不弃，只在将军了。〔末〕微臣鞠躬尽瘁，死而后已。〔小生掩泪介〕不料将军倒是一个忠臣。〔末跪奏介〕圣上鞍马劳顿，早到后帐安歇。军国大事，明日请旨罢。〔丑引小生入介〕〔末〕了不得，了不得！明朝三百年国运，争此一时，十五省皇图，归此片土。这是天大的干系，叫俺如何担承！〔吩咐介〕大小三军，马休解鞯，人休解甲，摇铃击梆，在意小心着。〔众应介〕〔末唤介〕田雄，我与你是宿卫之官，就在这行宫门外，同卧支更罢①。〔末枕副净股，执双鞭卧介〕〔杂摇铃击梆，报更介〕〔副净悄语介〕元帅，俺看这位皇帝不像享福之器，况北兵过江，人人投顺，元帅也要看风行船才好。〔末〕说那里话，常言"孝当竭力，忠则尽命"，为人臣子，岂可怀揣二心！〔内传鼓介〕〔末惊介〕为何传鼓？〔俱起坐介〕〔杂上报介〕报元帅：有一队人马，从东北下来，说是两镇刘老爷，要会元帅商议军情。〔末起介〕好，好，好！三镇会齐，可以保驾无虞了，待俺看来。〔望介〕〔净扮刘良佐，丑扮刘泽清，骑马领众上〕〔叫介〕黄大哥在那里？〔末喜介〕果然是他二人。〔应介〕愚兄在此拱候多时了。〔净、丑下马介〕〔净〕哥哥得了宝贝，竟瞒着两个兄弟！〔末〕什么宝贝？〔丑〕弘光呀。〔末摇手介〕不要高声，圣上安歇了。〔净

① 支更：打更，守夜。

234

悄问介〕今日还不献宝，等到几时哩？〔末〕什么宝？〔丑〕把弘光送与北朝，赏咱们个大大王爵，岂不是献宝么？〔末喝介〕哎！你们两个要来干这勾当，我黄闯子怎么容得！〔持双鞭打介〕〔净、丑招架介〕〔末喊介〕好反贼，好反贼！

【前腔】望风便生降，望风便生降，好似波斯样。职贡朝天，思将奇货擎双掌。倒戈劫君，争功邀赏。顿丧心，全反面，真贼党！

〔净〕不要破口，好好弟兄，为何厮闹。〔末〕啐！你这狗才，连君父不识，我和你认什么弟兄！〔又战介〕〔副净在后指介〕好个笨牛，到这时候还不见机。〔拉弓搭箭介〕俺田雄替你解围罢。〔放箭射末腿，末倒地介〕〔净、丑大笑介〕〔副净入内，急背出小生介〕〔小生叫介〕韩赞周快快跟来。〔内不应介〕〔小生〕这奴才竟舍我而去。〔手打副净脸介〕你背俺到何处去？〔副净〕到北京去。〔小生狠咬副净肩介〕〔副净忍痛介〕哎呀！咬杀我也！〔丢小生于地，向净、丑拱介〕皇帝一枚奉送。〔净、丑拱介〕领谢，领谢！〔齐拉小生袖急走介〕〔末抱住小生腿叫介〕田雄，田雄！快来夺驾。〔副净伴拉，放手介〕〔净、丑竟拉小生下〕〔末作爬不起介〕怎么起不来的？〔副净〕元帅中箭了。〔末〕那个射俺的？〔副净〕是我们放箭射贼，误伤了元帅。〔末〕瞎眼的狗才。我且问你，为何背出圣驾来？〔副净〕俺要护驾逃走的，不料被他们抢去。〔末〕你与我快快赶上。〔副净笑介〕不劳元帅吩咐，俺是一名长解子①，收拾包裹，自然护送到京

---

①　长解子：解送犯人赴远地的差役。

的。〔背包裹雨伞急赶下〕〔末怒介〕呵呸！这伙没良心的反贼，俺也不及杀你了。〔哭介〕苍天，苍天！怎知明朝天下，送在俺黄得功之手！

【尾声】平生骁勇无人挡，拉不住黄袍北上 [1]，笑断江东父老肠。

罢，罢，罢！除却一死，无可报国。〔拔剑大叫介〕大小三军，都来看断头将军呀！〔一剑刎死介〕

---

[1] 黄袍：本为帝王之服，借指皇帝。

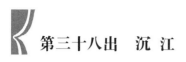

第三十八出　沉　江

乙酉五月

【锦缠道】〔外扮史可法，毡笠急上〕〔回头望介〕望烽烟，杀气重，扬州沸喧。生灵尽席卷①，这屠戮皆因我愚忠不转。兵和将，力竭气喘，只落了一堆尸软。俺史可法率三千子弟，死守扬州，那知力尽粮绝，外援不至。北兵今夜攻破北城，俺已满拚自尽。忽然想起明朝三百年社稷，只靠俺一身撑持，岂可效无益之死，舍孤立之君？故此缒下南城②，直奔仪真③，幸遇一只报船，渡过江来。〔指介〕那城阙隐隐，便是南京了。可恨老腿酸软，不能走动，如何是好？〔惊介〕呀！何处走来这匹白骡，待俺骑上，沿江跑去便了。〔骑骡，折柳作鞭介〕跨上白骡鞯，空江野路，哭声动九原④。日近长安远，加鞭，云里指宫殿。

〔副末扮老赞礼背包裹跑上〕残年还避乱，落日更思家。〔外撞倒副末介〕〔副末〕呵哟哟！几乎滚下江去。〔看外介〕你这位老将爷好没眼色！〔外下骡扶起介〕得罪，得罪！俺且

---

① "生灵"句：生民皆遭屠杀。
② 缒下：从高处手握绳子而下。
③ 仪真：今江苏仪征。
④ 九原：九州之地。

问你，从那里来的？〔副末〕南京来的。〔外〕南京光景如何？〔副末〕你还不知么，皇帝老子逃去两三日了。目下北兵过江，满城大乱，城门都关的。〔外惊介〕呵呀，这等去也无益矣！〔大哭介〕皇天后土，二祖列宗，怎的半壁江山也不能保住呀！〔副末惊介〕听他哭声，倒像是史阁部。〔问介〕你是史老爷么？〔外〕下官便是。你如何认得？〔副末〕小人是太常寺一个老赞礼，曾在太平门外伺候过老爷的。〔外认介〕是呀！那日恸哭先帝，便是老兄了。〔副末〕不敢。请问老爷，为何这般狼狈！〔外〕今夜扬州失陷，才从城头缒下来的。〔副末〕要向那里去？〔外〕原要南京保驾，不想圣上也走了。〔顿足哭介〕

【普天乐】 撇下俺断篷船，丢下俺无家犬。叫天呼地千百遍，归无路，进又难前。〔登高望介〕那滚滚雪浪拍天，流不尽湘累怨①。〔指介〕有了，有了！那便是俺葬身之地。胜黄土，一丈江鱼腹宽展。〔看身介〕俺史可法亡国罪臣，那容的冠裳而去。〔摘帽，脱袍、靴介〕摘脱下袍靴冠冕。〔副末〕我看老爷竟像要寻死的模样。〔拉住介〕老爷三思，不可短见呀！〔外〕你看茫茫世界，留着俺史可法何处安放？累死英雄，到此日看江山换主，无可留恋。

〔跳入江翻滚下介〕〔副末呆望良久，抱靴、帽、袍服哭叫介〕史老爷呀，史老爷呀！好一个尽节忠臣，若不遇着小人，谁知你投江而死呀！〔大哭介〕〔丑扮柳敬亭，携生忙上〕偷生辞狱

---

① 湘累：指屈原。累，无罪而冤死者。

吏，避乱走天涯。〔末扮陈贞慧，小生扮吴应箕，携手忙上〕日日争门户，今年傍那家。〔生呼介〕定兄，次兄，日色将晚，快些走动。〔末、小生〕来了。〔丑〕我们出狱，不觉数日，东藏西躲，终无栖身之地。前面是龙潭江岸①，大家商量，分路逃生罢！〔末〕是，是。〔见副末介〕你这位老兄，为何在此恸哭？〔副末〕俺也是走路的，适才撞见史阁部老爷投江而死，由不的伤心哭他几声。〔生〕史阁部怎得到此？〔副末〕今夜扬州城陷，逃到此间，闻的皇帝已走，跺了跺脚②，跳下江去了。〔生〕那有此事？〔副末指介〕这不是脱下的衣服、靴、帽么！〔丑看介〕你看衣裳里面，浑身朱印。〔生〕待俺认来。〔读介〕"钦命总督江北等处兵马内阁大学士兼兵部尚书印"。〔生惊哭介〕果然是史老先生。〔末〕设上衣冠，大家哭拜一番。〔副末设衣冠介〕〔众拜哭介〕

【古轮台】〔合〕走江边，满腔愤恨向谁言。老泪风吹面，孤城一片，望救目穿。使尽残兵血战，跳出重围，故国苦恋，谁知歌罢剩空筵。长江一线，吴头楚尾路三千，尽归别姓。雨翻云变，寒涛东卷，万事付空烟。精魂显，大招声逐海天远③。

〔生拍衣冠大哭介〕〔丑〕阁部尽节，成了一代忠臣。相公不必过哀，大家分手罢！〔生指介〕你看一望烟尘，叫小生从那里归去？〔末〕我两人绕道前来，只为送兄过江；今既不能北上，何

① 龙潭：地名，在南京城东。
② 跺：即跺。
③ "精魂显"二句：意谓史可法死后，其精神永在，影响深远。

不随俺南行。〔生〕这纷纷乱世，怎能终始相依？倒是各人自便罢！〔小生〕侯兄主意若何？〔生〕我和敬亭商议，要寻一深山古寺，暂避数日，再图归计。〔副末〕我老汉正要向栖霞山去，那边地方幽僻，尽可避兵，何不同往？〔生〕这等极妙了。〔末、小生〕侯兄既有栖身之所，我们就此作别罢！〔拜别介〕伤心当此日，会面是何年。〔末、小生掩泪下〕〔生问副末介〕你到栖霞山中，有何公干？〔副末〕不瞒相公说，俺是太常寺一个老赞礼，只因太平门外哭奠先帝之日，那些文武百官，虚应故事；我老汉动了一番气恼，当时约些村中父老，捐施钱粮，趁着这七月十五日，要替崇祯皇帝建一个水陆道场。不料南京大乱，好事难行，因此携着钱粮，要到栖霞山上，虔请高僧，了此心愿。〔丑〕好事，好事！〔生〕就求携带同行便了！〔副末〕待我收拾起这衣服、靴、帽着。〔丑〕这衣服、靴、帽，你要送到何处去？〔副末〕我想扬州梅花岭，是他老人家点兵之所，待大兵退后，俺去招魂埋葬，便有史阁部千秋佳城①了。〔生〕如此义举，更为难得。〔副末背袍、靴等，生、丑随行介〕

【余文】山云变，江岸迁，一霎时忠魂不见，寒食何人知墓田。

　　〔副末〕千古南朝作话传，　〔丑〕伤心血泪洒山川。

　　〔生〕仰天读罢招魂赋，　〔副末〕扬子江头乱暝烟。

① 千秋佳城：指墓地。

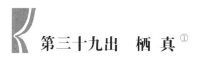第三十九出　栖真①

乙酉六月

【醉扶归】〔净扮苏昆生同旦上〕〔旦〕一丝幽恨嵌心缝，山高水远会相逢；拿住情根死不松，赚他也做游仙梦②。看这万叠云白罩青松，原是俺天台洞。

〔唤介〕师父，我们幸亏蓝田叔，领到栖霞山来。无意之中，敲门寻宿，偏撞着卞玉京做了这葆真庵主，留俺暂住，这也是天缘奇遇。只是侯郎不见，妾身无归，还求师父上心寻觅。〔净〕不要性急。你看烟尘满地，何处寻觅，且待庵主出来，商量个常住之法。〔老旦扮卞玉京道妆上〕

【皂罗袍】何处瑶天笙弄③，听云鹤缥缈，玉佩丁冬。花月姻缘半生空，几乎又把桃花种④。〔见介〕草庵淡薄，屈尊二位了。〔旦〕多谢收留，感激不尽。〔净〕正有一言奉告，江北兵荒马乱，急切不敢前行。我老汉

①　栖真：即寄身道观。真，此指道观。
②　游仙梦：本谓神游仙境，此指对男女爱情的憧憬。
③　瑶天：指上天仙境。　笙弄：吹奏笙箫等乐器。
④　"几乎"句：意谓几乎又陷入男女情爱之中。

的吹歌，山中又无用处，连日搅扰，甚觉不安。〔老旦〕说那里话。旧人重到，蓬山路通^①。前缘不断，巫峡恨浓，连床且话襄王梦^②。

〔净〕我苏昆生有个活计在此。〔换鞋、笠，取斧、担、绳索介〕趁这天晴，俺要到岭头涧底，取些松柴，供早晚炊饭之用，不强如坐吃山空么？〔老旦〕这倒不敢动劳。〔净〕大家度日，怎好偷闲？〔挑担介〕脚下山云冷，肩头野草香。〔下〕〔老旦闭门介〕〔旦〕奴家闲坐无聊，何不寻些旧衣残裳，付俺缝补，以消长夏。〔老旦〕正有一事借重。这中元节，村中男女，许到白云庵与皇后周娘娘悬挂宝幡^③。就求妙手，替他承造，也是十分功德哩。〔旦〕这样好事，情愿助力。〔老旦取出幡料介〕〔旦〕待奴熏香洗手，虔诚缝制起来。〔作洗手缝幡介〕

【好姐姐】念奴前身业重，绑十指筝弦箫孔；慵线懒针，几曾解女红。〔老旦〕香姐心灵手巧，一捻针线，就是不同的。〔旦〕奴家那晓针线，凭着一点虔心罢了。仙旛捧，忏悔尽教指头肿，绣出鸳鸯别样工。

〔共绣介〕〔副末扮老赞礼，丑扮柳敬亭，背行李领生上〕

【皂罗袍】〔生〕避了干戈横纵，听飕飕一路，涧水松风。云锁栖霞两三峰，江深五月寒风送。〔副末〕这是栖霞山了。你们寻所道院，趁早安歇罢。〔生看介〕这是一座葆真庵，何不敲门一问。石墙萝户，忙寻

① 蓬山路通：唐李商隐《无题》诗："刘郎已恨蓬山远，更隔蓬山一万重。"此翻用其意，喻指双方得以重逢。
② "巫峡"二句：用巫山神女会襄王典，指男女欢爱。详见第五出《访翠》注。
③ 皇后周娘娘：即崇祯皇帝的周皇后，李自成攻破北京时，自杀而死。

炼翁①，鹿柴鹤径，急呼道童，仙家那晓浮生恸②。

〔副末敲门介〕〔老旦起问介〕那个敲门？〔副末〕俺是南京来的，要借贵庵暂安行李。〔老旦〕这里是女道住持③，从不留客的。

【好姐姐】你看石墙四耸，昼掩了重门无缝。修真女冠④，怕遭俗客哄。〔丑〕我们不比游方僧道，暂住何妨。〔老旦〕真经讽，谨把祖师清规奉，处女闺阁一样同。

〔旦〕说的有理，比不得在青楼之日了。〔老旦〕这是俺修行本等，不必睬他，且去香厨用斋罢。〔同下〕〔副末又敲门介〕〔生〕他既谨守清规，我们也不必苦缠了。〔副末〕前面庵观尚多，待我再去访问。〔行介〕〔副净扮丁继之道装，提药篮上〕

【皂罗袍】采药深山古洞，任芒鞋竹杖，踏遍芳丛。落照苍凉树玲珑，林中笋蕨充清供。〔副末喜介〕那边一位道人来了，待我上前向他。〔拱介〕老仙长，我们上山来做好事的，要借道院暂安行李，敢求方便一二！〔副净认介〕这位相公，好像河南侯公子。〔丑〕不是侯公子是那个？〔副净又认介〕老兄你可是柳敬亭么？〔丑〕便是。〔生认介〕呵呀！丁继老，你为何出了家也。〔副净〕侯相公，你不知。俺善才迟暮⑤，羞入旧宫。龟

---

① 炼翁：炼丹道士。
② 浮生：人生。语出《庄子·刻意》："其生若浮，其死若休。"意为人生在世飘浮不定，人生无常。　恸（tòng）：悲伤，痛苦。
③ 女道住持：谓由女道士作庵主。住持，主持寺庙的和尚或道士。
④ 修真：即修仙。　女冠：即女道士。
⑤ 善才迟暮：唐贞元间，曹保保善琵琶，其子善才得其传。后因以善才代称琵琶高手。迟暮，即晚年。

栖真

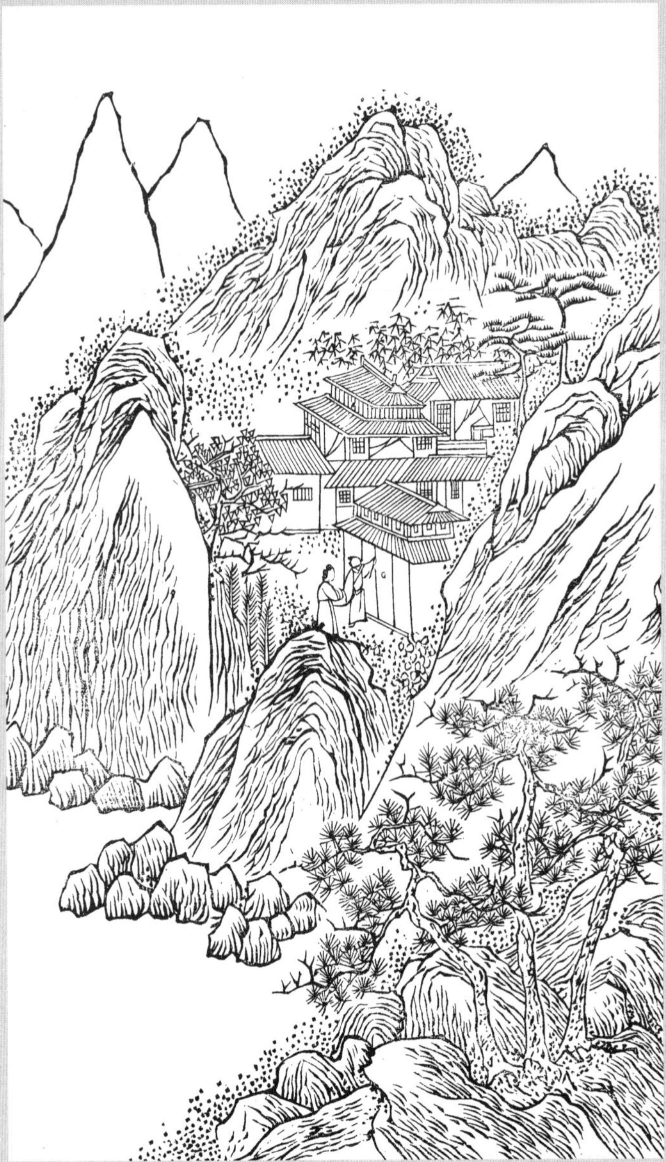

年疏懒，难随妙工。辞家竟把仙篆诵^①。

〔生〕原来因此出家。〔丑〕请问住持何山？〔副净〕前面不远，有一座采真观，便是俺修炼之所。不嫌荒僻，就请暂住何如？〔生〕甚好。〔副末〕二位遇着故人，已有栖身之地。俺要上白云庵，商量醮事去了。〔生〕多谢携带。〔副末〕彼此。〔别介〕人间消业海，天上礼仙坛。〔下〕〔副净携生、丑行介〕跨过白泉，又登紫阁；雪洞风来，云堂雨落。〔生惊介〕前面一道溪水，隔断南山，如何过去？〔副净〕不妨。靠岸有只渔船，俺且坐船闲话，等个渔翁到来，央他撑去；不上半里，便是采真观了。〔同上船坐介〕〔丑〕我老柳少时在泰州北湾，专以捕鱼为业；这渔船是弄惯了的，待我撑去罢。〔生〕妙，妙。〔丑撑船介〕〔生问副净介〕自从梳栊香君，借重光陪，不觉别来便是三载。〔副净〕正是。且问香君入宫之后，可有消息么？〔生〕那得消息来。〔取扇指介〕这柄桃花扇，还是我们订盟之物，小生时刻在手。

【好姐姐】把他桃花扇拥，又想起青楼旧梦。天老地荒，此情无尽穷。分飞猛^②，杳杳万山隔鸾凤，美满良缘半月同。

〔丑〕前日皇帝私走，嫔妃逃散，料想香君也出宫门。且待南京平定，再去寻访罢。〔生〕只怕兵马赶散，未必重逢了。〔掩泪介〕〔副净指介〕那一带竹篱，便是俺的采真观，就请拢船上岸罢。〔丑挽船，同上岸介〕〔副净唤介〕道僮，有远客到门，快搬

① 仙篆：道家的秘文。
② 分飞猛：突然被分开。

行李。〔内应介〕〔副净〕请进。〔让入介〕

〔生〕门里丹台更不同，〔副净〕寂寥松下养衰翁。

〔丑〕一湾溪水舟千转，　〔生〕跳入蓬壶似梦中^①。

---

① 跳入蓬壶：意谓进入仙境。蓬壶，即蓬莱山，其形似壶，故名。

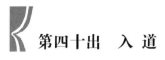

第四十出　入　道

乙酉七月

【南点绛唇】〔外扮张薇瓢冠衲衣①，持拂上〕世态纷纭，半生尘里朱颜老。拂衣不早，看罢傀儡闹。恸哭穷途，又发哄堂笑。都休了，玉壶琼岛②，万古愁人少。

贫道张瑶星，挂冠归山，便住这白云庵里。修仙有分，涉世无缘。且喜书客蔡益所随俺出家，又载来五车经史。那山人蓝田叔也来皈依，替我画了四壁蓬瀛③。这荒山之上，既可读书，又可卧游，从此飞升尸解④，亦不算懵懂神仙矣。只有崇祯先帝，深恩未报，还是平生一件缺事。今乃乙酉年七月十五日，广延道众，大建经坛，要与先帝修斋追荐⑤，恰好南京一个老赞礼，约些村中父老，也来搭醮。不免唤出弟子，趁早铺设。〔唤介〕徒弟何在？〔丑扮蔡益所，小生扮蓝田叔道装上〕尘中辞俗客，云里会仙官。

① 瓢冠衲衣：道冠和道衣。
② 玉壶琼岛：指仙境。
③ 蓬瀛：蓬莱、瀛洲二仙山。
④ 飞升尸解：道家语，谓成仙。
⑤ 追荐：为超度死者而请僧道诵经拜忏。

〔见介〕弟子蔡益所、蓝田叔，稽首了。〔拜介〕〔外〕尔等率领道众，照依黄箓科仪^①，早铺坛场。待俺沐浴更衣，虔心拜请。正是：清斋朝帝座，直道在人心。〔下〕〔丑、小生铺设三坛，供香花茶果，立幡挂榜介〕

【北醉花阴】 高筑仙坛海日晓，诸天群灵俱到，列星众宿来朝。旛影飘飘，七月中元建醮^②。

〔丑〕经坛斋供，俱已铺设整齐了。〔小生指介〕你看山下父老，捧酒顶香，纷纷来也。〔副末扮老赞礼，领村民男女，顶香捧酒，挑纸钱、锭锞^③、绣幡上〕

【南画眉序】 携村醪，紫降黄檀绣帕包^④。〔指介〕望虚无玉殿，帝座非遥。问谁是皇子王孙，撇下俺村翁乡老。〔掩泪介〕万山深处中元节，擎着纸钱来吊。

〔见介〕众位道长，我们社友俱已齐集了，就请法师老爷出来巡坛罢。〔丑、小生向内介〕铺设已毕，请法师更衣巡坛，行酒扫之仪。〔内三鼓介〕〔杂扮四道士奏仙乐，丑、小生换法衣捧香炉，外金道冠、法衣，擎净盏，执松枝，巡坛酒扫介〕

【北喜迁莺】〔合〕净手洒松梢，清凉露千滴万点抛；三转九回坛边绕，浮尘热恼全浇。香烧，云盖飘，玉座层层百尺高。响

---

① 科仪：指设坛祭祀的各种仪式。
② 建醮（jiào）：设坛祭奠亡灵。
③ 锭锞：指祭祀烧的金银纸锭。
④ 紫降黄檀：祭祀时所用的两种香料。

云璈，建极宝殿，改作团瓢①。

〔外下〕〔丑、小生向内介〕洒扫已毕，请法师更衣拜坛，行朝请
大礼。〔丑、小生设牌位：正坛设故明思宗烈皇帝之位，左坛设
故明甲申殉难文臣之位，右坛设故明甲申殉难武臣之位〕〔内奏
细乐介〕〔外九梁朝冠、鹤补朝服、金带、朝鞋、牙笏上〕〔跪祝
介〕伏以星斗增辉，快睹蓬莱之现；风雷布令，遥瞻阊阖之开。
恭请故明思宗烈皇帝九天法驾，及甲申殉难文臣，东阁大学士范
景文，户部尚书倪元璐，刑部侍郎孟兆祥，协理京营兵部侍郎王
家彦，左都御史李邦华，右副都御史施邦耀，大理寺卿凌义渠，
太常寺少卿吴麟征，太仆寺丞申佳胤，詹事府庶子周凤翔，谕德
马世奇，中允刘理顺，翰林院检讨汪伟，兵科都给事中吴甘来，
巡视京营御史王章，河南道御史陈良谟，提学御史陈纯德，兵部
郎中成德，吏部员外郎许直，兵部主事金铉；武臣新乐侯刘文
炳，襄城伯李国祯，驸马都尉巩永固，协理京营内监王承恩等。
伏愿彩仗随车，素旗拥驾；君臣穆穆，指青鸟以来临；文武皇
皇，乘白云而至止。共听灵籁②，同饮仙浆。〔内奏乐，外三献酒，
四拜介〕〔副末、村民随拜介〕

【南画眉序】〔外〕列仙曹，叩请烈皇下碧霄③；舍煤山古树，解
却宫绦。且享这椒酒松香，莫恨那流贼闯盗。古来谁保千年
业，精灵永留山庙。

---

① "建极"二句：意谓皇帝的宫殿改成了草房。团瓢，圆形的草房。
② 灵籁：犹谓仙乐。
③ 烈皇：即崇祯皇帝。

〔外下〕〔丑、小生左右献酒，拜介〕〔副末、村民随拜介〕

【北出队子】〔丑、小生〕虔诚祝祷，甲申殉节群僚。绝粒刎颈恨难消，坠井投缳志不挠，此日君臣同醉饱。

〔丑、小生〕奠酒化财，送神归天。〔众烧纸牌钱锞，奠酒举哀介〕〔副末〕今日才哭了个尽情。〔众〕我们愿心已了，大家吃斋去。〔暂下〕〔丑、小生向内介〕朝请已毕，请法师更衣登坛，做施食功德。〔设焰口、结高坛介〕〔内作细乐介〕〔外更华阳巾、鹤氅，执拂子上，拜坛毕，登坛介〕〔丑、小生侍立介〕〔外拍案介〕窃惟浩浩沙场，举目见空中之楼阁；茫茫苦海，回头登岸上之瀛洲。念尔无数国殇，有名敌忾，或战畿辅^①，或战中州，或战湖南，或战陕右；死于水，死于火，死于刃，死于镞，死于跌扑踏践，死于疠疫饥寒。咸望滚榛莽之髑髅，飞风烟之磷火，远投法座，遥赴宝山。吸一滴之甘泉，津含万劫^②，吞盈掬之玉粒，腹果千春。〔撒米、浇浆、焚纸，鬼抢介〕

【南滴溜子】沙场里，沙场里，尸横蔓草；殷血腥，殷血腥，白骨渐槁。可怜风旋雨啸，望故乡无人拜扫；饿魄馋魂，来饱这遭。

〔丑、小生〕施食已毕，请法师普放神光，洞照三界^③，将君臣位业，指示群迷。〔外〕这甲申殉难君臣，久已超升天界了。〔丑、

---

① 畿辅：指京城周围地区。
② 万劫：佛家语。犹万世。
③ 三界：佛家语。指欲界、色界，无色界。

小生〕还有今年北去君臣，未知如何结果？恳求指示。〔外〕你们两廊道众，斋心肃立①，待我焚香打坐，闭目静观。〔丑、小生执香，低头侍立介〕〔外闭目良久介〕〔醒向众介〕那北去弘光皇帝，及刘良佐、刘泽清、田雄等，阳数未终，皆无显验。〔丑、小生前禀介〕还有史阁部、左宁南、黄靖南，这三位死难之臣，未知如何报应？〔外〕待我看来。〔闭目介〕〔杂白须、幞头、朱袍，黄纱蒙面，幢幡细乐引上〕吾乃督师内阁大学士兵部尚书史可法。今奉上帝之命，册为太清宫紫虚真人，走马到任去也。〔骑马下〕〔杂金盔甲、红纱蒙面，旗帜鼓吹引上〕俺乃宁南侯左良玉。今奉上帝之命，封为飞天使者，走马到任去也。〔骑马下〕〔杂银盔甲、黑纱蒙面，旗帜鼓吹引上〕俺乃靖南侯黄得功。今奉上帝之命，封为游天使者，走马到任去也。〔骑马下〕〔外开目介〕善哉，善哉！方才梦见阁部史道邻先生，册为太清宫紫虚真人；宁南侯左昆山，靖南侯黄虎山，封为飞天、游天二使者。一个个走马到任，好荣耀也！

【北刮地风】则见他云中天马骄，才认得一路英豪。咭叮当奏着钧天乐，又摆些羽葆干旄②。将军刀，丞相袍，挂符牌都是九天名号③。好尊荣，好逍遥，只有皇天不昧功劳。

〔丑、小生拱手介〕南无天尊，南无天尊！果然善有善报，天理

① 斋心：祭祀时心境清静专一，不起杂念。
② 羽葆干旄（máo）：形容豪华的仪仗。羽葆，用鸟羽装饰的华盖；干旄，用旄牛尾装饰的旗竿。
③ 九天名号：天界官员的名号。

昭彰。〔前禀介〕还有奸臣马士英、阮大铖，这两个如何报应？
〔外〕待俺看来。〔闭目介〕〔净散发披衣跑上〕我马士英做了一
生歹事，那知结果这台州山中^①。〔杂扮霹雳雷神，赶净绕场介〕
〔净抱头跪介〕饶命，饶命！〔杂劈死净，剥衣去介〕〔副净冠带
上〕好了，好了！我阮大铖走过这仙霞岭^②，便算第一功了。〔登
高介〕〔杂扮山神、夜叉，刺副净下，跌死介〕〔外开目介〕苦
哉，苦哉！方才梦见马士英被雷击死台州山中，阮大铖跌死仙霞
岭上。一个个皮开脑裂，好苦恼也！

【南滴滴金】明明业镜忽来照^③，天网恢恢飞不了。抱头颅由你
千山跑，快雷车偏会找，钢叉又到。问年来吃人多少脑，这顶
浆两包，不够犬饕^④。

〔丑、小生拱手介〕南无天尊，南无天尊！果然恶有恶报，天理
昭彰。〔前禀介〕这两廊道众，不曾听得明白，还求法师高声宣
扬一番。〔外举拂高唱介〕〔副末、众村民执香上，立听介〕

【北四门子】〔外〕众愚民暗室亏心少，到头来几曾饶，微功德
也有吉祥报，大巡环睁眼瞧^⑤。前一番，后一遭，正人邪党，

① "那知"句：传说马士英逃到台州入寺为僧，被清兵搜出杀死。
② "我阮大铖"句：阮大铖降清后，引清兵攻仙霞关，僵仆石上而死。仙霞
岭，在今浙江江山县南，为浙闽交通要道。
③ 业镜：佛家语。指冥间能照见众生善恶的镜子。
④ 饕（tāo）：贪吃无厌。
⑤ 大巡环：即大轮回。佛家语。佛家谓世界众生莫不辗转生死于天道、人
道、阿修罗道、鬼道、畜生道、地狱道等六道之中，善恶相报，生死相
替，如车轮旋转，故称轮回。

南朝接北朝。福有因，祸怎逃，只争些来迟到早。

〔副末、众叩头下〕〔老旦扮卞玉京，领旦上〕天上人间，为善最乐。方才同些女道，在周皇后坛前挂了宝幡，再到讲堂参见法师。〔旦〕奴家也好闲游么？〔老旦指介〕你看两廊道俗^①，不计其数，瞧瞧何妨。〔老旦拜坛介〕弟子卞玉京稽首了！〔起同旦一边立介〕〔副净扮丁继之上〕人身难得，大道难闻。〔拜坛介〕弟子丁继之稽首了。〔起唤介〕侯相公，这是讲堂，过来随喜。〔生急上〕来了！久厌尘中多苦趣，才知世外有仙缘。〔同立一边介〕〔外拍案介〕你们两廊善众，要把尘心抛尽，才求得向上机缘；若带一点俗情，免不了轮回千遍。〔生遮扇看旦，惊介〕那边站的是俺香君，如何来到此处？〔急上前拉介〕〔旦惊见介〕你是侯郎，想杀奴也！

【南鲍老催】 想当日猛然舍抛，银河渺渺谁架桥，墙高更比天际高。书难捎，梦空劳，情无了，出来路儿越迢遥。〔生指扇介〕看这扇上桃花，叫小生如何报你！看鲜血满扇开红桃，正说法天花落^②。

〔生、旦同取扇看介〕〔副净拉生，老旦拉旦介〕法师在坛，不可只顾诉情了。〔生、旦不理介〕〔外怒拍案介〕咦！何物儿女，敢到此处调情！〔忙下坛，向生、旦手中裂扇掷地介〕我这边清净道场，那容得狡童游女^③，戏谑混杂！〔丑认介〕阿

---

① 道俗：道士、俗家。
② "正说法"句：谓讲经精深感人。佛家传说佛祖说法，感动天神，于空中乱坠各色香花。
③ 狡童游女：指沉溺于情爱的少男少女。

呀！这是河南侯朝宗相公，法师原认得的。〔外〕这女子是那个？〔小生〕弟子认得他，是旧院李香君，原是侯兄聘妾。〔外〕一向都在何处来？〔副净〕侯相公住在弟子采真观中。〔老旦〕李香君住在弟子葆真庵中。〔生向外揖介〕这是张瑶星先生，前日多承超豁。〔外〕你是侯世兄，幸喜出狱了。俺原为你出家，你可知道么？〔生〕小生那里晓得。〔丑〕贫道蔡益所，也是为你出家。这些缘由，待俺从容告你罢。〔小生〕贫道是蓝田叔，特领香君来此寻你，不想果然遇着。〔生〕丁、卞二师收留之恩，蔡、田二师接引之情，俺与香君世世图报。〔旦〕还有那苏昆生，也随奴到此。〔生〕柳敬亭也陪我前来。〔旦〕这柳、苏两位，不避患难，终始相依，更为可感。〔生〕待咱夫妻还乡，都要报答的。〔外〕你们絮絮叨叨，说的俱是那里话！当此地覆天翻，还恋情根欲种，岂不可笑！〔生〕此言差矣！从来男女室家，人之大伦，离合悲欢，情有所钟，先生如何管得？〔外怒介〕呵呸！两个痴虫，你看国在那里？家在那里？君在那里？父在那里？偏是这点花月情根①，割他不断么？

【北水仙子】堪叹你儿女娇，不管那桑海变。艳语淫词太絮叨，将锦片前程，牵衣握手神前告。怎知道姻缘簿久已勾销！翅楞楞鸳鸯梦醒好开交，碎纷纷团圆宝镜不坚牢。羞答答当场弄丑惹的旁人笑，明荡荡大路劝你早奔逃。

〔生揖介〕几句话，说的小生冷汗淋漓，如梦忽醒。〔外〕你可晓

① 花月情根：指男女爱情。

得么？〔生〕弟子晓得了。〔外〕既然晓得，就此拜丁继之为师罢。〔生拜副净介〕〔旦〕弟子也晓得了。〔外〕既然也晓得，就此拜卞玉京为师罢。〔旦拜老旦介〕〔外吩咐副净、老旦介〕与他换了道扮。〔生、旦换衣介〕〔副净、老旦〕请法师升座，待弟子引见。〔外升座介〕〔副净领生，老旦领旦，拜外介〕

【南双声子】芟情苗①，芟情苗，看玉叶金枝凋；割爱胞，割爱胞，听凤子龙孙号。水沤漂，水沤漂；石火敲，石火敲②；剩浮生一半，才受师教。

〔外指介〕男有男境，上应离方；快向南山之南，修真学道去。〔生〕是，大道才知是，浓情悔认真。〔副净领生从左下〕〔外指介〕女有女界，下合坎道；快向北山之北，修真学道去。〔旦〕是，回头皆幻景，对面是何人。〔老旦领旦从右下〕〔外下座大笑三声介〕

【北尾声】你看他两分襟③，不把临去秋波掉。亏了俺桃花扇扯碎一条条，再不许痴虫儿自吐柔丝缚万遭④。

白骨青灰长艾萧，　桃花扇底送南朝。

不因重做兴亡梦，　儿女浓情何处消！

---

① 芟（shān）情苗：斩断情根。芟，铲除。
② "水沤漂"四句：水沤，水上的气泡；石火，击石发出的火花，皆形容人生之短暂。
③ 分襟：分别。
④ "痴虫儿"句：喻指痴情男女沉溺于爱情而作茧自缚。

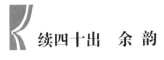

续四十出　余　韵

戊子九月

【西江月】〔净扮樵子挑担上〕放目苍崖万丈，拂头红树千枝。云深猛虎出无时，也避人间弓矢。建业城啼夜鬼，维扬井贮秋尸。樵夫剩得命如丝，满肚南朝野史。在下苏昆生，自从乙酉年同香君到山，一住三载，俺就不曾回家，往来牛首①、栖霞，采樵度日。谁想柳敬亭与俺同志，买只小船，也在此捕鱼为业。且喜山深树老，江阔人稀；每日相逢，便把斧头敲着船头，浩浩落落，尽俺歌唱，好不快活！今日柴担早歇，专等他来促膝闲话，怎的还不见到？〔歇担盹睡介〕〔丑扮渔翁摇船上〕年年垂钓鬓如银，爱此江山胜富春②。歌舞丛中征战里，渔翁都是过来人。俺柳敬亭送侯朝宗修道之后，就在这龙潭江畔，捕鱼三载，把些兴亡旧事，付之风月闲谈。今值秋雨新晴，江光似练，正好寻苏昆生饮酒谈心。〔指介〕你看，他早已醉倒在地，待我上岸，唤他醒来。〔作上岸介〕〔呼介〕苏昆生。〔净醒介〕大哥果然来了。〔丑

① 牛首：山名，在南京城南。
② 富春：山名，在浙江桐庐县西，相传东汉初严子陵曾隐居于此。

拱介〕贤弟偏杯呀^①！〔净〕柴不曾卖，那得酒来。〔丑〕愚兄也
没卖鱼，都是空囊，怎么处？〔净〕有了，有了！你输水，我输
柴，大家煮茗清谈罢。〔副末扮老赞礼，提弦携壶上〕江山江山，
一忙一闲，谁赢谁输，两鬓皆斑。〔见介〕原来是柳、苏两位老
哥。〔净、丑拱介〕老相公怎得到此？〔副末〕老夫住在燕子矶
边，今乃戊子年九月十七日，是福德星君降生之辰^②，我同些山中
社友，到福德神祠祭赛已毕^③，路过此间。〔净〕为何挟着弦子，
提着酒壶？〔副末〕见笑，见笑！老夫编了几句神弦歌，名曰
〔问苍天〕。今日弹唱乐神，社散之时，分得这瓶福酒。恰好遇着
二位，就同饮三杯罢。〔丑〕怎好取扰？〔副末〕这叫做"有福
同享"。〔净、丑〕好，好！〔同坐饮介〕〔净〕何不把神弦歌领
略一回？〔副末〕使得！老夫的心事，正要请教二位哩。〔弹弦
唱巫腔〕〔净、丑拍手衬介〕

【问苍天】新历数，顺治朝，岁在戊子；九月秋，十七日，嘉
会良时。击神鼓，扬灵旗，乡邻赛社^④；老逸民，剃白发，也
到丛祠。椒作栋，桂为楣，唐修晋建；碧和金，丹间粉，画
壁精奇。貌赫赫，气扬扬，福德名位；山之珍，海之宝，总
掌无遗。超祖祢^⑤，迈君师，千人上寿；焚郁兰，奠清醑^⑥，

① 偏杯：意谓不敬客人而独自饮酒。
② 福德星君：司福之神，即财神。
③ 祭赛：为报答神佑而举行的祭礼。赛，报祭。
④ 赛社：祭祀土地神。
⑤ 祢（mí）：即父庙。古时生称父，死称考，入庙称祢。
⑥ 醑（xǔ）：酒。

余
韵

夺户争埠①。草笠底，有一人，掀须长叹：贫者贫，富者富，造命奚为？我与尔，较生辰，同月同日；囊无钱，灶断火，不啻乞儿。六十岁，花甲周，桑榆暮矣；乱离人，太平犬②，未有亨期③。称玉斝，坐琼筵，尔餐我看；谁为灵，谁为蠢，贵贱失宜。臣稽首，叫九阍④，开聋启瞆⑤；宣命司，检禄籍⑥，何故差池？金阙远，紫宸高⑦，苍天梦梦；迎神来，送神去，舆马风驰。歌舞罢，鸡豚收，须臾社散；倚枯槐，对斜日，独自凝思。浊享富，清享名，或分两例；内才多，外财少，应不同规。热似火，福德君，庸人父母；冷如冰，文昌帝⑧，秀士宗师。神有短，圣有亏，谁能足愿；地难填，天难补，造化如斯。释尽了，胸中愁，欣欣微笑；江自流，云自卷，我又何疑。

〔唱完放弦介〕出丑之极。〔净〕妙绝！逼真《离骚》《九歌》了。〔丑〕失敬，失敬！不知老相公竟是财神一转哩！〔副末让介〕请干此酒。〔净咂舌介〕这寡酒好难吃也！〔丑〕愚兄倒有些下酒之物。〔净〕是什么东西？〔丑〕请猜一猜。〔净〕你的东西，不过是些鱼鳖虾蟹。〔丑摇头介〕猜不着，猜不着。〔净〕还有什

① 夺户争埠：形容参加祭赛的人多。
② "乱离人"二句：意谓乱世之中的人漂泊无依，还不如太平时的犬。
③ 亨期：通达之时。
④ 九阍：九天之门，即天帝的宫门。
⑤ 瞆：有目无光。
⑥ 禄籍：迷信谓注定三福禄的簿册。
⑦ "金阙远"二句：金阙、紫宸，皆指天帝的宫殿。
⑧ 文昌帝：即文昌帝君，传说为主管文士功名禄位的神。

么异味?〔丑指口介〕是我的舌头。〔副末〕你的舌头,你自下
酒,如何让客。〔丑笑介〕你不晓得,古人以《汉书》下酒;这
舌头会说《汉书》,岂非下酒之物?〔净取酒斟介〕我替老哥
斟酒,老哥就把《汉书》说来。〔副末〕妙,妙!只恐菜多酒少
了。〔丑〕既然《汉书》太长,有我新编的一首弹词,叫做《秣
陵秋》,唱来下酒罢。〔副末〕就是俺南京的近事么?〔丑〕便
是!〔净〕这都是俺们耳闻眼见的,你若说差了,我要罚的。
〔丑〕包管你不差。〔丑弹弦介〕六代兴亡,几点清弹千古慨;半
生湖海,一声高唱万山惊。〔照盲女弹词唱介〕

【秣陵秋】陈隋烟月恨茫茫,井带胭脂土带香①。骀荡柳绵沾客
鬓②,叮咛莺舌恼人肠。中兴朝市繁华续③,遗孽儿孙气焰张④。
只劝楼台追后主,不愁弓矢下残唐⑤。蛾眉越女才承选,《燕
子》吴歈早擅场⑥。力士签名搜笛步⑦,龟年协律奉椒房。西昆

① 井带胭脂:即胭脂井。隋兵破金陵时,陈后主携张、孔二妃藏匿在景阳
  宫井中,后人因称胭脂井。也称辱井。
② 骀(tái)荡:轻盈飘扬的样子。
③ 中兴朝市:指南明王朝。
④ 遗孽儿孙:指马士英、阮大铖等阉党余孽。
⑤ "只劝"二句:意谓马、阮之流一味劝诱弘光帝步陈后主之后尘,不顾清
  兵南下,尽情享乐。
⑥ 《燕子》:即《燕子笺》传奇。 吴歈(yú):吴地之曲,此指昆曲。
⑦ "力士"句:指阮大铖按名单去旧院征选歌妓、清客排演《燕子笺》传
  奇,准备送入内宫,供弘光帝观赏。力士,即高力士,唐玄宗时内监。笛
  步,南京地名,教场所在地。此指旧院。

词赋新温李 ①，乌巷冠裳旧谢王。院院宫妆金翠镜 ②，朝朝楚梦雨云床。五侯阃外空狼燧，二水洲边自雀舫 ③。指马谁攻秦相诈 ④，入林都畏阮生狂 ⑤。《春灯》已错从头认，社党重钩无缝藏 ⑥。借手杀仇长乐老 ⑦，胁肩媚贵半闲堂。龙钟阁部啼梅岭 ⑧，跋扈将军噪武昌 ⑨。九曲河流晴唤渡，千寻江岸夜移防 ⑩。琼花劫到雕栏损，《玉树》歌终画殿凉 ⑪。沧海迷家龙寂寞，风尘失伴凤彷徨。青衣衔璧何年返 ⑫，碧血溅沙此地亡 ⑬。南内汤池

① "西昆"句：西昆词赋，指宋初杨亿、刘筠、钱惟演等西昆派所作的诗文，模仿晚唐李商隐、温庭筠的诗风，文辞靡丽，内容空泛。
② "院院"句：指后宫美女为邀得皇帝的宠幸，精心打扮，而弘光帝日日与美女们淫乐无度。
③ "五侯"二句：指南明君臣不顾清兵逼近，依然在南京城内行乐。五侯，指左良玉等五位武将。阃外，城郭以外。狼燧，即狼烟。二水洲，即白鹭洲。雀舫，即朱雀舫，一种华美的游船。
④ "指马"句：借赵高指鹿为马之事，喻指马士英专权朝政，而群臣皆阿顺奉迎，无敢反对者。
⑤ "入林"句：借阮籍狂放不羁，指阮大铖之猖狂。
⑥ 《春灯》二句：意谓已作《春灯谜》传奇表示了悔恨之意，而后来依附马士英重新得势，又拘捕东林、复社人士。钩，株连。
⑦ "借手"句：指阮大铖谄媚依附马士英。长乐老，五代时宰相冯道，不以亡国为耻，自号长乐老。
⑧ "龙钟"句：指史可法在扬州誓师，奋力抗击清兵。龙钟，衰弱疲惫貌。
⑨ "跋扈"句：指左良玉传檄自武昌东下。
⑩ "九曲"二句：指马士英、阮大铖将驻防黄河的黄、刘三镇的军队调来堵截左良玉，致使黄河无防守，清兵得以轻易渡河南下。
⑪ "琼花"二句：指扬州失陷遭屠杀，南明王朝也随之灭亡。
⑫ 青衣衔璧：前赵赵聪掳晋怀帝，使之着青衣斟酒以示辱。又古时国君出降，双手缚于后，口衔玉璧以为赘。
⑬ 碧血溅沙：指黄得功因南明亡、弘光帝被掳而自杀殉节。

仍蔓草,东陵辇路又斜阳①。全开锁钥淮扬泗②,难整乾坤左史黄③。建帝飘零烈帝惨④,英宗困顿武宗荒⑤,那知还有福王一,临去秋波泪数行。

〔净〕妙,妙!果然一些不差。〔副末〕虽是几句弹词,竟似吴梅村一首长歌⑥。〔净〕老哥学问大进,该敬一杯。〔斟酒介〕〔丑〕倒叫我吃寡酒了。〔净〕愚弟也有些须下酒之物。〔丑〕你的东西,一定是山肴野蔌了。〔净〕不是,不是。昨日南京卖柴,特地带的。〔丑〕取来共享罢。〔净指口介〕也是舌头。〔副末〕怎的也是舌头?〔净〕不瞒二位说,我三年没到南京,忽然高兴,进城卖柴。路过孝陵,见那宝城享殿,成了刍牧之场。〔丑〕呵呀呀!那皇城如何?〔净〕那皇城墙倒宫塌,满地蒿莱了。〔副末掩泪介〕不料光景至此。〔净〕俺又一直走到秦淮,立了半晌,竟没一个人影儿。〔丑〕那长桥旧院,是咱们熟游之地,你也该去瞧瞧。〔净〕怎的没瞧,长桥已无片板,旧院剩了一堆瓦砾。〔丑捶胸介〕咳!恸死俺也!〔净〕那时疾忙回首,一路伤

---

① "南内"二句:南内,指南京明故宫。汤池,宫内的温泉。东陵,即南京城东的明孝陵。
② "全开"句:指淮阴、扬州、泗阳等地相继失守。
③ 左史黄:即左良玉、史可法、黄得功。
④ "建帝"句:建帝,即建文帝朱允炆,明成祖攻破南京夺取帝位,朱允炆出逃而云游四方。烈帝惨,指崇祯帝自缢而死。
⑤ "英宗"句:英宗,即朱祁镇,正统十四年(1449),亲自率兵征讨瓦剌,兵败被俘。武宗,即朱厚照,荒淫无道,是明朝有名的昏君。
⑥ 吴梅村:即吴伟业(1609—1671),字骏公,号梅村,明太仓人,为明末清初著名诗人。

心；编成一套北曲，名为《哀江南》。待我唱来！〔敲板唱弋阳腔介〕俺樵夫呵！

【哀江南】【北新水令】山松野草带花挑，猛抬头秣陵重到。残军留废垒，瘦马卧空壕；村郭萧条，城对着夕阳道。

【驻马听】野火频烧，护墓长楸多半焦。山羊群跑，守陵阿监^①几时逃^①？鸽翎蝠粪满堂抛，枯枝败叶当阶罩；谁祭扫，牧儿打碎龙碑帽。

【沉醉东风】横白玉八根柱倒，堕红泥半堵墙高，碎琉璃瓦片多，烂翡翠窗棂少，舞丹墀燕雀常朝，直入宫门一路蒿，住几个乞儿饿殍。

【折桂令】问秦淮旧日窗寮，破纸迎风，坏槛当潮，目断魂消。当年粉黛，何处笙箫。罢灯船端阳不闹，收酒旗重九无聊。白鸟飘飘，绿水滔滔，嫩黄花有些蝶飞，新红叶无个人瞧。

【沽美酒】你记得跨青溪半里桥，旧红板没一条。秋水长天人过少，冷清清的落照，剩一树柳弯腰。

【太平令】行到那旧院门，何用轻敲，也不怕小犬哰哰。无非是枯井颓巢，不过些砖苔砌草。手种的花条柳梢，尽意儿采樵，这黑灰是谁家厨灶？

【离亭宴带歇指煞】俺曾见金陵玉殿莺啼晓，秦淮水榭花开早，谁知道容易冰消！眼看他起朱楼，眼看他宴宾客，眼看他楼塌

---

① 阿监：内监。

了。这青苔碧瓦堆，俺曾睡风流觉，将五十年兴亡看饱。那乌衣巷不姓王，莫愁湖鬼夜哭，凤凰台栖枭鸟。残山梦最真，旧境丢难掉，不信这舆图换稿①。诌一套《哀江南》，放悲声唱到老。

〔副末掩泪介〕妙是绝妙，惹出我多少眼泪。〔丑〕这酒也不忍入唇了，大家谈谈罢。〔副净时服，扮皂隶暗上〕朝陪天子辇，暮把县官门；皂隶原无种，通侯岂有根。自家魏国公嫡亲公子徐青君的便是，生来富贵，享尽繁华。不料国破家亡，剩了区区一口。没奈何在上元县当了一名皂隶②，将就度日。今奉本官签票，访拿山林隐逸，只得下乡走走。〔望介〕那江岸之上，有几个老儿闲坐，不免上前讨火，就便访问。正是：开国元勋留狗尾③，换朝逸老缩龟头。〔前行见介〕老哥们有火借一个？〔丑〕请坐！〔副净坐介〕〔副末问介〕看你打扮，像一位公差大哥。〔副净〕便是！〔净问介〕要火吃烟么，小弟带有高烟，取出奉敬罢。〔敲火取烟奉副净介〕〔副净吃烟介〕好高烟，好高烟！〔作晕醉卧倒介〕〔净扶介〕〔副净〕不要拉我，让我歇一歇，就好了。〔闭目卧介〕〔丑问副末介〕记得三年之前，老相公捧着史阁部衣冠，要葬在梅花岭下，后来怎样？〔副末〕后来约了许多忠义之士，齐集梅花岭，招魂埋葬，倒也算千秋盛事，但不曾立得碑碣。〔净〕好事，好事，只可惜黄将军刎颈报主，抛尸路

① 舆图换稿：意谓江山易主。舆图，地图。
② 上元县：清代分南京为江宁、上元两县，同属江苏省治。
③ "开国"句：祖先是明朝的开国功臣，而后裔却做了清朝的皂隶。

旁，竟无人埋葬。〔副末〕如今好了，也是我老汉同些村中父老，检骨殡殓，起了一座大大的坟茔，好不体面。〔丑〕你这两件功德，却也不小哩！〔净〕二位不知，那左宁南气死战船时，亲朋尽散，却是我老苏殡殓了他。〔副末〕难得，难得。闻他儿子左梦庚袭了前程①，昨日扶柩回去了。〔丑掩泪介〕左宁南是我老柳知己。我曾托蓝田叔画他一幅影像，又求钱牧斋题赞了几句；逢时遇节，展开祭拜，也尽俺一点报答之意。〔副净醒，作悄语介〕听他说话，像几个山林隐逸。〔起身问介〕三位是山林隐逸么？〔众起拱介〕不敢，不敢，为何问及山林隐逸？〔副净〕三位不知么，现今礼部上本，搜寻山林隐逸。抚按大老爷张挂告示，布政司行文已经月余，并不见一人报名。府县着忙，差俺们各处访拿，三位一定是了，快快跟我回话去。〔副末〕老哥差矣，山林隐逸乃文人名士，不肯出山的。老夫原是假斯文的一个老赞礼，那里去得。〔丑、净〕我两个是说书唱曲的朋友，而今做了渔翁樵子，益发不中了。〔副净〕你们不晓得，那些文人名士，都是识时务的俊杰，从三年前俱已出山了。目下正要访拿你辈哩！〔副末〕啐！征求隐逸，乃朝廷盛典，公祖父母俱当以礼相聘②，怎么要拿起来？定是你这衙役们奉行不善。〔副净〕不干我事，有本县签票在此，取出你看。〔取看签票欲拿介〕〔净〕果有这事哩。〔丑〕我们竟走开如何？〔副末〕有理，避祸何当晚，入山昔未深。〔各分走下〕〔副净赶不上介〕你看他登崖涉涧，竟各逃

---

① 袭了前程：承继了官爵。
② 公祖父母：对地方官的尊称。

走无踪。

【清江引】大泽深山随处找，预备官家要。抽出绿头签，取开红圈票^①，把几个白衣山人吓走了。

〔立听介〕远远闻得吟诗之声，不在水边，定在林下，待我信步找去便了。〔急下〕〔内吟诗曰〕

渔樵同话旧繁华，　短梦寥寥记不差。

曾恨红笺衔燕子，　偏怜素扇染桃花。

笙歌西第留何客？　烟雨南朝换几家？

传得伤心临去语，　年年寒食哭天涯。

---

① 绿头签、红圈票：都是旧时捕人用的东西。绿头签，用绿色漆牌头的木牌。红圈票，在犯人名字上加了红圈的拘票。